Irene

Luz y Destino

La Serie

Jesús B. Vilches

CAPÍTULO II

Encuentros

Paperback EDITION

Irene: Luz y Destino
La Serie
Capítulo 2: *Encuentros*

Diseño e ilustración de portada: Javier Charro

www.Charroart.com
Corrección: Miguel Barona
Edita: Vilches&Charro

NOTA SOBRE ESTA SERIE

Irene: Luz y Destino es una novela seriada. Lo que vas a encontrar aquí correspondería al equivalente de un capítulo si habláramos de una serie de televisión. La intención de sus autores es proporcionar a los lectores las claves necesarias para engancharles en la trama de sus protagonistas. Como tal no encontrarás un final cerrado en este volumen sino, en su caso, los cierres de algunas de sus líneas inmediatas. Esta serie tiene concebido su final de temporada aunque el número de capítulos finales podría verse alterado, por lo que se asegura su final. Para posibles nuevas temporadas será imprescindible la reacción y fidelidad de su público. Confiamos en que los pasajes contenidos en ***Irene: Luz y Destino*** sean lo bastante interesantes como para que tal posibilidad exista.

NOTA SOBRE EL TRASFONDO HISTÓRICO EN ESTA SERIE

Irene: Luz y Destino **NO** es una serie histórica ni pretende serlo. Es una ficción romántica. Las alteraciones y anacronismos son conscientes y pretendidos. Su contexto es un contexto ficticio, fantástico, donde lugares, fronteras, costumbres, culturas y actores políticos NO se ajustan a la realidad histórica de la Europa de fines del siglo XIV. La intención no es ni fue jamás plantear fidelidad alguna con el pasado histórico sino, justo al contrario, alejarse en todo lo posible manteniendo de él solo la esencia atmosférica. Planteamos por tanto una Europa alternativa, fantástica, irreal, que nunca fue que nos permitiese desarrollar sin ataduras tanto las líneas dramáticas como los contextos de acción y política libremente con objeto de potenciar lo que verdaderamente nos interesaba: los personajes y la historia narrada.

INDICE

El soldado hundió la mano entre los restos de aquel campo en barbecho. Sobre las piedras, algo había llamado su atención. Parecía un simple muñeco, un monigote que conseguía su burlesca forma humana a través de paja trenzada. Parecía burdo a primera vista, pero mirado con detalle, gozaba de un laborioso trabajo. Se habían pintado toscos rasgos de expresión en el apéndice que simulaba la cabeza. Se cubría con una rudimentaria vestimenta. Apenas trozos mal cortados de tela rugosa. En su esencia parecía simular la vestidura de un noble. Tenía trazados a mano apresurada pequeños garabatos que se escapaban a su comprensión. Lo que no lo hizo fue la significación del símbolo, que, muy esquemáticamente, aquel pelele de paja lucía en su pechera. Era un escudo de armas, un escudo que conocía bien. Él mismo lo lucía en la madera del escudo que cargaba a su espalda.

Hacía frío en aquella mañana de invierno. El cielo estaba gris plomizo y el desapacible viento traía partículas de nieve en su abrazo. Miró inquieto a su alrededor y descubrió las siluetas de algunos de sus camaradas inspeccionando, como él, aquella tierra ahora baldía. El oficial al mando montaba su caballo al pie de los campos y no quitaba ojo de la tarea de sus hombres.

Fue entonces cuando se dio cuenta de que las piedras de donde había robado el muñeco de paja no tenían una disposición al azar. Trazaban un extenso dibujo sobre la superficie de aquella tierra de labor. Tenían que haber sido dispuestas así de manera intencionada.

—Señor —escuchó la voz de uno de sus camaradas. Se volvió a tiempo de ver cómo el oficial también giraba la mirada hacia quien le llamaba—. Hay símbolos extraños, señor. Hechos con montones de piedras.

—¿Estás seguro, soldado?

—Aquí también, señor —se escuchó un nuevo camarada en otro extremo del baldío.

—Y aquí —aseguró otra voz—. El campo está lleno, señor.

—¿Qué clase de símbolos?

—No lo sé, mi señor. Parecen paganos. Huele a brujería.

—Señor, he encontrado un… extraño muñeco de paja —dijo él levantando el hallazgo. Para su sorpresa, apenas había proclamado su anuncio, otros tantos revelaron los mismos descubrimientos.

El oficial se movió con nerviosismo en su silla. Aquel campo se envolvía de repente en un halo siniestro.

—Soldados, regresen a la formación.

Pero entonces, un silbido agudo cruzó aquella tierra estéril. Inmediatamente un golpe seco delató que el oficial había sido derribado del caballo. Tardaron unos momentos en saber qué ocurría. En ese tiempo, dos soldados más se desplomaban.

—A cubierto. Nos atacan.

El soldado se echó al suelo tratando desesperadamente de desajustar el escudo de su espalda para embrazarlo. Había tumulto a su alrededor. Sus compañeros buscaban agruparse para defenderse con mayor efectividad. Cuando logró aferrar el escudo se irguió, pero no había conseguido alzarse del todo cuando una piedra impactó en el borde del escudo. Al salir desviada, le golpeó con dureza sobre la sien. El golpe fue duro. Cayó desplomado al suelo y perdió la sensación de tiempo. Notaba brotarle la sangre cálida sobre el ojo y mancharle la cara.

Aún estaba consciente cuando sintió que le arrastraban por las piernas.

NOTICIAS

20 de Diciembre del Año de Nuestro Señor de 1390.

-Nota a través de paloma-

«Mi Muy Estimada Dama, Doña Irene de Manrique».

«Me es grato poder anunciarle mi llegada muy cerca de las lindes de su frontera hacia el sur. Me hospedaré con mi séquito y fieles en mi palacete cerca de Bardo, en tierras de mi buen vasallo Marek de Klodzko a cuyas propiedades he sido cortésmente invitado. Aspiro a poder conocerla en persona. Confío que no le parezca desacertado por mi parte tanta sinceridad, ni tal empeño. Ejercen sus palabras y noticias tal curiosidad en mí que espero pueda considerar mi invitación personal de recibirla en estos feudos. No quisiera este siervo de Allah estar tan cerca de vuestra Casa y regresar a las ardientes arenas de Siria sin tener la dicha de verla por mis propios ojos.

Aunque tomé en cuenta vuestro amable ofrecimiento de visitarla, temo que en estos cruces de mensajes y mensajeros que nos mantienen unidos, la he conocido lo suficiente como para saber que mi presencia sólo traerá turbación a vuestra hacienda y no quisiera importunaros. Me sentiría más tranquilo si sé que no fustigaréis a vuestro servicio por mi culpa. Así, os devuelvo la oferta. Sed bienvenida en estos lares cuyos criados se doblan en presencia de los míos. Tomad un respiro de vuestros nobles quehaceres y hacedme una visita, si lo consideráis a bien. Nadie más honrado que este "infiel" por teneros como huésped. Hacedme saber de vuestra decisión y aprestaré todo lo que sea necesario para complaceros.

Siempre a vuestros pies».

Visir Abduláh Ibn Mussafá Ibn Muqqawar

CONFESIONES

Diario de Irene Manrique.

20 de Octubre de 1390

«Simplemente ocurrió.

No puedo decir que hubiese sido planeado. Simplemente ha sucedido. Puede que mis damas tuvieran razón y fuera lo único que podía suceder. Lo mejor, lo inevitable. No sé si inevitable, porque en ningún momento me dispuse a evitarlo. Caí en sus brazos. Mi piel deseaba la yema de sus dedos. Mis labios buscaban la comisura de sus besos.

No sé qué extraño sortilegio se conjuró en aquel fuego que devoró mi petición de vasallaje como si toda la voluntad de vincularme a él jugara a la alquimia del deseo y nos sedujera como a simples títeres manejados por una mano más firme que las nuestras. No sé qué extraño hechizo tuvieron aquellas paredes de madera que nos protegían del vendaval. No lo sé, pues alguno debió ser y aquella choza no pertenecía a leñador sino a bruja y toda ella andaba revestida de extraña magia. No lo sé, pues de no ser así, no tengo excusa.

Se queda en entredicho toda mi firmeza, toda voluntad de verme alejada de hombre, de título, de noble... de él. Yo, que le combatía con fiereza caigo rendida al primer abrazo y al primer beso. Yo que clamé segura que no ocurriría, hoy he de tragarme las palabras que con tanto empeño defendí. Sucedió y no me arrepiento. Sigo firme en mi convicción de mantener mi independencia frente a estirpe, casa, hombre o título. De lo que no estoy tan segura es de poder seguir manteniendo firme mis rodillas frente a su voz.

Aquella voz que nada me decía antes de aquella niebla. Aquella presencia que antes me turbaba ahora encuentra los verdaderos motivos de mi turbación. Mi mente me castiga advirtiendo de mi debilidad ante sus miradas y roces. Mi cuerpo se desata ante sus caricias y besos. Mi corazón no termina de pronunciarse rotundo.

¿Es amor? ¿Es amor o algún tipo de deseo irrefrenable? Este amor, si lo es... ¿me hace más fuerte o me debilita? ¿Debo alentar estos susurros que mi deseo pronuncia en mis oídos o cercarlo con altas murallas para que nada lo traspase? Una parte de mí se regocija de una felicidad que antes no había. El recuerdo de sus manos por mi cuerpo aún me estremece. El calor de su piel contra mi piel me hace subir color a las mejillas en este frío invernal. Algo se ha vuelto precioso en mi vida... pero otra parte me advierte del peligro. Asume no saber si va a tener la fuerza suficiente para mantener el control. Presiente un abismo y teme. Es un temor extraño, inoportuno, pero es temor y no puedo negarlo. Miedo a que el amor se apodere de mí y me ciegue, porque sé que siempre ciega. A que me haga vulnerable, manejable... y este mismo amor me traicione.

Quizá fue ese miedo el que esta mañana evitó que fuese con él tan cálida y entregada como lo fui por la noche. Apagadas las brasas de aquella hoguera, mis dos partes entraron en conflicto. Me volví fría como la escarcha. Quería haberle correspondido. Tomar su mano, decirle que yo lo deseaba y que había sido hermoso. Pero entonces, ese latido extraño de mi corazón secuestró las palabras en mi boca y los gestos en mi mano. Me supe suya por un instante. Derrotada en el primer lance. De rodillas a la primera estocada. Tanto tiempo ofreciendo resistencia a sus palabras, mostrándome digna y exhibiendo orgullo ante sus gestos para caer como árbol seco en cuanto él estiró el brazo para tocarme. Demolida a besos. Muerta a caricias. Lo deseaba. Fui suya por deseo propio. No quise comprobar si hubiera sido inevitable. No lo evité, lo quise... pero por la mañana me encontró lejos, distante... obstinadamente orgullosa de nuevo y estúpida.

Buscaba el imposible. Hacerle creer que seguía dueña de mí cuando me había abandonado a él hacía solo una madrugada. Es una marea confusa de emociones: Lo quiero todo. Quiero este nuevo sentimiento, entregarme a él, disfrutarlo y, al mismo tiempo, no perder todo cuanto soy. Quiero de algún modo aproximarme y alejarme simultáneamente. Quiero confesarle y no confesarle. Ser clara y turbia en la misma palabra. Engañarme, engañarle, engañarnos para mantener una apariencia de seguridad que ya no tengo. Quiero tenerle, pero no quiero dejarle que me tenga. No, al menos, que tenga la certeza de que ya me tiene... porque me tiene».

CRUCE DE CAMINOS

Cala de Prozic. Crozon-Morgat.

Armórica, Corona de Francia.

4 de Noviembre del Año de Nuestro Señor de 1390.

La silueta recortada del buque mercante se dibujaba sobre el horizonte marino. El *Siorc* se fondeaba cerca de la costa de Crozon en una discreta parada. Desde la cumbre de los acantilados que flanqueaban la pequeña cala, un jinete advertía la estela que iba dejando la pequeña chalupa de remeros que se aproximaba a la costa. Volvió su mirada hacia la escasa franja de arena protegida por paredes rocosas. Allí, varios hombres a caballo y una reducida dotación de infantes, apenas un puñado de hombres, esperaban al bote.

No llegó a tocar arena. Había un hombre mejor vestido que aquellos marineros que manejaban los remos. Apenas los palos dejaron de empujar el agua y la quilla rozó el fondo, clavando el bote, aquel hombre saltó y hundió sus botas en el agua salada hasta casi las rodillas.

—¡Jack Siward! —dijo uno de los jinetes descabalgando de su montura con una sonrisa en los labios. Era, como aquél a quien nombraba, un hombre joven y fornido, de cabellos anaranjados que vestía de metal como los caballeros que le custodiaban. —El puerco inglés regresa de entre los muertos.

Jack apenas había puesto un pie en la playa, le devolvió la sonrisa.

—Sir Cadogan —le replicó encaminándose en su dirección. —Un bastardo irlandés sale a recibirme. No trae whisky, ni mujeres. Una enorme decepción viniendo de vos, perro.

Ambos caballeros se fundieron en un fuerte abrazo en aquella playa.

—No habéis debido de pasarlo tan mal como huésped de mi patria. Os veo en plena forma. Quizá os miento por complacencia. Habéis engordado. Vuestro anfitrión os ha cuidado bien. ¿Qué se cuenta Crisagón?

Siward miró su vientre con una sonrisa. Estaba claro que aquel hombre bromeaba con respecto a su peso, pero algo de razón tenía.

—La hospitalidad de Crisagón hace que uno se sienta miembro de alguna familia real. No puedo quejarme. Mis posaderas han tenido asientos mullidos donde aposentarse pero mis pensamientos estaban aquí. ¿Cómo están los hombres?

William Cadogan se separó del recién llegado al que siguió aferrando los hombros. La expresión de su rostro cambió un instante y se nubló.

—¿Quieres la verdad, Jack? —le confesó agravando su tono de voz y mostrándose cercano—. La moral no es buena. Muchos de los hombres dudan que sigáis vivo, en realidad. Piensan que es solo una quimera para que no pierdan la esperanza, pero incluso la esperanza es un bien escaso hoy día—. Echó su brazo por encima del hombro de aquel caballero inglés y le animó a acompañarle hasta la montura sin jinete que le aguardaba. —Hemos estado captando rezagados hasta hace unas semanas. Uní mis tropas con los restos de las tuyas. Hay un buen contingente, pero todas las noches contamos alguna deserción—. Se detuvo justo frente al animal y miró a los ojos a su acompañante. —Varados en mitad de los bosques, escasas provisiones y muy incierto futuro. Los hombres no saben nada de sus familias, esposas, hijos. La inactividad les consume. ¿Qué puedo reprocharles? —con un gesto señaló al recio animal. —Tu caballo, Jack.

El caballero tomó el estribo y subió a la silla después de mantenerle por un instante una fría y gris mirada congelada en el vacío.

—No sé si mi regreso servirá para mucho, pero aquí estoy, William. Albión no ha muerto aún.

Sir Cadogan regresó a la grupa de su caballo y quedó junto al llegado. Le sonrió de medio lado.

—El Águila te lanzó al mar y el mar te ha escupido de vuelta, zorro afortunado. Nadie duda de que tu regreso sea una señal de cambio y fortaleza. Albión no morirá hasta que el último de sus hijos se desangre… y empieza a tener hijos bastardos—. Cadogan extendió su brazo a lontananza. Su dedo apuntaba a los riscos del acantilado. Sobre el más elevado podía verse la figura recortada de un jinete.

—¿Quién es?

—Quien nos ha permitido sobrevivir. El Gran Duque en persona. No ha querido perderse tu llegada. También él dudaba que estuvierais vivo.

—Una duda legítima, William —suspiró el acompañante. —Hubo un momento que incluso yo lo dudaba.

—Vamos —dijo el otro tirando de las riendas. —Te pondré al día durante el trayecto.

Jack tardó un instante en apartar la mirada de aquella sombra que se adivinaba sobre las cumbres de los acantilados.

⚜

Los bosques de la Armórica son densos y tupidos.

Avanzaban a paso animado flanqueados por la testimonial presencia de caballeros bretones con el escudo de armas ducal y la retaguardia protegida por las lanzas de infantes. Con todo, Jack Siward miraba desconfiado los sombríos rincones que le rodeaban. Su acompañante pareció advertir el nerviosismo.

—Los bosques son seguros, Jack. Son nuestros. Estos árboles son de los pocos lugares en toda la desmembrada corona de Francia en los que podemos sentirnos a salvo.

—Parecen un criadero de bandidos.

Sir Cadogan estalló en una carcajada.

—Lo eran, solo que esos bandidos ahora forman parte de nuestras tropas.

Siward le miró con una sonrisa de medio lado.

—Suena reconfortante. Ahora los bandidos de estos bosques somos nosotros.

Ambos rieron un rato ante la imperturbable mirada de los caballeros bretones que les acompañaban.

—Si algo bueno tiene la feroz garra del Águila contra nosotros es que nos ha obligado a buscar aliados incluso entre los más desesperados. Y los hemos encontrado.

—Me gustaría compartir vuestro entusiasmo, Sir Cadogan, pero un ejército de chusma bandolera y soldados a punto del motín no me parece que sea rival para las hordas de Morgoth. Huirán a la primera estampida —Jack suspiró sonoramente. La resignación presidía su ánimo. —Dijiste que me pondrías al corriente de las nuevas.

William Cadogan le miró de soslayo.

—Te alegrará saber que hemos vuelto a recuperar Calais—. El gesto de Sir Jack Siward le reveló muy pronto que no esperaba esa noticia.

Aquel caballero inglés había perdido parte de su ejército y había sido dado por muerto defendiendo el sitio de Calais ante las tropas del vizconde de Gent y el duque de Reims; ambos, vasallos del títere que Morgoth había sentado en el trono de París tras su ocupación. La «Francia Libre» se reducía a las costas de la Normandía y la Armórica: toda franja con el canal inglés desde Calais hasta Brest. Dos grandes nombres eran la cabeza de aquel reino orgulloso, desmembrado y usurpado por el Águila: Edgar Delaroche, Archiduque de París en el exilio, hermano menor del depuesto Rey Louis-Philippe, y el Gran Duque de la Bretaña, Lucien de Ramboix, el hombre que los cobijaba; aquél que le había visto llegar desde los riscos de los acantilados, si es que Sir William Cadogan decía la verdad. Todos los buenos prohombres de Francia fieles al difunto Louis habían hecho frente común en alguna de estas dos filas y defendían con dientes las frecuentes incursiones de la nobleza vasalla del Águila en sus fronteras.

—Es una buena noticia —reconoció sin que aquello le aliviase el recuerdo de aquella contienda perdida.

—Tus hombres no cayeron en vano, Jack.

Siward hundió la mirada con pesadumbre.

—Díselo a sus mujeres o a sus hijos. Murieron en tierra extranjera, lejos de su hogar, defendiendo una ciudad y una corona que nada tenía que ver con ellos.

—Eres un héroe, Sir Jack Siward. Tu feroz resistencia en Calais dio tiempo necesario al Príncipe Edgar para avanzar desde Amiens y volver a tomarla, afianzando nuestra posición. Calais es vital. Tu gesto ha reforzado las alianzas entre nosotros y la corona exiliada. La «Liga de Albión» ya cuenta con una alianza tácita tanto del Gran Duque como del Príncipe Edgar. Y te lo debemos a ti y a esos hombres que se sacrificaron.

—Ya eran simpatizantes de nuestra causa, William; aunque lo fueran por pura necesidad.

—Pues ahora ya son miembros de pleno derecho de la Liga, gracias a tu heroica intervención y la de tus bravos. Yo mismo propicié el encuentro, aquí, de ambos, con el Rey Richard. Lucien de Ramboix parte hoy mismo hacia Polonia, al encuentro propiciado por el visir Abdulláh. Solo se ha quedado para verte llegar. Quería ser testigo con sus propios ojos.

La mención del encuentro secreto en tierras polacas trajo un recuerdo al caballero inglés.

—Marión viajaba conmigo en el *Siorc*. La esperan en Trieste. También acude a esa reunión.

William Cadogan tampoco fingió la sorpresa que le suscitaba escuchar aquel nombre de mujer.

—¿Marión de Chantillard? ¿Lady Mariel, La Desterrada? No sabía que andabas tan cerca de ella. Te hubiese mandado mis saludos. Una mujer hábil, desde luego, en medio de una jauría de lobos. Hace años que no sabía de ella.

—Compartimos la hospitalidad de Ethan. Aunque lo niegue, creo que ella aún siente algo por él.

—Hace mucho tiempo de eso. El mundo ha girado perversamente desde entonces. Ya nadie se parece a ninguno de los que éramos.

—Salvo ese loco de Crisagón. Puede que sea precisamente eso lo que siga viendo la Duquesa de Chantillard en él.

Cadogan suspiró en su montura y miró al cielo plomizo de aquella mañana de invierno.

—¿De verdad lo crees?

—Las grandes heridas nunca cicatrizan, amigo mío. Nunca.

DOS MITADES

Anotaciones personales del Conde de Wroclaw, Iván Duriakov.

20 de Octubre del año de Nuestro Señor de 1390.

«Ni siquiera sé por qué escribo. Por qué necesito dejar constancia real de todo lo que me inunda por dentro. Nunca me he sentido con necesidad de escribir nada más allá de protocolos legales y formulismos corteses a mis vasallos y vecinos. Temo, quizá, que si no lo hago, que si no dejo constancia escrita de lo ocurrido, mañana me despierte y piense que jamás sucedió. Que es producto de mis más secretos deseos y de algún sueño imposible.

Alguien ha entrado en mi vida que hace que todo lo que había sentido o experimentado anteriormente carezca de valor o juicio. No es la primera mujer. A mi edad, ya no soy ningún mozo imberbe. Una mujer no debería tener secretos para mí. Sin embargo, cuánto de equivocado estaba con respecto a las seguridades que atesoraba mi experiencia.

Ahora me doy cuenta que soy hombre de guerra. Que he pasado la mitad de mi vida entre asuntos políticos y trincheras, y que no me he dado ninguna oportunidad para amar de verdad. Este mundo te hace creer que no hay lugar para el amor sincero. Que es parte más de esta urdimbre política entre familias, títulos y ascenso social. Que una mujer no puede proporcionarle nada a un hombre salvo un heredero. Y nada más debe esperar un hombre de una mujer, salvo eso. Qué tristeza saberlo así.

Ella era la menos indicada. No puedo concebir mujer más alejada de estos propósitos. Si he de ser sincero, casi me cuesta llamarla mujer. Apenas es aún una niña. Y no se parece a ninguna otra ni guarda semejanzas con lo que yo podía conocer como tal. Me observo en el espejo con mis canas incipientes, con la carga de las experiencias pasadas a mi espalda, mis responsabilidades de título y renombre... y luego me veo como un chiquillo emocionado al que el corazón le late demasiado deprisa. No había nada en ella salvo la curiosidad y su evidente juventud, que a nadie pasa desapercibida. Nada que pudiera indicarme que dejar pasar sentimientos fuese recomendable. Observaba su orgullo y su pose de dignidad casi como un juego. Imaginar a dónde le llevaría esa osada e imprudente actitud como quien observa a un niño patalear de rabia. Esa fuerza, lejos de agraviarme, me estimulaba... pero esto... esto ya no lo controlo.

Ningún noble sensato, ningún adulto reputado en mi situación, vería nada en ella salvo el placer de tener una joven y entregada amante. Como dijo Aleksei, nada más sabroso que una fruta jugosa, apenas madura, a la que morder con avidez y olvidar pronto, cuando el lecho aún esté caliente. Así debería verla, nada más. Así, para no tener esta incómoda sensación de perder la cabeza y con ella mi alma.

Debería tener la fortaleza de poder usarla a mi favor con los pocos escrúpulos que me permite mi condición de hombre, mis años y mi poder. Nada debería poder aportarme Irene de Manrique salvo calor bajo las sábanas y una incontable sucesión de problemas de los que haría bien en mantenerme alejado.

«Va a partirte el corazón si sigues jugando, Iván» me dice una voz en mi interior. Quizá la parte de sensatez que aún me sobrevive a sus besos. Una cordura a la que no quiero prestar más atención que en el vómito inconsciente de mis demonios en este pliego sobre el que escribo.

La atracción es irremediable. Hay algo en ella que es abismo para mí. Es un punto de infinita locura, de insensatez más allá de lo razonable, si es que hay insensatez que admita razón. Su presencia, su mirada, ella misma, me lleva a reacciones que no hubiese tomado por mías hace solo un mes. Estaba tan hermosa apenas vestida con mis ropas. Tan deliciosa como una Eva tentadora. Antes de darme cuenta mi pecho bramaba por poseerla, mis labios se vendían a los suyos y mis manos le buscaban rincones prohibidos. Qué ingenuo, qué osado y qué hermoso...

Ni con veinte años me imaginaba haciendo esto. Como todo hombre he buscado compañía de mujer toda mi vida... pero ella no se parece a nada. No encuentro paralelo posible.

Cualquier noble sensato en mi situación jugaría hasta saciarse. Robaría su juventud a golpes de pasión sin dejarse contagiar demasiado. O la encadenaría a él, con vicario y altar de por medio, para que su vientre fértil y joven sumara prole a un apellido. Si hago eso, perderé aquello extraño de ella que tanto me desata pasiones. La convertiría en algo que no es ni quiere ser, pues en su denodado intento de mostrarse ante mí como alguien firme y seguro, no he dudado de la certeza de no querer esclavizarse a hombre de tal modo.

Si hay algo de lo que no tengo asomo de duda es de ver eso en sus ojos... y al tiempo ¡qué besos tan entregados los de ayer! ¡Qué mujer, qué delicada y apasionada la que me dio su elixir de vida eterna! ¡Qué derroche de fragilidad y fiereza al mismo tiempo! Fue tan entregada en su debilidad que ello le confería una fuerza inusitada. ¡Qué extrema belleza la de esa mujer y su pasión! Tanto que no puedo, ni quiero, ni debo mancillarla.

Irene de Manrique es una criatura tan deliciosa que convertirla en una simple mujer es matar a un ángel. Pero entonces... ¿estoy condenado a ser yo el esclavo? Si me derroto, si cedo ante alguien así, voy a perder la razón. Todo, salvo sus brazos y su amor correspondido, perderá todo sentido en mi vida. Esta guerra, las revueltas, los piratas que asolan Pomerania, el Águila y toda su bandada de rapaces carroñeras me importarán tan poco que no querré gastar minuto o pensamiento en ellos nunca jamás.

Me escucho y apenas me creo. Me leo y no me reconozco.

¿Dónde está tu sensatez, Iván? ¿Dónde se ha escondido el León? ¿El Hombre de Estado? ¿El mariscal estratega en la guerra? ¿Dónde ha ido a parar tu templanza, tu inteligencia fría, tu madurez y razón, amigo mío? ¿A esos brazos blancos como la nieve en polvo? ¿A esos ojos oscuros llenos de profundidad y misterio? ¿A esos labios que se mordían a sí mismos para acallar su deseo? ¿A esos latidos de corazón como caballo desbocado? A ella, a todo lo que es y que intuyes. ¿A ella? No hubo nunca pregunta más retórica, ni respuesta más obvia.

¿Merece esa niña derrumbar tus murallas? ¿Qué clase de bello demonio es esa dama apenas mujer capaz de hacerte olvidar que existes? ¿Es sensato? ¿El amor es sensato? ¿Qué magia tienen sus labios, qué veneno, qué adormidera tan poderosa hechiza su piel y sus miradas? ¿Qué ha hecho contigo que solo puedes pensar en ella? ¿Hay redención posible? ¿Hay vuelta atrás, después de oler su cabello, de saber que su boca encuentra en la tuya un ángulo perfecto? ¿Puedo escapar aún? ¿Quiero hacerlo, en realidad?

Esto, en tales términos, no puede conducir salvo al dolor futuro, aunque ahora se revista de la más bella estampa imaginada. Esto, solo puede ser sueño o fantasía, absurda fábula de bardo, algo demasiado hermoso de creer para ser cierto. ¿Qué puede ver una mujer como ella en un hombre como yo si le desnudas de poder, título y riquezas? ¿Cuánto va a tardar en cansarse, en gastarse el extraño hechizo de aquella cabaña? ¿Cuánto vas a tardar, temeroso de perder tan brillante tesoro en ponerle una cerca dorada alrededor? Si aún no la tienes, si casi solo posees, Iván, el eco de un beso palpitando en tus labios, el oleaje de su piel batiendo las costas de la tuya, pero no la tienes... ¿cuánto vas a tardar en perderla? Porque vas a perderla... y lo sabes».

Lo que Iván Duriakov no sabía, lo que apenas sospechaba, es que ya se había cobrado el alma de alguien...

Pedro de Leza regresó a aquella cabaña perdida en el bosque. Había sido su primera opción y el último lugar al que había decidido ir. Quizá tenía la esperanza de que él no estuviese allí, pero sabía que se equivocaba desde el primer momento. *Crisante*, el caballo tordo agrisado de Tristán estaba atado dócilmente en un tocón en la entrada, última prueba irrefutable de que el capitán de caballeros se hallaba dentro. Estaba en el mismo lugar en el que la madrugada anterior Pedro había descubierto los caballos de Irene y del conde de Wroclaw. Su mente volvió a dibujar aquella estampa de nieblas y nieves...

—No mires por esa ventana, capitán. Ahórrate los duelos.

Se recordaba allí, empujando con firmeza el pecho acorazado de Tristán Márquez que apretaba la mandíbula en gesto fiero, aullando en silencio por lo que imaginaba en aquel interior de la choza, sin despegar los ojos de unos vidrios aún demasiado distantes como para revelar su secreto.

Pedro sí le miraba a los ojos, a unos ojos tan clavados en aquel otro lugar que parecía que jamás fuesen a despegarse de allí. Tristán peleó un instante, un momento de rabia mal contenida, una concesión al ser humano que era por encima del soldado que debía ser. No hacía falta más que aquel ruego de Pedro para no tener duda de lo que allí estaba sucediendo. En su faz se advertía la lucha infame de sus sentimientos, la necesidad de acercarse y verla entregada a un hombre. Poner cara, cuerpo, momento y lugar al instante en el que su corazón se rompía.

Pedro consiguió evitarlo.

Consiguió desanclarlo de allí y arrastrarlo metros a la oscuridad de la tormenta. Ni aún entonces la mirada fiera de aquel bravo guerrero decidió marcharse de aquella ventana en la lejanía, de esa casa en mitad de ningún lugar.

La mandíbula seguía apretada. Los labios le temblaban, ya fuese por rabia o dolor. Cuando al fin la mirada de Tristán encontró la fuerza para apartarse, Pedro comprobó que se había vaciado de vida por entero.

Le miraba un muerto, alguien sin alma.

—Marchémonos, Tristán. Nada bueno saldrá de aquí si nos quedamos. Ella está bien. Era lo importante.

En ese instante, la primera lanza de la Casa Manrique, el primer caballero de Doña Irene, apretó los párpados con la misma fuerza con la que apretaba dientes. Inspiró tan hondo que su suspiro pudo escucharse a través de la tormenta. Puso su mano sobre el hombro de su fiel segundo, que permanecía allí como un estandarte de guerra, frente a él. Con un ligero temblor, su voz se escuchó rota.

—Ella está bien —suspiró. —Era lo importante.

—¿Y vos, mi capitán? ¿Lo estáis?

Tristán le miró con una solidez tan abrumadora que a Pedro, fogueado en Tetuán, veterano de Milán, superviviente en Agrigento, le temblaron las piernas.

—El muerto respira, Pedro.

⚜

El eco de aquella sentencia parecía aún resonar en ese lugar. Tenía la puerta de la choza frente a él. Miró su diestra y la botella de licor que agarraba fuertemente del cuello como si quisiera estrangular. Se mordió los labios ante la duda. Atardecía con languidez de invierno. No había sabido nada de él desde la mañana, desde que los secretos amantes apareciesen y en las puertas de la hacienda pareciera haberse congregado todo un cortejo de funesta bienvenida.

Llegaron juntos, pero sus gestos parecían fríos e inexpresivos. Aquel conde tuvo que aguantar la regañina de aya Sagrario, como si de un púber travieso se tratase, cazado en una trastada que se le hubiera ido de las manos. Soportó con entereza de noble los agravios de la madrina antes de asumir toda culpa por la ausencia de la señora aquella noche.

Irene no dijo palabra. Se refugió cabizbaja tras su aya.

Tristán, en muy segundo plano, lanzaba una mirada hirviente que aquel conde no tuvo oportunidad de descubrir. Apenas Irene puso un pie en la casa, Tristán, sin hacer comentario alguno, salió de allí. Ante la mirada de Irene dos hombres se alejaban en direcciones opuestas. Quizá eran los dos hombres que mayores sentimientos tenían hacia ella; sin embargo, solo tuvo ojos para uno. Fue Pedro y nadie más quien miraba la silueta de Tristán perderse en la lejanía.

⚜

No supo de él en toda la jornada. Hacia el inicio de la tarde le descubrió lanzando estocadas a pecho desnudo ante la nieve a uno de los monigotes de paja y saco que servían para la instrucción de las levas. Quiso dejarle descargar su furia contra aquel pelele cuyo único cometido era recibir la espada. Cuando regresó allí, el castigo sufrido fue tal que había quedado inservible. Fue entonces cuando quiso encontrarle. Cuando afanó de las bodegas el caldo para olvidar y desterrar demonios, y pensó en el último lugar sobre este reino donde deseaba que estuviese: allí donde le encontró.

El muerto había regresado a mirar su propia lápida. Pero el muerto debía saber que no estaba solo, aunque buscase desesperadamente la soledad. Empujó la madera que se abrió sin oponer resistencia.

Las pisadas duras de sus botas de acero sobre la tierra batida sonaron como estruendo. A su frente, la chimenea había vuelto a encenderse y un hombre abatido le daba la espalda sentado en un tocón. La saliva se le atrancó en la garganta y se detuvo allí mismo. Aquel hombre levantó la mirada y le habló sin volverse.

—Entra, Pedro, sin miedo. ¿Qué tal los hombres hoy?

—Solo un hombre me preocupa, capitán… y lo tengo delante, aunque me dé la espalda.

Hubo silencio.

—¿Por qué volver, Tristán? ¿Por qué a este lugar? ¿Para qué la tortura?

De nuevo el silencio hizo su ártica presencia.

Pedro ni siquiera se movía.

—Es como cuando cae un camarada en el campo de batalla, Pedro —confesó despacio la primera espada. —Hasta que no ves su cuerpo y miras sus ojos sin vida no asumes que se ha ido para no volver. Entre estas paredes ha muerto algo muy querido para mí. Necesitaba mirarlo a los ojos.

Su voz aparentaba firmeza. Parecía sólida y diáfana. Era la voz de un soldado acostumbrado a dar ejemplo. A tragarse el miedo para que sus hombres encontraran motivos para la valentía. A tragarse el dolor para que sus hombres encontraran las fuerzas cuando flaqueaban, pero Pedro de Leza había escuchado muchas veces aquella voz y sabía que todo era una piel vendida, un disfraz bien asumido y perfectamente interpretado.

Seguía teniendo el nudo cuando volvió a avanzar unos pasos hasta quedar tras él. Tristán no volvió la mirada, siquiera. Le tenía allí, en aquel fuego que ahora mismo le devoraba las entrañas. Inexplicablemente Tristán continuó hablando. Casi parecía que pensara en voz alta.

—Durante el sitio de Siracusa una flecha me atravesó el costado… —la voz sonaba grave, como templada a fuego. —Encontró hueco entre las placas y entró limpia. Parece que te golpeasen con una maza. Me fui al suelo de inmediato, como tras una buena lanzada en un torneo. Cuando tienes una flecha clavada en el cuerpo cualquier movimiento provoca un dolor tan intenso que marea. Sientes como si estuvieses ensartado de parte a parte. Como si esa flecha fuese lo único que existe. Respirar se vuelve algo tan doloroso que tratas de cerrar los ojos y morir allí mismo. Toda la parte afectada, por el contrario, se insensibiliza pero por dentro, las espinas de la flecha parecen tener vida propia. Arañan y muerden la carne, como si te devorasen por dentro. Si araña hueso, entonces el dolor se extiende en oleadas. Parece golpear desde la cima del cráneo al talón con cada bombeo del corazón. Los miembros se engarrotan. La mente se nubla, solo puedes pensar en ese dolor inhumano. No existe nada, salvo ese dolor.

Pedro tragaba con esfuerzo y se mordía los labios. Puso su mano sobre el hombro protegido de malla de aquel derrotado oficial. Aquél notó la presión y desvió ligeramente la vista hacia esa mano amiga. Se quedó allí un instante de mutismo absoluto. Enseguida la regresó al fuego.

—Este dolor que siento hoy no debería ser un dolor nuevo, Pedro. Es un dolor previsto, esperado. He estado aguardando este dolor que hoy llega como si fuese un viejo amigo. Le he dispuesto una cama confortable y un trago de vino en la mesa. Lo esperaba desde hacía tiempo. He preparado mi cuerpo para poder soportarlo con la entereza que se supone en un hombre en mi posición y en mis circunstancias. Cada vez que he tratado de imaginar este instante, el instante en el que ella se entregase a otro hombre, buscaba en mi recuerdo el dolor de aquella herida de flecha. Trayéndolo de vuelta, volviendo a masticar el sabor de la sangre en las encías, me decía a mí mismo que podría con ello. No puede ser peor que una flecha entre las costillas, me convencía para darme valor… pero lo es, Pedro… es mucho peor.

Pedro apartó su mano del hombro. Tristán no pareció inmutarse. Lo hizo cuando volvió a notar presión en aquel mismo lugar y un tintinear agudo. Al mirar, había una botella golpeando entre las mallas de metal de su hombro. Pedro se la ofrecía. El capitán tardó un segundo en decidirse y al final prendió aquel vidrio opaco mientras su segundo buscaba un tocón en el que sentarse a su lado. Le dejó tratando de abrir la botella.

—Si lo esperabas, amigo… ¿por qué…? ¿Por qué?

—¿Por qué me duele? —La botella estaba abierta pero se quedó en sus manos. Suspiró pesadamente. —¿Por qué me afecta? ¿Por qué he dejado que pase? ¿Por qué no acepto que era inevitable? ¿Cuál es exactamente tu por qué, Pedro?

—La cuestión no era quién o cuándo, Tristán. Poco importa si se llama Iván de Wroclaw o Crivante del Mismísimo Diablo. Poco importa que haya sucedido ayer u hoy, o dentro de una estación o dos. Lo importante es que ese hombre nunca será Tristán Márquez de Ulloa. Lo que ha ocurrido amigo, no solo era esperable, presumible. Es lo normal. Es incluso lo correcto. Entre la señora y vos hay un abismo. Hay dos mundos, a veces incluso encontrados. Hay una muralla tan grande que ni las trompetas que sonaron en Jericó la derribarían.

Tristán lanzó en ese instante el primer trago de aquel ardiente caldo. Bebió casi un tercio de la botella sin despegar sus labios. Pedro le miraba descompuesto. Había venido a animar a un amigo pero no le salía fingirle.

—¿Se elige, Pedro? ¿Elegimos quién nos roba el corazón? ¿O por qué? ¿Elegimos por quién perdemos la cabeza? El amor llega. Aparece. Te atrapa, no atiende a razones. He sabido que Irene me haría sangrar desde… desde el mismo instante en el que comprendí que su mirada se me clavaba. Desde el mismo instante en el que supe, y Dios sabe que no lo quise así, que también ella había encontrado hueco en mi armadura y me había atravesado el costado. Pero no puedo evitar sentir por ella, Pedro. Lo intento. Intento mirarla como alguien más, alguien cuya mirada no tenga poder sobre mi alma, pero no lo he conseguido. No lo consigo.

—Porque no eres capaz de ver a la persona real, capitán. Ves lo que quieres ver. Lo que deseas ver y nadie te culpa. El amor ciega, todos lo dicen.

En ese instante Pedro arrebató sin contemplaciones la botella de manos de su amigo y también propinó un trago, muy a la altura del que había vaciado un tercio del licor. Cuando su cabeza regresó a la horizontalidad, Tristán le miraba con gesto de piedra. Pedro era consciente de que no iba a poder salir de allí sin explicar sus palabras, de ahí que no hubiese escatimado el trago. Iba a necesitar soltarse la lengua o el respeto que le merecía aquel caballero y su dolor, frente a él, corría el riesgo de silenciarle la verdad.

—Explícate.

—Permiso para hablar con franqueza, mi capitán.

Aquel formulismo parecía un irónico insulto.

—Hazlo, Pedro, sin rodeos.

Pedro se aclaró la garganta y miró fijamente a su superior.

—Donde tú ves a una mujer, los hombres ven a una niña con un vestido grande. Donde tú ves fiereza, los hombres, el servicio, vemos falta de tacto, irresponsabilidad e inconsciencia. Donde tú ves una juventud brillante y cautivadora, nosotros solo inexperiencia. Donde tú ves dignidad, vemos orgullo. Orgullo de noble unido a orgullo de mujer. Mal gestionado, mal administrado.

—Estás hablado de la Señora, Pedro.

—Estoy hablando de la mujer que te ha roto el corazón, Tristán. He pedido permiso para hablar con franqueza, capitán. Si no queréis oírme…

Tristán apretó los dientes.

—No olvides…

—¿Qué vais a decirme? ¿Que ese orgullo ha levantado una hacienda en ruinas? ¿Que ha sido generosa en dádivas y reconocimiento a sus caballeros? Nadie discute que Irene de Manrique tenga buen corazón, que no busque hacer las cosas bien con su gente, que no sea consciente de lo importantes que son las personas que le proveen seguridad, alimento, que le permiten poder presentarse como noble digna ante sus iguales. Su padre era un gran hombre. No dudo de que algo le enseñó… pero debes ver que su arrogancia ante ese noble casi cuesta vidas. Puso en riesgo todo lo conseguido solo para poder pavonearse ante él. Que toda su fiereza es solo una fachada y que es caprichosa. Tanto como para jugar con fuego y quemarse. Irene de Manrique no sabía andar y vos ya teníais hombres a vuestro cargo. Hace tres años ni sangraba, por el amor de Dios, Tristán, y ahora dirige nuestras vidas a golpe de barbilla alta. Sus damas hablan: hace dos lunas presumía orgullosa de mantener distancias con hombres y títulos, de no necesitar sobre ella blasón de nadie; y merced a ello, casi provoca que ese noble entrase aquí con acero en la mano. Y hoy se rinde ante él, en este mismo lugar, como la niña que es. No va a volver la cabeza, Tristán. No va a hacerlo jamás. En realidad, como todos los nobles, si ha de elegir, solo se preocupará de sí misma, de su inmediatez, de su satisfacción. Poco importará que hayas estado a su lado espada en mano. Poco o nada, que lo que te pulse a estar ahí sean unos sentimientos tan nobles como ridículos, capitán. Es vuestro deber. No ve en vos nada más que un soldado que cumple su deber. No la veáis vos como nada más que una niña vestida de mujer a la que hay que obedecer.

De pronto, el silencio se apoderó de la escena. Pedro tragó saliva. Supuso que volvería a probar el puño del capitán en su cara en cualquier momento… pero Tristán solo agachó la cabeza.

—Has sido duro, Pedro —le dijo después de una tregua. —Duro con ella y conmigo. Duro e injusto.

—Duro, tal vez, Capitán. Injusto es ver a un hombre de vuestra talla roto por una mujer que nunca va a ver ni entender todo lo que sentís por ella; mucho menos corresponderlo. Mientras sigáis viéndola como esa criatura celestial, esa niña que paseaba y charlaba con vos para que le contaseis vuestras aventuras en reinos lejanos, que luego creció pero ya estaba tan adentro que era imposible sacarla… mientras no seáis capaz de verla como alguien que nunca va a miraros realmente como deseáis que os mire, sufriréis, capitán; y acabaréis ensartado en vuestra propia espada o ensartando a alguien con ella.

El primer caballero quedó pensativo.

—He pensado mil veces cómo sería el día después, si alguna vez decidiese amarme. Su vida no podría discurrir por el camino trazado para alguien de su apellido. Sus iguales no aceptarían a un plebeyo en sus banquetes. Sería el ostracismo para ella, el rechazo. El final del apellido. Yo solo sería la fuente de su desgracia. No quiero eso para ella.

—Disculpad mi sinceridad, mi buen amigo, pero ella es muy consciente de eso. No hay tal dilema. Terminará dándole hijos a un noble. ¿Qué importa si a la Casa de Wroclaw o al mismísimo Emperador? Quizá en algún rincón lejano del mundo, puede que tal vez en otro mundo, las princesas y los caballeros estén destinados a amarse y ser felices. En este, amigo mío, el caballero defiende y la princesa terminará encontrando a su príncipe. Lo que ocurrió ayer en esta casa debe ser la prueba definitiva de que eso no va a cambiar.

—¿Qué salida me queda, Pedro de Leza? Tengo el corazón hecho añicos. Su presencia me duele.

—Habéis bebido un veneno imaginando, Tristán, que por arte de magia se convertiría en vino. Que en lugar de matarte, sería un néctar embriagador. Bebiste esa copa sin dudarlo, pero el veneno siguió siendo veneno y te está matando. Nunca fue vino. Nunca será vino. Aparta la copa o vas a morir ante ella.

—Apartar la copa… —repitió en un susurro casi apagado— como si fuese sencillo, Pedro. Es la señora. Está en nuestras vidas. Giramos en torno a la suya, queramos o no. No puedo simplemente apartar la mirada, imaginar que no existe. Aunque quisiera… tengo una responsabilidad. Hice una promesa…

—Olvida las promesas. No estás a su lado porque te ate una promesa. Estás a su lado porque la amas, Tristán. Deja de engañarte con eso. Tu fantasía de amor te inspiraba. Ahora te mata. Ayer la copa que siempre envenenaba se reveló al fin como veneno. Tu problema, amigo mío, no es que ame a ese noble: es que no te ama a ti y no hay manera de cambiar eso. ¿Cómo sobreviviste a aquella flecha, capitán?

Tristán parpadeó extrañado, repentinamente descolocado por el aparente giro de la conversación. Tornó su mirada al vacío y los recuerdos atropellaron su mente.

—La arranqué con mis propias manos —confesó mirando las lenguas de fuego de la chimenea, la misma chimenea y ante las mismas lenguas en las que ella se rindió a las caricias de otro. —El dolor fue terrible, tanto que por un momento dudé si merecía la pena pasar aquel calvario. Si para morir de dolor igualmente era necesario aquello.

—Pero la arrancaste—. Tristán desvió un instante la mirada hacia su segundo.

—La arranqué.

—Y por eso hoy estáis vivo.

—Lo estoy… pero aquella flecha arrancó también parte de mí, de mi carne. Dejó una profunda e imborrable cicatriz en mi costado. No hay día que no sea consciente de esa falta. No hay día que no recuerde esa herida y la flecha que la provocó.

Pedro se levantó y colocó sus manos sobre los hombros de su capitán.

—Va a doler, Tristán. Mucho más de lo que duele ahora. Volverá a llevarse un pedazo de tu carne y tendrás otra cicatriz en el costado. No habrá día que, como aquella, no recuerdes esta flecha, también. Pero salvarás la vida, capitán. Seguirás vivo. Eso es lo único que importa..

CONSECUENCIAS

Carta de Marion de Chantillard conocida como *Lady Mariel*

Al Conde Ethan -a quien muchos llaman *Crisagón*-

19 de Noviembre del año de 1390

«*Mi querido Ethan, duende de Kildare.*

Creo os hará feliz saber que hace dos noches desembarqué en el puerto de Trieste, pero hasta la fecha no han remitido los mareos y nauseas después de tan largo tiempo en el mar. Acostumbrada a semanas de mecidas, es ahora el suelo firme el que parece no detenerse. Disculpad, pues, mi retraso.

No sé cómo agradecer vuestra previsión con respecto a este viaje y haber dispuesto del contacto que promovisteis para mí en este lugar. Ha sido merced de Guido Spatta, en cuya casa urbana me alojo, que resultase fácil y cómoda mi llegada a tierras italianas.

Me encuentro bien y animada a pesar de que el viaje por mar resultase profundamente cansino desde que dejáramos a Sir Siward en las costas de Crozon. Quizá acusé en exceso la escasa compañía sin poder compartir los muchos momentos de tedio que se suceden cuando el horizonte siempre es azul y las aguas, mansas durante semanas.

Con todo, ya me hallo al fin en tierra firme, sana y sin nada que lamentar salvo la soledad que os confieso. Hice noche en hospedería y de mañana me puse en contacto con vuestro noble Spatta, quien me hace llegar su admiración hacia vuestras letras y me insta a que añada alguna línea en su nombre.

Poco hace falta deciros que Italia es un revuelo que en Trieste no pasa desapercibido. La subida al Solio del Cardenal Urquiza ha sentenciado los ánimos, castrados por la rendición de Lorenzzo de Montforte. Italia es Águila hoy. Nadie quiere hablar de los hechos. Se percibe el miedo en el ambiente. Quien no quiera ver aquí que es una invasión en toda regla está demasiado ciego o quizá tenga los bolsillos llenos de plata germana. Esta ciudad ya no es aquella noble villa franca en la que una podía pasearse sin miedo por sus calles. Estoy segura que, de reconocerme, mi integridad física correría grave peligro, es por ello que aún no me he despojado de vuestros nobles calzones y sigo fingiendo ser un hombre.

La reunión con el visir Abdulláh se vuelve ahora más necesaria que nunca. Ojalá seamos capaces de hacer revivir el viejo espíritu indomable de la Liga de Albión. Sus barcos de escolta y vigía han llegado a puerto hoy, y ya he podido tener entrevista con algunos de sus hombres de corte. Aseguran que el visir llegará en una jornada o dos a lo sumo y andamos de preparativos. Como acostumbra el viejo infiel, no llega ni antes de lo esperado ni se retrasa. Es tan puntual como un reloj de arena.

Con todo, quisiera haceros llegar estas letras que sé que recibiréis cuando ya andemos todos descansando en las tierras que nos sirven de anfitrionas. Quisiera, con esto, restaros la preocupación que sé que de seguro os aflige, mi querido Ethan, ya que os conozco bien y me precio de ello. No obstante, me placería haceros partícipe de otra noticia, que sé que a vos os regocijará, mas a esta pobre dama que os admira y quiere, no hace sino aprisionarle el corazón.

En la hospedería donde me alojé la primera noche tuve oportunidad de comprobar cómo vuestra "travesura" ha viajado más rápido por tierra que esta dama por mar. Me sorprendo de la capacidad que tienen vuestros versos de pasar fronteras y me maravillo de la legión de incondicionales que debéis tener dispuestos a copiar y difundir vuestra firma por todos los rincones.

En privado, vuestras coplas jocosas provocan la risa, tal y como acostumbráis a saber de vuestro ingenio; y luego, pasado el trance, agrupan a hombres en corrillos de murmuraciones. En público, al menos en estas calles, nadie se atreve a decir y corroborar lo que Crisagón insinúa en sus versos, pero que vuestro mensaje cala es una obviedad tan grande como el sol que nos alumbra.

He aquí, pues, que mi preocupación sea grande y pesada como losa de muerto. Si en este rincón de puerto de Trieste ya se saben de memoria vuestras estrofas es de seguro que Valenska tiene una encima de su mesa o a los pies de su trono. Si no, hemos subestimado la red de informadores y espías del Águila, cosa que dudo.

Si esto es así, y mi honra vendo de no serlo, extremad cuidado, por el Altísimo. A saber lo que esa reina enloquecida pueda tramar en un ataque de humillación. Quizá, sé que es lo que esperáis, se delate en una acción desesperada, pero en ella corréis un peligro atroz. Alguien capaz de provocar y alentar en el secreto una guerra civil en Inglaterra es muy competente para haceros cortar la cabeza o pedirla, al sentirse humillada de esta forma.

Os imagino bien arrellanado en vuestro sillón con dos dedos sobre vuestros labios, tan llenos de mordacidad como el genio que os hace expresarla con tanta gracia y altura; ocultando una sonrisa que debe cruzaros la faz al escucharme confesaros esto... pero mi corazón solo puede temblar en este instante temiendo por la suerte del más brillante de los bardos de Albión.

Sabéis lo mucho que os quiero y por ello atended a mis ruegos. No podría vivir pensando que en este mundo falta vuestra sonrisa traviesa, vuestros ojos de niño y vuestra pluma tocada por Erato y Calíope.

Cuidaos tanto como yo os quiero y admiro.

Vuestra

Lady Marion de Chantillard

Iván se sentía rejuvenecer esa mañana. Inspiró hondo dejándose llenar del frescor luminoso de la nieve depositada tras aquella proverbial ventisca. Desde la ventana del despacho observaba las tareas de los criados. Miraba, pero tenía la mente ocupada en ella. Asombrosamente, el cielo se hallaba libre de nubes. Una cascada de luz se despeñaba desde las alturas y hacía resplandecer el manto de nieve bajo su mirada. Era tan brillante que casi cegaba.

No sabía si aquella escena era real o reflejaba la peculiar sensación que se apoderaba de su alma. Ella era deliciosa en el amor. Tan entregada como el león que imaginaba que era, y a la vez tan dulce y tierna como la niña que en realidad es. Su pensamiento cabalgaba una y otra vez a aquella abandonada cabaña y al complejo cúmulo de circunstancias y casualidades que le había llevado a esos labios en flor. Repasaba en su mente una y otra vez cada palabra dicha esa tarde. La sensación de cercanía que poco a poco se apoderaba de él. Volvía a su imagen frágil y temblorosa apenas vestida con su sayo. Regresaba a aquellas manos delicadas de dedos congelados que pedían calor, a aquellos ojos tierra con la profundidad del mar… a esa sonrisa de pómulos sonrosados.

Cómo iba a imaginar cuando acercó sus labios, preso de quién sabe qué valentía, a una boca que hasta entonces solo le había procurado reproches e ironías, veladas murallas y una sutil indiferencia, que en realidad estaba esperando ese beso prisionero. Cómo imaginarlo. Cómo creerlo aún ahora.

Irene se clavaba. Había algo de miedo, un miedo inexplicable para un hombre hecho en la guerra. Aquí andaba indefenso y lo sabía. Esa mujer poseía una espada contra la que ninguna coraza está preparada. Ningún guerrero tampoco. Nadie marcha a la batalla a corazón desnudo… Nadie, salvo un loco.

—Hermano…

Iván se apartó con desgana de la ventana. Aleksei aguardaba en el umbral del despacho. Tenía una expresión extraña pero parecía dibujarse un amago de sonrisa.

—Aleksei. No te he escuchado llegar. Pasa, por favor —indicó con un gesto mientras cerraba los postigos. Su hermano penetró despacio en la sala.

—Soy casi tan silencioso como tú, al parecer. Es algo que nos vendrá de familia… supongo.

Iván encontró enseguida la acusación disimulada, pero su hermano sonreía de medio lado.

—¿No me estarás pidiendo explicaciones en mi propia casa, verdad Aleksei? —También él sonreía.

—Oh… nada más lejos, León. Imagino que habría una razón de peso para pasar la noche fuera. Una razón… a la que casi puedo poner nombre.

Iván se detuvo en el centro de la cámara y observó a su hermano. Quería saber hasta qué punto trataba de ser correcto. El rostro de Aleksei se relajó con franqueza.

—No voy a ser precisamente yo quien no te entienda, hermano—continuó. —En realidad… creo que he sido muy duro contigo con respecto a esa vecina tuya. Es obvio que sientes algo distinto por ella y tu rostro hoy es feliz. Eso es lo que observaba desde la puerta. Me decía: mi hermano parece feliz. Solo puedo alegrarme por que mi hermano sea feliz y solo puedo tener palabras de gratitud a quien consiga hacerte sonreír de esa manera. Espero que me disculpes por mi actitud de estos días, Iván. Quizá mi preocupación sea legítima, pero olvido que tu felicidad también lo es.

Se acercó a su hermano y le ofreció sus brazos en gesto fraternal. Iván no dudó en responder a ese gesto.

—Me alegra oír eso. Mi alma se regocija aún más si cabe —le aseguraba aún aferrado al cuerpo enjuto de su hermano. Se separaron, pero se mantuvieron entrelazados.

—Siempre has sido mi refugio, Iván. Mi luz en la tormenta. Mi hermano mayor, el guerrero, el poderoso león. Por eso acudo a ti cuando algo me supera. Como cuando éramos niños. Me olvido de tus años de guerra, de las cruces a tu espalda. Mereces a alguien en tu vida que te provea la dicha que los problemas de tu hermano y los de este mal nacido mundo te han procurado siempre y para los que siempre has estado firme como un estandarte. Mereces un pequeño regalo de la vida… y si esa mujer te lo ofrece, no será tu hermano pequeño quien lo lamente.

—No hables así, Aleksei. No me procuras males—. Una de sus manos pasó por la nuca de su hermano y la acarició con ternura. —Tus preocupaciones no son solo las de un hermano pequeño, son las preocupaciones de un noble sensato intranquilo por el futuro. No he sabido atenderlas como se merecía… y soy yo quien te pide disculpas.

Iván pasó su brazo sobre los hombros de su hermano y le invitó con un gesto a avanzar hacia la mesa de su escritorio.

—Ven, quiero enseñarte algo.

Alcanzó la mesa y recogió uno de los legajos que había sobre ella. La tinta aún estaba fresca. Sopló sobre la superficie a modo preventivo y la ofreció a su hermano que le miraba con gesto fruncido por el estupor.

—¿Qué es?

—Lee —le propuso. —Lo he escrito hace un momento. Mandaré hacer copias. Confío en tener una respuesta pronto.

Aleksei estaba perdido entre las líneas de la misiva. Sus ojos se dilataban conforme la lectura le hacía comprender las intenciones de su hermano mayor.

—¿Vas a convocar a los nobles?

—Creo que ha llegado el momento de reunir lo que quede del viejo Consejo de Guardianes de este reino. Si he de tomar yo la iniciativa de reunirles, lo haré. Los Condes Polacos debemos estar preparados.

Aleksei se apartó del pergamino con una luminosa expresión en su faz enjuta. Miró a Iván con emoción, casi con admiración, con la misma admiración que un niño mira a su héroe imaginario. Iván sonrió de medio lado y su semblante se llenó de orgullo.

—Este es el león que todos esperan de vos.

Irene abrió las ventanas de su alcoba. Para su sorpresa el día era luminoso. Un inusual regalo de ese invierno polaco que solo la jornada anterior había azotado aquella tierra con nieblas y nieves. Lucía tan claro y despejado que tuvo el ánimo de creer que los cielos se habían confabulado contra ella -o quizá a su favor- el día anterior para encerrarla en aquella cabaña con el conde.

Le invadió de repente el frescor matutino que entró sin permiso por el ventanal abierto. Sintió como si el día quisiera darle la bienvenida. La mañana estaba avanzada y, como de costumbre, la hacienda bullía de actividad. El sol no calentaba, pero su tacto era agradable. Cerró los ojos y se invadió del placer de respirar profundo y a bocanada llena, aquel sol y esa brisa fresca. Se dejó arrastrar por el bullicio. Se sentía plácidamente feliz. Había decidido lanzarse ella también al vacío. Superar sus miedos irracionales y dejarse llevar por ese mismo viento que le acariciaba el rostro y besaba sus mejillas con sus labios infinitos. Sentir en oleadas que estaba viva al fin y que la vida le regalaba experiencias más allá de las responsabilidades de sentirse sola en tierra extraña. Su rostro iluminó en una sonrisa nacida desde dentro.

Abrió los ojos y el ajetreo de la hacienda inundó su campo de visión. Como de costumbre, las rutinas de los hombres de leva captaron su mirada. Allí andaban aquellos esforzados hombres en sus quehaceres de aprendizaje con las armas y la disciplina que se les imponía. A su frente, algunos oficiales y en la supervisión general, el caballero Tristán a lomos de su caballo tordo.

Irene lucía aquella mañana su más radiante sonrisa, la más bella, la más luminosa de todas desde que abrió por primera vez aquella ventana a mediados del verano de un año que andaba próximo a morir. Sus ojos chispeaban de alegría e incluso sus pómulos lucían sonrojados a pesar de la brisa helada.

De nuevo, casi como si aquel caballero presintiera su presencia movió su cuello y respondió a su mirada… pero en esta ocasión, y por primera vez, no hubo atisbo de complicidad. No hubo sonrisa de vuelta ni gesto alguno. Se limitó a inclinar levemente la frente en un correcto saludo y regresó a sus hombres.

Aquel gesto no debería de haber creado confusión en la señora. Aquel gesto no debía significar nada, pero Irene le conocía bien y desde aquel momento supo que algo había ocurrido con su primer oficial… algo que tenía que ver con ella. Aquel gesto fue la primera advertencia de que todo iba lentamente a cambiar entre ambos.

Pensaba en ello mientras Ana de Saro se sentaba cerca del tocador de Irene y ella aguardaba con paciencia a que sus criadas dispusieran las ropas con qué vestirla.

—¿Pasó algo ayer con el caballero Tristán? —aquella pregunta dejó con la palabra en la boca a su dama de compañía que quedó un tanto desconcertada por el repentino cambio en la conversación.

—¡Irene! Os hablo de vuestro conde ¿y vos preguntáis por el caballero Tristán? ¿Tenéis sangre en las venas? A santo de qué este repentino interés por vuestros soldados… ¿o solo lo hacéis para que no os entresaque mayores detalles de vuestra romántica escapada?

Irene sonrió ante el comentario y por su mente se colaron sin permiso algunas imágenes de aquella noche que le provocaron un velado suspiro.

—No… es… Imagino que… debió preocuparse ante mi tardanza.

—¿Preocuparse? —a Ana se le escapó una carcajada que se apresuró a tapar con una mano. —Movilizó a todos los varones de esta hacienda, —exclamó con su grandilocuencia habitual. —no solo a los caballeros. Tuvimos suerte de que no nos arrancara a todas de la cama, nos diese una antorcha y nos sacara con los vientos y la nevada a buscaros también. Bastante que andamos despiertas y soportando las plegarias de Aya como si ya os llorase en la tumba.

—¿Me buscó?

—¿Qué si lo hizo? Parecía dispuesto a llegar hasta la misma Castilla de nuevo en vuestra búsqueda, Irene. Al principio dio orden de no mencionar nada al servicio ni las damas, pero esas cosas se saben pronto. Puso a cien hombres a batir los robledales. Dijo que no regresaría hasta encontraros o saberos a salvo.

Irene se llevó una mano a la boca y abrió los ojos desmesuradamente. Había entendido algo. Fue una certeza, una seguridad tan evidente que por eso la encerraba en su boca. Pero aquel mismo gesto fue el que la delató.

—¿Qué os ocurre? ¿Qué he dicho?

—¿Y dejó de buscarme? ¿Cuándo regresó?

Ana elevó la mirada pensativa.

—Los hombres regresaron unas horas después. Ya era noche. No le vimos. Fue el Caballero Pedro quien dijo que todo estaba en orden pero no dio más explicaciones a las mujeres. Mandó a todos a casa. Había preocupación en su rostro, pero su voz era tranquilizadora y su gesto seguro.

—¿Tristán no estaba? —Ana parpadeó antes de fruncir levemente su mirada.

—Ya os digo que no—. Irene se llevó las manos a la cara. —¿Qué os pasa? ¿A qué ese gesto?

Cuando retiró las manos del rostro había una expresión rota en sus facciones.

—Lo sabe.

—¿Qué sabe? ¿Se lo habéis contado? —Ana no podía creer que Irene lo hubiese confesado al capitán de la guardia antes que a ella.

—No, ¿Estáis loca? No lo he contado a nadie. Eres la primera y única en saberlo. Es por cierto comentario, Ana… «Hubiera llegado hasta la misma Castilla» dijiste, de no haberme encontrado. Quizá lo hubiese hecho. Le conozco. Llegar hasta Castilla. Pero no lo hizo. Regresó pronto y mandó a Pedro dispersar a los hombres. Eso es porque… —tragó saliva— me encontró.

Ana le miraba incrédula.

—¿Y qué os perturba de esa idea, Irene? ¿Qué os viese? ¿Qué supiera que estuvisteis con él? ¿Qué lo cuente?

—No, que no cuente, no —aseguró interrumpiendo la cadena de interrogantes de su dama de compañía. —Tristán es ante todo caballero. No lo contará, pero… hoy ha tenido un gesto diferente. Inusual. Extraño en él… y…

Ana le puso su mano sobre uno de sus hombros desnudos que sacó a Irene de sus cavilaciones y la obligó a mirarla. El rostro de su confidente lucía una sonrisa y le chispeaban los ojos.

—Disculpad mi atrevimiento, Irene, pero… ¿qué tiene que ver vuestro caballero en este asunto, más allá de que pueda y sepa guardar un secreto? Hablamos de vos, amiga mía. De vuestra vida, de vuestra felicidad. ¿Qué debéis guardar al caballero Tristán que no tenga él más obligación que vos de guardaros? ¿Lealtad? ¿Comprensión? ¿Respeto? ¿Fidelidad? Él os debe esas cosas y no vos a él. Bastante que guardáis esos lutos horrorosos, que yo si vos fuera, sin varón a quien dar explicaciones ni sociedad que recuerde que una vez estuvisteis casada, mandaba los lutos a la misma tumba que vuestro difunto.

—¡Ana! —La reprendió con una sonrisa por la desfachatez. —Si os oyera Aya.

—Pero es cierto, Irene. Estáis aquí. Sois dueña de una bella hacienda, de vuestro apellido y vuestro destino. En él se ha cruzado un hombre que os pretende y por el que sentís algo hermoso. ¡Y es un Conde! Y es atractivo. Sois la envidia de toda mujer a dos reinos a la redonda. ¿Y vos os preocupáis porque vuestro caballero ha tenido esta mañana un gesto inusual? ¿Y creéis que saberos ayer con el conde lo ha provocado? No es varón de vuestra sangre. Nada le debéis y no tiene autoridad sobre vuestra persona, menos aún sobre vuestros sentimientos o vuestro corazón. ¿Qué os importa que apruebe o no lo que hacéis? Sois mujer sin necesidad de aprobación de varón. Vos misma os habéis jactado de ello ante nosotras. De verdad, Irene, no entiendo ni el motivo de su gesto ni vuestra alteración ante ello. Preocupada ante el desaire de un plebeyo ¡qué cosas he de oír!

—Me preocupo por nada, ¿verdad, Ana? Quizá sólo lo he interpretado mal ¿Qué motivos podría tener para… para…?

—¿Celos? —La propia Ana carcajeó ante la ridícula propuesta. —Pobre del bueno de Tristán si es así. ¿Dónde se ha visto relación de señora y plebeyo? Si

Dios en su infinita sabiduría quisiera que eso ocurriera no habría dispuesto como ha hecho el orden de las cosas. Es antinatural y si los tiene, querida Irene, el problema es suyo y a vos no debe preocuparos ni alteraros en modo alguno.

—Pensarlo solo es una simpleza por mi parte ¿verdad? —mintió.

—Es una simpleza por vuestra parte todo lo que no sea pensar en vos ahora mismo, Irene. En todo caso os permito pensar en ese conde —bromeó. —Lo demás no merece vuestra atención, menos aún vuestra preocupación, creedme.

Ambas se contagiaron mutuamente una sonrisa que sellaron con un apretón cariñoso de sus manos. Ana, no obstante, borró la suya de su rostro en cuanto apareció una de las doncellas con los negros vestidos que ofrecer a la señora.

—Aquí vienen vuestros lutos, Irene. No les hagáis esperar.

Irene se volvió hacia la doncella polaca y no pudo evitar arrugar su gesto ante la oferta sobria de vestuario que le ofrecía. Se recordó bajo aquellas telas, siempre triste, adusta, amarga como la hiel. Quizá las palabras entusiastas de Ana habían tocado hueso en aquella ocasión. Quizá se sentía tan fuerte ahora, tan poderosa ante el nuevo impulso y giro de su vida que tuvo valentía de hacer una sugerencia.

—Ana ¿recordáis dónde puede andar mi vestido cian? Sé vivamente que es de los escasos que decidí traer de Castilla. Causa sentimental.

A Ana se le iluminó la cara.

—¿Cian? ¿En invierno? Es un color primaveral.

—¿Por qué no? Adelantemos la primavera este año. —Ana dibujó una enorme sonrisa en sus labios.

—Encontraré ese vestido aunque tenga que poner del revés esta hacienda —dijo levantándose rauda y casi arrastrando a la doncella polaca consigo.

—Ana, también había…

—Unos borceguíes a juego, lo recuerdo. —Irene le devolvió la sonrisa cómplice.

—Y llama a Yelena. Quiero que ella me peine hoy. Sus manos hacen maravillas. Deseo verme hermosa por una vez.

Ana desapareció feliz llevando consigo a toda doncella que encontraba a su paso. Irene quedó ante el tocador y miró su reflejo. Por un instante quedó sola y rememoró la conversación de su dama de compañía. Quedó pensativa. Quizá llevaba razón y era el momento de decidir ser feliz.

Cuando Irene salió al exterior, el sol lucía con soberbia en la cúpula del cielo. Había tardado más que otros días en dar su paseo por la hacienda. Todos los sucesos de la noche anterior habían desajustado su horario habitual. Quedó parada en el porche, con los ojos cerrados e inspiró profundamente. Se sentía feliz y llena de una extraña energía que la hacía sonreír. Aquella hacienda no parecía la misma, el propio invierno no parecía el mismo de hacía solo una horas. Hacía fresco pero la luz lo contagiaba todo. Resplandecía o esa era la impresión a unos ojos llenos de ganas de ver el mundo brillar al mismo son de los latidos de su corazón. Se arrebujó dentro de su calientamanos de zorro y comenzó a andar. No tardó en percibir el trasiego natural de aquella casa solariega.

Sentía distintos los saludos, las miradas de los campesinos y hombres del servicio y labor con que se cruzaba. También la de algunos de los caballeros ociosos por la hacienda. En aquellos ojos chispeaba algo nuevo. Sus saludos, contagiados quizá por la sonrisa dibujada en su rostro y el leve color que lucían sus mejillas, resultaban más cálidos que de costumbre. Nadie se atrevía a mencionar el motivo, pero ella lo sabía bien.

Era su vestido. Aquel vestido cian que había traído consigo y que hasta entonces no había lucido por guardar sus lutos. Notaba cómo los ojos se abrían al encontrarla vestida de color. Estaban acostumbrados a ver a aquella pequeña señora enfundada en adusto negro, tocada de manera sobria como manda la buena compostura. Pocos que no la hubiesen conocido antes reconocían a aquella dama luciendo colores. Parecía un poco más niña de lo acostumbrado, más luminosa y mucho más feliz. Su paso alegre parecía ser contagioso. Las miradas resultaban más intensas y las sonrisas mucho más abiertas. La reticencia a ser juzgada de atrevida o indecente por aquella gente sencilla se disipó pronto. Ellos poco sabían de su pasado. El negro de sus lutos solo era ese color triste de su señora… y había sido capaz de ganarse con sus gestos y atenciones el cariño y respeto de muchos, por esa razón encontraron agradable verla alejarse de aquellas sombrías ropas.

Aquel vestido tenía un pequeño secreto. Guardaba en su memoria un momento entrañable. Un recuerdo de esos que aparecen bonitos cuando se traen de vuelta. Al menos, aún lo era para ella. No es que en su armario actualmente hubiese muchas más telas alejadas de triste negro para elegir, pero por descontado, éste había hecho viaje en secreto precisamente por ese motivo oculto.

Había elegido un día perfecto para dejar los «hábitos de monja» como Ana se empeñaba en denominar a toda su colección de vestidos de luto y ya había tenido que dar las primeras explicaciones. Aya no veía bien su decisión. La encontraba una grave falta de respeto. Habían discutido en la sala de estar, pero se encontraba tan radiante que ni las objeciones de la vieja madrina pudieron contra ella y su deseo de renovarse. La tradición, le achacaba, las buenas costumbres, la irreverencia a los ojos de Dios, la falta de respeto hacia su difunto… Irene fue enérgica al respecto.

—Querida Aya, sé que vuestros reproches solo tratan de advertirme y que lo hacéis por mi bien, cosa que os agradezco; pero no los comparto en absoluto. Para fortuna o desventura, esta tierra me ofrece, nos ofrece a todos, la oportunidad de romper con las cadenas del pasado y abrazar un nuevo porvenir donde ya no importa quienes fuimos, sino quienes estamos dispuestos a ser. He guardado lutos por mi difunto largo tiempo. Fue un marido al que apenas conocí, del que me unen solo aquellos lazos que beneficiaban a nuestra familia y la suya. No queda nada en mi memoria de su paso por mi vida. Poco, de aquellos lazos y, con temor os digo, que no ando segura de que quede apellido ni familia, salvo la que yo he traído conmigo. Estos lutos solo me recuerdan un pasado de tristeza, de soledad. Un pasado en el que Irene de Manrique solo era y debía ser una buena y callada esposa de un Marques que hacía la guerra en tierra extranjera. Si Dios hubiese querido verme enfundada en estos negros perpetuos, me hubiese dejado en Castilla donde las cotorras de los mentideros nunca hubiesen permitido tal cosa sin extender habladurías y provocarme el quebranto. Pero ese mismo Dios es el que ha dispuesto las cartas para que ahora esta Irene que soy se sienta fuerte, viva, decidida a llevar esta casa a la prosperidad por su propia mano y caminando de su propio pie. Ese mismo Dios al que creéis que ofendo con el azul de mi vestido es el que ha propiciado que hoy comprenda que el futuro que me espera es más brillante que ninguno de los días dejados atrás, que estos lutos se empeñan en recordarme. A nadie ofende mi actitud si ella lleva consigo la alegría de un alma renacida y preparada para sonreírle a la adversidad que tenga a bien entrar en esta casa. A nadie ofende salvo a otras mujeres a quienes mi actitud provoca, pues de andar en mi caso no tendrían los arrestos de tomar las riendas de su propia existencia. Aquí ya no hay Corte a la que rendir cuentas y mis nobles vecinos poco o nada saben de mí, ni de las lágrimas que quedaron en Castilla. He decidido no ser cárcel de mi propia existencia, querida Aya. Sé que no lo entenderéis, pero mi decisión está tomada.

No hacía falta tener más de medio siglo para encontrar difícil comulgar con aquel evidente descaro. Quizá, solo la rebeldía de la juventud podía permitirse aquello en una tierra donde se hacía menos acuciante la presión de una sociedad anclada en las costumbres. Irene era consciente que solo allí, en aquel reino, privada de figura masculina que rigiese su destino podía permitirse aquel desplante. Y con todo, a tenor de su experiencia, sabía que su conducta y talante ya estaban siendo observados y juzgados por las nobles esposas y damas de sus ilustres vecinos. No tardarían en salir rumores y maledicencias: aquella descarada dama extranjera sin hombre, de lengua fácil; comportándose como varón en lugar de amansarse ante algún buen apellido. Quizá por eso debía andarse con un poco de cuidado en cuanto a sus tratos con el conde Duriakov.

De momento lo llevaría en secreto. A fin de cuentas, lo ocurrido la madrugada anterior solo había sido… bueno, aún no tenía demasiado claro qué había sido exactamente. Prefirió dejar que su cabeza no interfiriera. Se dejó llevar y fue bonito. Aquel hombre había pasado de un soplo de viento de ser aquel vecino prepotente a convertirse en alguien desconocido y desconcertante. Alguien que la había desnudado por entero en el más amplio sentido de aquella palabra. No quería apresurarse. Trataba de poner un poco de riendas a ese corazón tocado en el alma. Iván Duriakov era alguien poderoso. Se había mostrado tierno y sensible con ella. Le había dejado atisbar su alma de guerrero y aquella visión amenazaba también con ocultar todo lo demás, desposeerla de cualquier otra cosa. Por eso trataba de repetirse que quería, necesitaba, ser capaz de disfrutar de aquel bonito cuento sin perderse en el camino.

Mientras caminaba hacia el jardín, donde sus damas la estarían esperando, trataba de imaginar cuáles serían sus pensamientos en este momento. Qué haría él, qué estaría haciendo, cual sería para él la sensación del día después. ¿También pensaría en ella? ¿También andaría caminando bajo ese sol regalado? ¿Se estaría preguntando igual que ella cuándo podrían verse de nuevo? Era hermoso pensar así, pero le daba miedo conocer esa respuesta. Le daba miedo incluso encontrarse pensado aquello. Iván Duriakov seguía siendo un desconocido, codiciado por todas las damas solteras de los alrededores, responsable de un condado extenso. Una parte de ella se sentía halagada porque aquel importante varón se interesara por ella. Por otra, eso mismo le daba miedo. Se preguntaba cómo respondería la próxima vez que se vieran. ¿Simularían que aquel sueño entre la tempestad, en aquella cabaña olvidada entre los bosques, nada había ocurrido? ¿Volverían a las frases corteses y los cumplidos o se buscarían en secreto las manos? ¿Se irían los ojos tras la ausencia del otro? ¿Se aceleraría el pulso en su presencia? ¿O la magia de haber conseguido la pieza deseada haría que aquel hombre con tantos asuntos importantes que atender, satisfecho y correspondido, la regresara de un golpe a la categoría de vecina? Había muchas dudas en las que no quería pensar. Muchas, que motivaban aprensiones sobre cómo respondería ella también.

En el camino se tropezó con Ordoño. Venía seguido de Berem y Yelena. Parecía tener prisa. Aun así, hizo un receso para saludar a la señora.

—Os veo apurado, Ordoño. Os hacía en vuestro despacho. ¿Ocurre algo?

El secretario suspiró sonoramente aunque más bien pareció que aprovechaba el momento para tomar aliento.

—Vuestra decisión de donar vuestras tierras, Señora, está haciendo necesario un esfuerzo extra de organización. Los Caballeros pronto se dispersarán hacia sus destinos y andamos agilizando trámites. El Caballero Tristán quiere que los caminos sean seguros y ha diseminado vuestras tropas a mando de cada uno de los caballeros. Propuso a Belem una suerte de correos a pie, iguales que los que cruzan las líneas en el frente de batalla. Chicos jóvenes y fuertes que puedan hacerse unas millas corriendo para llevar los mensajes urgentes de una a otra aldea. Ando organizando los primeros candidatos, las partidas de hombres y todo el papeleo de las posesiones de tierras a vuestros hombres. Yelena y Berem van a sugerirme algunos nombres y contactos de confianza en las aldeas colindantes.

—Me parece una gran idea —apostilló Irene que le había escuchado muy intrigada. —¿El Caballero Tristán sugirió tal cosa?

—El incidente de ayer le hizo darse cuenta que una vez tenga a sus caballeros dispersos por las aldeas necesita una fórmula rápida para convocarlos a ellos y a las partidas de leva que dispongan, de ser necesario.

—¿El incidente de...? Oh, claro —se sintió culpable. —Aún no he podido disculparme por el apuro que os hice pasar a todos. Fue una imprudencia salir a cabalgar con la amenaza de tormenta. Yo... lo lamento mucho.

—Sois la señora —le contestó tajante. —No tenéis nada que explicar y menos a vuestro servicio. Ocurrió un incidente inesperado. Eso es todo. Los esfuerzos del caballero Tristán se centran en que si vuelve a ocurrir, estemos preparados para cualquier eventualidad. Si algo os hubiera ocurrido lo hubiese tomado como una grave falta de capacidad por su parte. Es un soldado, Señora. Cumple con su deber. Todos lo hacemos.

Irene quedó un instante sin palabras. Un instante que creó un incómodo silencio que no supo deshacer. Aquel punto de vista la sumió en una cadena de pensamientos fugaces. Al percatarse de la situación trató de disimular la turbación.

—En ese caso, no os entretendré más —dijo apartándose hacia un lado y liberando el camino. —Es obvio que tenéis asuntos de mucha mayor trascendencia que os estoy impidiendo realizar con mi charla trivial.

—Estaré en mi despacho, señora, si algo os urge.

—Sois muy amable, Ordoño, pero no os molestaré más.

Con una sonrisa y un cabeceo el secretario dio por terminado el encuentro y prosiguió. Irene dejó pasar a los hombres, pero a poco que Yelena, algo más retrasada, cruzó ante ella, la agarró por el brazo dejando que ellos se alejasen unos pasos antes de hablar. La jefa del servicio no pudo disimular su sorpresa al sentirse reclamada de aquella manera.

—Yelena… ayer… ¿el caballero Tristán estaba…? —aquella mujer tenía arrugas en su rostro suficientes como para saber qué quería exactamente conocer su joven dama.

—Nunca vi hombre más preocupado por otra persona, mi señora.

Irene agachó la cabeza en un gesto de culpabilidad. Al levantarla creyó descubrir una chispa extraña en los ojos de su ama de llaves.

—Tristán tiene un alto concepto del deber. Soy muy afortunada de tenerle cerca.

—No fue deber lo que vieron mis ojos en los suyos.

Irene quedó por un instante desconcertada ante aquellas palabras tan directas.

—¿No?

—No —se reiteró Yelena. Irene quedó pensativa.

—Hubiera llegado hasta la misma Castilla —repitió en voz alta las palabras que Ana de Saro había usado para referirle aquella misma escena. Yelena arrugó la frente. Irene supo que no las había relacionado en primera instancia así que trató de restarle importancia al comentario. —Gracias, Yelena. Algo me decía que el asunto no era tan amable como Ordoño ha tratado de hacerme creer.

Al mencionar el nombre de su secretario volvió la mirada por inercia hacia él. Aún no se había percatado de que Yelena no les seguía. Berem sí lo había hecho y ambos se encontraron en aquella mirada furtiva.

—Venga, alcánzales. No quiero retrasar tus deberes.

Yelena agitó afirmativamente su cabeza a modo de despedida e inició unos pasos, pero pronto se volvió.

—Señora. El vestido es muy bonito. Debería usarlo más a menudo. Os da luz.

Y sin esperar respuesta, se giró en dirección a los hombres y prosiguió tras ellos. Le había dejado a Irene una sonrisa de recuerdo pintando su boca.

La conversación con la jefa del servicio le hizo pensar. Preguntó por Tristán pero todos aseguraban que había salido con los hombres de leva. Alcanzó a sus damas y pasó gran parte del tiempo con ellas. Ana había sido discreta por una vez y aunque las jóvenes trataron de sonsacarle asuntos sobre su imprevisto de madrugada, ninguna parecía saber qué había pasado en realidad. Irene supo llevar la conversación hacia su terreno y pronto la condujo hacia aquellos temas frívolos y triviales que tanto les gustaban. Con todo, se mantuvo atenta a las reacciones y algo defensiva, pero sin llegar a llamar la atención.

Le gustaba pasar tiempo con ellas. La distraían de asuntos más importantes, más pesarosos. Le aliviaban la carga de responsabilidad que llevaba a sus espaldas y le recordaban la juventud que realmente tenía. El tiempo pasaba volando entre comentarios habitualmente licenciosos y con algo de malicia, burlándose o imitando los achaques y manías de aya Sagrario o las respuestas y ademanes que tenía la vieja madrina al escuchar sus escabrosos y explícitos pensamientos sobre tal o cual mozo, las virtudes sobresalientes de este o tal joven caballero de la Hacienda, o sus impulsos para nada recatados. Reía con ellas y tenía muchas ganas de reír.

Tristán se dejó ver alcanzado el cenit de la tarde. Ya no estaba con ellas. Le había dado tiempo para casi todo. Le vio desde su ventana, en un receso ocioso entre otras obligaciones y despachos. Aún había algo de luz, aunque lamentó que los crecientes tonos cobrizos del sol no hicieran relucir aquel azul cian con tanta justicia como en la mañana. Sin saber exactamente por qué, se descubrió retocándose las arrugas del vestido y acomodando su tocado en el espejo. Quería que la viese guapa. Lo estaba, hacía mucho tiempo que no lo estaba así. Le hacía ilusión que la viese con aquel vestido.

Le encontró en los establos. Desanudaba las cinchas de la silla de montar del noble *Crisante* mientras los mozos llenaban el abrevadero de agua fresca y buena ración de forraje para el bello bruto. Irene quedó en la puerta de la caballeriza sin querer interrumpir el ritual entre el fatigado caballo y su caballero. Tristán tenía un poco la mirada perdida y el semblante aún más serio y pétreo de lo habitual. Con todo, había una tierna estampa ante ella. Un vínculo de sudor y agradecimiento mutuo por la entrega del otro. Camaradería entre animal y jinete, sin palabras ni dobleces. Observar como mera espectadora aquella silenciosa escena la emocionaba.

Tristán, con signos evidentes de fatiga en su rostro, tardó en verla a pesar de que su mirada pronto enfiló las puertas corredizas del establo. Irene se percató de cómo los ojos del caballero pronto repararon en sus vestidos nuevos. Ella dejó escapar una tímida sonrisa pensando que él reconocía el guiño, sin embargo, la expresión del capitán permaneció fría y distante.

—Este no es lugar para la señora de la casa —dijo él—. ¿Algún asunto grave os obliga a venir a los establos?

Irene encontró especialmente cortante aquella actitud en su primer caballero. No solía mostrarse tan seco, especialmente si aquellas eran las primeras palabras del día, aunque a aquel día solo le restasen unas horas de vida.

—¿Estáis bien, Tristán?

—Es un orgullo que la Señora se preocupe del estado de sus hombres—. Volvía la distancia, la frase revestida de un sutil tono hiriente. No era normal. Tan impropio de él. Algo le ocurría. Trató de disimular que aquel tono le había dolido.

—Nunca ha dejado de preocuparme, aunque… ayer imagino que os procuré un buen susto… no solo a vos. Imagino…

Tristán arrugó el entrecejo y miró hacia el suelo.

—No alcanzo a entender a qué os referís, mi Señora.

Irene quedó un poco descolocada. No podía ser cierto que ignorase de qué hablaba.

—Ayer... yo... fue una imprudencia. Seguro que... —Tristán volvió a interrumpirla dejándole las palabras en la boca.

—En ningún momento nos preocupamos, Señora. Ayer... gozabais de la mejor compañía. Este soldado estaba seguro que vuestro noble vecino os atendería y os procuraría todas las atenciones que una mujer de vuestra altura merece. Nadie temió por vos. Quien os habla, menos que ninguno.

Irene quedó petrificada: Mentía. Tristán le mentía abiertamente y usaba un tono de doble lectura en sus palabras. Pudiera ser que él ignorase que ella ya conocía lo que había ocurrido en la hacienda durante las horas de su ausencia. Sin embargo, resultaba francamente extraño que Tristán no sospechase que el revuelo provocado durante su búsqueda no podría ser silenciado siempre. Quizá, y eso era lo que más le extrañaba, a aquel soldado no le importase en absoluto ser cazado en aquella mentira. Ella prefirió jugar a su juego. Parpadeó y se recolocó muy digna alzando su barbilla al mirarle. Tristán era una roca ante ella.

—Entiendo. Quizá me he precipitado al creer que pude haber sido causa de preocupación. Solo quería pediros disculpas ante ello, Tristán. Pero veo que no son necesarias.

—No lo son, señora —corroboró el soldado. —La tarde transcurrió con normalidad. En cualquier caso, de haber sido como vos imagináis, no se hacen necesarias. Es mi trabajo. Preocuparme entra dentro de mis obligaciones. Pero descansad tranquila.

Irene bajó la mirada con cierta pesadumbre. Tristán insistía en su mentira. Dudaba si lo hacía solo por no preocuparla, pero resultaba especialmente seco en su tono. Estaba segura de que aquel soldado no solo había actuado tal y como le habían asegurado, movilizando a gran cantidad de hombres la noche de la ventisca; sabía, estaba segura que él había estado allí, en aquella cabaña. Sus ojos esquivos y su mandíbula apretada le confesaban a gritos aquella verdad. Le había visto con él. Podía disimularlo con el resto del mundo, pero no ante ella. Había dolor en aquella mirada. Dolor y casi resentimiento. Un dolor y un resentimiento que ni siquiera podía confesar.

Alzó la mirada y se fundió por un segundo en las pupilas de aquel hombre que expresaba a gritos una herida que trataba de ocultar por todos los medios. Dudó si enfrentarle al dilema, decirle que sabía cuál había sido exactamente su reacción, confesarle que estaba segura que él sabía qué había pasado en aquella cabaña.

Estuvo a punto de ponerle delante de la realidad aunque solo fuese por dejar de fingirse, pero no lo hizo. Se silenció al percibirse de que los ojos de Tristán recorrían su vestido nuevo y reconocían el guiño. Una vez le confesaría que de todas las prendas con las que ella se vestía, aquel vestido celeste era con el que la encontraba más favorecida. Aquello fue poco antes de enlutar y verse obligada a enfundarse en negro duelo. No quiso confesarlo entonces pero se llevó aquel vestido entre otras razones por aquel piropo en una soleada tarde de verano en los jardines de la hacienda. Aunque quiso tener un detalle bonito hacia él no supo ver que en aquel nuevo contexto, incluso aquel vestido y su recuerdo hacían sangrar y podían leerse como una muestra cruel de falta de tacto.

No dijo nada. El Tristán que ella recordaba no hubiese retenido algún comentario halagador. En especial, tratándose de aquella prenda y en aquellas circunstancias. El Tristán que tenía frente a ella guardó un tenso silencio.

Ella lo entendió.

Tragó saliva. Volvió a levantar la barbilla. Se calzó de orgullo y le miró.

—Entonces, supongo que no hay nada de lo que disculparse, Capitán —dijo ella imitando su tono cortante. Tristán lo recibió con honestidad.

—No lo hay, señora.

—Entonces no os molestaré con asuntos sin importancia—. Él agachó la frente en un gesto de cortesía.

—Tampoco nada de lo que arrepentirse, Señora.

Aquella frase resultó envenenada. Irene mal encajó el golpe pero sonrió forzadamente.

—No he dicho que me arrepienta de nada, Tristán. Si me disculpáis…

Aquellas fueron sus últimas palabras. Un golpe duro y directo a su mentira. Con un gesto de estudiada cortesía, se dio la vuelta y abandonó los establos.

Tristán quedó solo, rumiando los ecos de los pasos que dejaba aquella dama.

Había un nudo en la garganta. Su puño se crispaba con fuerza y rabia. Lo llevó a sus labios y los apretó fuerte con él mientras cerraba los ojos. Había empezado a convertirse en aquello de lo que juró huir..

GUERRA FRÍA

—¿Reconoces a esos hombres?

Hay un silencio incómodo. Una mirada de soslayo antes de volcarse a la explanada desde las alturas.

—Son los caudillos de las tribus varegas. Mis antiguos comandantes.

—La mitad te cree muerto. La otra mitad te mataría aquí mismo si pudiera.

El rey varego observó con detenimiento aquella reunión de guerreros que se aglutinaban en torno al patio de armas del castillo. De entre sus figuras corpulentas reconoció pronto a Thörsen Vallägsson. Se acompañaba de sus hijos y otros fieles a su mando. Gestos broncos. Parecían inquietos. Muchas imágenes del pasado cobraron cuerpo en su mente. También estaba el fiero Harald, que llamaban *el hacha tirana* y Kolskegg de la tribu de los Tranios con alguno de sus cabecillas. Parecía haber engordado un poco y había perdido una mano. Más allá, los hermanos Rurik y Truvor Oslenhoff de los Denios. Sus miradas de halcón y sus torsos de oso hablaban por ellos. Eran buenas fieras. En batalla eran temibles. Nombres y rostros familiares. Eran los hombres en los que había descansado su poder y su fuerza. Ahora aquellos guerreros, antaño leales, ni siquiera se miraban entre ellos. Por descontado, actuarían tal y como el Emperador Germano vaticinaba si supieran que él les observaba desde lejos.

Uharid apartó la mirada de aquella hueste y la dirigió al Águila. Le examinó grave y en silencio, estudiando las arrugas en sus ojos y la inexpresividad en la mueca de su rostro.

—Les has prometido lo mismo que a mi ¿no es cierto? Hombres y botín. Por eso han venido hasta aquí. No habrían acudido de otro modo. Les conozco.

Morgoth tardó en mostrar vida en sus ojos, pero delató una sonrisa mordaz.

—Eres listo, varego.

—¿Para qué te sirvo, entonces, si ya tienes a mis generales? ¿O solo te suscita placer todo este teatro absurdo?

—Mírales, varego. Antes eran una fuerza temible. Ocho años sin ti y no son más que un puñado de salvajes que pelean entre sí por un manojo de aldeas que saquear. Eres un rey sin corona, ni ejército, ni patria. Pero eso puede cambiar hoy mismo. Y a mí me interesa que cambie.

—Dijiste que me devolverías a mis hombres —masculló Uharid como si se sintiese traicionado. Morgoth tuvo un gesto de condescendencia.

—Dije que te los devolvería, no que estuviesen esperándote o que te hubiesen guardado el trono—. Morgoth señaló a los caudillos que se apiñaban abajo. —Los Vallägsson son el grupo más numeroso. Thörsen es el caudillo mejor posicionado, pero eso no le ha valido la unidad. Se dedicó a absorber tribus menores y se hizo con los tuyos cuando te dieron por muerto. Mató al resto de tus familiares cuando tu supuesto cadáver aún estaba caliente.

Uharid apretó los dientes.

—Era mi mano derecha.

—Es obvio que ya no lo es.

El varego rumió sus palabras.

—Entiendo tu juego, Morgoth.

—Sé que lo entiendes… y sé que vas a jugar.

Pronto aquellos caudillos se reunían en torno a una gran mesa, invitados por el emperador de los paganos. La abundancia de vino y cerveza había limado las tensiones y miradas de recelo entre ellos, aunque sus formas continuaban siendo cuanto menos incómodas.

Morgoth se sentaba en un estrado elevado.

Era una mesa transversal con su propio servicio. No estaba solo. Le acompañaba la siempre inquietante presencia de aquella bruja esteparia que las lenguas decían calentaba no solo su lecho. Tenía una belleza espectral, casi sobrenatural, muy alejada de la habitual de aquellas tierras del norte. Sus ojos rasgados y negros como la noche destacaban como el fuego en su piel de oro tostada. Sus ropas hablaban de ritos desconocidos y dioses ocultos de la sangre y la muerte, de más allá de las tierras del Este. Si todos temían la hegemonía creciente del Emperador, más aún temían los desconocidos poderes y la relación con los espíritus de aquella mujer de las estepas.

Gorgho, el jefe de la escolta Khanita, la guardia pretoriana del emperador, alzaba su solemne estatura a un lado de la mesa imponiendo respeto con sus bíceps dorados e inmensos, y la descomunal espada curvada a su espalda. Él advertía a aquellos caudillos de las tribus que Morgoth jamás está indefenso, menos aun cuando tenía invitados en su mesa.

Había otro hombre inquietante sentado junto al emperador. Un comensal silencioso y ausente que cubría sus facciones con una capa de pelaje de bestia. No hablaba. No comía. Solo miraba desde el confín en el que sus pupilas se fundían con las tinieblas de su coroza de piel. Su actitud tenía nerviosos a algunos de aquellos hombres del norte que le miraban con recelo y especulaban sobre su identidad. Con todo, se sentaban en la mesa del *Águila*, probablemente, la mesa del hombre más poderoso y temible sobre la tierra. Cualquier cosa estaba permitida, especialmente el miedo y la incógnita.

No querían reconocerlo pero todos ellos estaban aterrados. Si el *Águila* llama, el hombre sensato acude. Morgoth no solía aceptar bien las negativas. Los varegos se preciaban de ser libres, independientes; a pesar de que su reino hubiese sido vendido a un vasallo de Morgoth, y ellos, diseminados y lanzados a la rapiña y el saqueo tras la guerra. Había resentimiento hacia el hombre que les había despojado de sus tierras y colocado en ellas, como en tantos otros lugares, a un títere a su conveniencia; tanto o más como tenían a las tropas cristianas que les habían conseguido doblar la espalda en el campo de batalla. Sin embargo, Morgoth jugaba con la sutileza diplomática de la fuerza. Jurik Soranssen había sido el primero en ser convocado a aquella mesa. Era un caudillo fuerte, quizá no el mejor posicionado pero sin duda un señor de la guerra poderoso. Por eso Morgoth le eligió a él. Anticipó su respuesta y quiso lanzar un mensaje claro a los demás. Con orgullo, Jurik se negó a escuchar siquiera la propuesta de invitación y amenazó al emperador. Su cabeza, la de sus hijos y hermanos decoraron la pica del estandarte del legado que el *Águila* envió al resto de los caudillos varegos. Con semejantes cartas de presentación, los jefes varegos aceptaron sin dudar la *amable* invitación a la mesa del emperador pagano. Aquella pica todavía podía verse a las puertas del castillo de Khol, donde se reunían.

Estaban asustados, pero eran más que conscientes de que no había fuerza varega capaz de interponerse en aquel momento a la garra rapaz del emperador.

Thörsen Vallägsson, que se consideraba a sí mismo el legítimo caudillo de todos los varegos, rompió el hielo proponiendo un ruidoso brindis que todos sus compatriotas secundaron. Morgoth, con gesto complacido alzó también su copa.

—¿Qué pueden los poderosos varegos, señores del hacha, ofrecer al implacable Morgoth, emperador de los pueblos del norte, azote de los falsos Dioses? Los Vallägsson escuchan y con ellos todo el pueblo varego. Háblanos, Poderoso Morgoth.

El emperador aceptó tomar la palabra y se levantó pausadamente.

—Los varegos sois llamados a tener una presencia determinante en la guerra que se avecina—. Su voz grave y sonora se hizo pronto dueña de los ecos. —Habrá tierras para los caudillos, botín para los soldados y sangre para vuestras hachas.

Otra voz se unió a ella. Era la de Rurik Oslenhoff.

—¿Y qué pide el emperador a los varegos a cambio?

Morgoth se volvió al rostro rubio y barbado de Rurik.

—Unidad.

Thörsen se sintió directamente aludido y fue rápido en contestar.

—El pueblo Varego está unido.

—¿Lo está? ¿Es Thörsen Vallägsson el caudillo de todos los varegos?

—Lo es —dijo con autoridad y firmeza. De inmediato, el jefe Harald se levantó de su asiento.

—Por encima de mi cadáver—. Sus hombres se levantaron con él y aquel gesto hizo alzarse a toda la comitiva Vallägsson al completo. El resto de los caudillos se tensaron. Aquella tensión se vio pronto interrumpida cuando de las puertas que comunicaban el salón de banquetes empezaron a entrar las tropas germanas de Morgoth que comenzaron a formar, alineándose con las paredes del recinto. Las miradas de todos los presentes se desviaron a ellas. El sonido de las puertas al ser trancadas desde fuera subió un grado aquella escena.

—¿Qué es este juego?

—Varegos. De esta mesa saldrá el caudillo, cueste lo que cueste.

—En esta mesa ya se sienta el Caudillo —bramó Thörsen echando mano a sus armas. Ese gesto provocó que todos en aquella sala hiciesen lo mismo. Entonces ese invitado silencioso habló por primera vez evitando que aquellos hombres se lanzasen unos contra a otros.

—En eso tienes razón, Thörsen Vallägsson de los Vallägsson de Rur. El Caudillo está en esta mesa. Siempre ha estado en esta mesa.

Aquella figura se levantó lentamente. Su voz ya había sido reconocida. Algunos rostros ya habían empalidecido antes de que las manos de aquel hombre despojasen de su rostro la caperuza que ocultaba sus rasgos duros.

—Uharid.

Hubo un instante en el que las miradas se cruzaron, se crucificaron, se batieron en un duelo a muerte. Morgoth se arrellanó en su asiento. La bruja le miró de soslayo y sonrió.

—Dijeron que habías caído.

—He vuelto de entre los muertos.

Los hijos de Thörsen empuñaron sus armas.

—Deberías haberte quedado en la tumba.

Uharid subió de un salto a la mesa y dejó ver la terrorífica hacha pesada de guerra que llevaba en las manos.

—Devuélveme mi corona.

Y de un salto alcanzó la mesa de banquetes bajo él. Corrió por la tabla mientras alzaba su hacha en dirección a los Vallägsson. Los platos y restos del banquete salían despedidos al tiempo que el resto de comensales se apartaba de la furiosa carrera del rey destronado.

Thörsen logró parapetarse tras su escudo antes de que la temible hoja del hacha describiese su arco mortal hacia él, pero la furia del golpe fue tal que partió el escudo y acabó empotrada en su cara. Antes de que ninguna reacción fuese posible, la pierna de Uharid batió la mandíbula del más cercano de los hijos de Thörsen que cayó de espaldas. La tropa germana se echó encima de aquellos varegos con sus armas dispuestas a dar una lección de lealtad.

Mientras Uharid desenterraba su arma del rostro partido de su adversario lanzó una última amenaza a los suyos.

—Varegos, vuestro rey ha vuelto.

Irene se dejó ver en el porche de la hacienda vestida para la monta. Resultaba extraño encontrarla ataviada con prendas de hombre. La señora era una jinete excelente; y si lo era, se debía precisamente a que no montaba como una dama. Recogía sus largos cabellos negros en un elaborado moño sobre su nuca que le dejaba al descubierto su cuello delicado y grácil. Sus prendas la masculinizaban pero descubrían una figura de curvas suaves, no siempre realzada con sus ropas de dama. Tenía una blanda línea en sus muslos que dibujaba unas piernas de sutiles siluetas, realzadas por unas botas de jinete hasta casi las rodillas. La cintura estrecha y la cadera torneada, abocetaban unas redondeles que harían sonrojar a cualquier hombre.

Ajustaba sus guantes de cuero a sus manos cuando uno de los mozos de cuadras le trajo a *Rebecca*, su joven yegua moteada, brillantemente peinada y acicalada. Ella sonrió al recibirla y acarició su cuello con gesto amoroso antes de subir a la silla. La sensación de libertad resultaba indescriptible a lomos de la dócil yegua. Inspiró profundo antes de mover sus riendas y contemplar sus tierras. Cerró por un momento sus ojos y se dejó bañar del fresco ambiente de aquel invierno polaco aún por llegar. Sintió que su corazón latía fuerte. Había emoción, pero también miedo.

Con un golpe de bridas, la puso al paso.

No avanzó mucho antes de tropezarse a la salida de la hacienda con Pedro de Leza que parecía tomar el camino hacia la villa de Wroclaw. En el cruce de caminos, poco después de superar el puente, el caballero se percató de la presencia de la señora que avanzaba a paso distendido pero sin compañía alguna. Allí detuvo a su rocín de guerra y quedó a la vista.

Irene levantó la cabeza y reparó en aquel caballero que parecía aguardarle gentilmente a los pies del puente. Su rostro no consiguió disimular que no era de su agrado tropezarse con nadie en aquella mañana pero la distancia, aún prudente, evitó que pudiera apreciarse. No llevaba ese camino pero no coincidir con aquel soldado que había detenido su paso para hacerla confluir con el suyo se hubiera interpretado como una grosería, o peor aún, como en realidad era, un intento deliberado de ignorarle y evitar el encuentro. En condiciones normales eso solo lo haría alguien que pretende ocultar algo. No tenía intención de despertar sospechas entre sus cercanos, así que encajó su mejor sonrisa y enfilo a la yegua como si ella también tuviese intención de tomar aquella dirección. Pedro le devolvía sonrisa al otro extremo del puente. Cuando apenas quedaban unos metros para salvarlo, la saludó inclinando cortésmente su cabeza. Irene se adelantó al resto del protocolo.

—Bonita mañana para ser este invierno polaco, Don Pedro.

Pedro aguardó a que ella estuviese a su altura para responderle.

—Parece que el tiempo nos da una tregua, Doña Irene, que viendo las nieves de otoño, respeto me da cuanto menos el invierno en este reino. ¿Paseo matutino?

Irene trató de desviar la conversación a su favor mientras ambos caballos iniciaban ahora el paso paralelos.

—No vestís armadura esta mañana. Intuyo que para vos también es ociosa. ¿Os encamináis a la villa?

El caballero sonrió con amplitud y dirigió su mirada al horizonte.

—Hay que aprovechar esta luz de la mañana, que el atardecer empieza pronto en esta tierra. Los hombres tendrán que arreglárselas sin mí por esta jornada, mi Señora. Un descanso merecido que no he gozado en meses. ¿Y vos? ¿Paseo sin guardia ni escolta?

—Mis caballeros hacen de estas tierras caminos seguros. No es necesario que me sigan a todos los rincones. Solo quiero desentumecer a la pobre *Rebecca*. Mucho tiempo en establo no le hace ningún bien.

Pedro arrugó la frente en un gesto disconforme pero no le discutió.

—Los asaltantes de caminos son solo uno de los peligros de viajar sola, si se me permite el consejo, doña Irene. Que no se tema por ellos en vuestras fronteras no quiere decir que sea buena idea cabalgar sin compañía. Una mala torcedura puede costarnos un susto. ¿Tristán sabe…?

—No he visto al caballero Tristán esta mañana —cortó pronto Irene. Pedro, sintiéndose obviamente interrumpido guardó silencio.

—No… yo tampoco me he cruzado con el capitán. Debe andar comprometido con el asunto de los correos a pie.

Pero se equivocaba…

Tristán no estaba ocupado con los asuntos del correo a pie.

Hubo un cruce de miradas tensas y un silencio incómodo se instaló entre ambos al sacar el nombre del capitán en aquel diálogo. Una tensión que se resistió a abandonar a la pareja de jinetes desde ese instante, como si ambos supieran los motivos del otro para pasar de largo de tal conversación. Continuaron juntos, no obstante, y manteniendo una conversación trivial durante unos minutos de trayecto. Se separaron donde el camino tomaba dirección hacia Wroclaw. Allí se despidieron cortésmente, no sin que Irene volviese a escuchar los recelos de aquel caballero por cabalgar sola y le mintiese diciéndole que volvería a la hacienda.

No lo hizo, aunque tomara hacia atrás sus pasos. Regresó al puente donde se encontró con él y enfiló la dirección que descartó entonces al encontrarle esperando. Se encaminó a trote elegante hacia las lindes de los primeros árboles, cabalgando paralela a la silueta del boscaje que alcanzaba los pies de la hacienda. Siguió el camino del este un trecho y apretó al galope para desfogar a la yegua que necesitaba algo de azogue. No tomó una dirección directa, para poder tener una coartada por si volvía a cruzarse con alguno de sus caballeros.

Cuando se sintió apartada de toda mirada, torció la ruta y se internó en el bosque. Sabía bien a dónde debía encaminar los pasos a través del robledal: el sendero hacia el claro, seguir un trecho el riachuelo, la pequeña loma. Sabía los puntos, casi los había memorizado inconscientemente. Todo por responder a una promesa hecha tratando de esconder el apego, intentando no parecer desesperada por volver a acudir. Buscando que pareciese simplemente una concesión más a un antiguo enemigo. Todo para no creerse, ella primero, y no hacer creer, que hubiese dependencia ni lazos de sentimiento. Pero ahora allí, frente a aquella cabaña abandonada de leñadores, sin dueño conocido ni permiso debido, el corazón se le aceleraba ante la duda de si sería la primera en aparecer o la única.

Cuando empujó discreta y levemente aquella puerta, la negrura del interior le dejó adivinar la presencia de un hombre en su interior. Los latidos de su corazón se volvieron dementes. No quiso tener certezas de quien era hasta que su voz traspasó los velos tenebrosos y llegó hasta su oído.

—Has vuelto. No sabía si acudirías.

—Yo tampoco —confesó en un susurro y cerró tras ella.

Tristán no estaba atendiendo los asuntos del correo a pie. Tampoco instruía esa mañana a sus caballeros, ni supervisaba a los hombres de leva. Ni Ordoño, ni sus caballeros, ni Pedro de Leza, ni la propia Irene habían tenido noticias del capitán. Tristán, lleno de veneno, con el corazón estrujado en su pecho y la mandíbula apretada por el dolor y la impotencia, observaba arropado entre los árboles cómo aquella mujer se encontraba de nuevo en secreto con su rival.

Cerró los ojos y volvió a su caballo. En su interior crecía un monstruo. El monstruo insano del despecho y no era capaz de controlarlo.

Diario de Irene de Manrique.

4 de Noviembre de 1390.

«La situación de estas semanas me resulta cuanto menos desconcertante. Hay un clima extraño que no puedo pasar por alto y que se impregna en cada uno de los acontecimientos del día a día. Algo se ha quebrado en mi cotidianidad. Algo perturbador que parece estar suspendido en el aire y vibrar en las paredes. Quizá sea yo y quede demostrado que no soy tan hábil en organizar las parcelas de mi corazón con las mismas garantías con las que gestiono mi hacienda.

Las tierras están bien, todo lo bien que pueden estarlo en estos meses duros de frío. Hemos garantizado poder enfrentarnos dignamente a un invierno que nos aseguran se presenta benigno, por poco acostumbrados que andemos los castellanos a este frío. Si lo hacemos es gracias a los esfuerzos de los meses pasados, la gestión de Ordoño en las cuentas y oficios, de Berem con los hombres comunes, la adquisición de los nuevos lotes y el reparto de tierras a los caballeros de Castilla, cuya presencia aporta seguridad a sus habitantes. Hemos trazado planes de prevención y gestión de recursos que ponen unas bases sólidas y duraderas en este pequeño señorío que ahora domino. La gente anda feliz y eso me sobrepone. Evito la euforia, pero me siento orgullosa de haber podido conseguirlo en tan breve tiempo.

Ojalá dispusiera de un hombre como Ordoño para gestionar con la misma eficacia mis sentimientos. Ojalá hubiese un Berem y una Yelena bajo mi pecho para poner en orden y dejar bajo control lo que se me antoja caos. Ojalá dispusiera de cincuenta caballeros de Castilla para asegurar sus fronteras.

No los tengo y de la misma manera que sin ellos esta heredad seguiría sumida en la anarquía, así andan mis latidos en este momento.

No puedo seguir haciéndome la ignorante con la situación. Todo comenzó aquel día de tormenta. Aquel día en el que Iván dejó de ser simplemente el Conde Duriakov, mi vecino, aquel hombre con quien jugaba a hacer creer que no me importaba. Aquel adversario. La misma noche en la que mi primera Lanza, preocupado por mi suerte, me descubrió en sus brazos y le partí el corazón.

Porque eso ha ocurrido, ni más ni menos. He partido el corazón de un hombre. Del hombre que ha estado siempre a mi lado sin pedir nada a cambio... hasta ahora. Porque de alguna forma ahora lo pide, aunque su voz no lo haya recriminado aún.

No negaré que hubo un tiempo en el que descubrí en él cosas que nunca debería haber visto. Que comprendí que estaba a mi lado por encima de su obligación y promesa. Que había sentimientos que alimentaba manteniéndole tan cerca, respondiendo con sonrisas a sus miradas. No dejándome vencer por la utopía de algo posible, donde no debía haber nada más allá de aquel deber y aquella promesa.

Fui egoísta no siendo distante, ofreciéndole más cercanía y gesto del que por palabra y oficio él debía disponerme. Fui egoísta sintiéndome amparada en su protección y seguridad más allá de su deber. Dejándole creer lo que no debía creerse. Sin él, sin Tristán, sin su lealtad, convicción y fuerza tampoco esta hacienda estaría donde está. Le necesitaba, pero no supe contener que tal ímpetu en su labor tenía raíces más allá del corazón de un soldado, más allá de la palabra dada, más allá del deber. Temí que sin ese estímulo extraordinario, Tristán solo fuese un hombre más, un soldado más y por lo tanto más débil. Alimenté, con gestos y detalles, anhelos imposibles de su corazón solo para mi bien. Le dejé quererme solo para sentirme inquebrantablemente segura en esta etapa nueva y desconocida que se me presentaba tan lejos de todo a cuanto estaba acostumbrada en Castilla. Puede que existiese un pasado en el que incluso yo las creyese posibles y cometí el error de hacérselo creer a él.

Pero ahora...

Ahora el horizonte se despeja. Estas tierras polacas me enseñan de lo que soy capaz. Me sirven de prueba para mí misma y descubro que lo que en ellas he construido no es solo una hacienda, sino a mi misma. En ese momento en el que muchas de mis dudas y miedos se despejan y mi corazón tímidamente se abre, soltando al fin el lastre cadáver de un pasado enterrado tan profundo y lejano como mi matrimonio, aparece un hombre: Iván Duriakov, conde de Wroclaw y se cuela sin permiso. Y yo acepto su invitación y cedo a lo que produce en mis latidos... y eso deja de manera inmediata un nuevo cadáver en el suelo. El cadáver del hombre que ha propiciado precisamente que yo esté preparada para abrazar a otro.

Me siento cruel.

Inevitablemente cruel, porque no puedo decir que no lo antecediera. Porque no puedo decir que no supiera lo que pasaba y tampoco puedo decir que haya buscado manera de evitarlo, cuando en realidad, por acción u omisión incluso lo he alentado. Me escudaba simplemente en mi conciencia de que entre el Caballero Tristán y yo no podía realmente crecer nada real. Que todo eran ilusiones fútiles de una niña con vocación de princesa de cuento. Me he escudado en saber que él aseguraba estar a mi lado solo por deber, cuando sus gestos, palabras, miradas y voz evidenciaban su mentira. No he hecho nada para acabar con eso o detenerlo, y ello me convierte en cómplice de su asesinato, si no directamente en su asesina.

He dejado morir a Tristán Márquez de Ulloa antes incluso de tocar mis brazos, y lo he hecho de manera consciente. Premeditada. Fría. Eso me convierte en alguien horrible y estoy segura que es eso lo que me reprocha con su gesto distante. Lo que su corazón me grita desde su prisión aunque él no pueda tener valor ni verdaderamente motivos reales, tangibles, para hacer verbo tales reproches.

Y ahora encaro lo más terrible: tampoco puedo esconder que tengo sentimientos hacia él. Quizá no son del grado y forma que él desease. Quizá, ahora entiendo que no pueden ni deben cristalizar en lo que ofrezco al conde Iván Duriakov. Quizá en un cosmos ordenado de otra manera, Tristán y yo viviríamos una vida feliz uno al lado del otro. Quizá en otro lugar y hora, en otro mundo, entre las páginas de una novela caballeresca, nuestras almas encuentren un sitio cálido para ambas. Como hombre es apuesto, leal, amoroso, entregado. No me cabe duda de que moriría por mí sin vacilación y sé que en ello no habría asomo de su promesa o su obligación de soldado. Moriría por mí por puro amor. ¿Qué mujer puede decir no sentirse halagada, segura y conmovida ante tal gesto en un hombre, ante tal certeza? Saber que mi vida vale para él más que la suya propia es demasiado regalo. No puedo esconder que es el máximo regalo de entrega que una persona podría dar por otra y concederle el valor que tiene.

Pero en la realidad en la que vivimos, en el mundo real ordenado que nos ha tocado en suerte en esta partida de naipes, Tristán y yo solo podemos ser señora y soldado. Es lo correcto. Es lo inevitable. Aspirar a desafiarlo todo es condenarnos a la infelicidad por mucho que queramos construir una burbuja a nuestro alrededor.

Quizá por eso no he permitido que nazca en mi pecho el sentimiento que haría que le abriese mis brazos. Quizá por eso no me he dejado. Quizá simplemente por eso, por levantarme tan rígida muralla, hablaba de no dejarme nunca enredar por hombre alguno, cuando en realidad solo me estaba protegiendo de él. La crueldad intrínseca en esta defensa enconada es que tampoco lo he evitado lo suficiente, porque esa mínima grieta a la que le he dejado pasar me convenía y me hacía sentir segura. Hago un daño terrible a la misma persona que me ha proporcionado la fuerza para poder herirle. A la que necesito herir para continuar mi camino... y a la que de alguna manera quiero con más hondura y brillantez, aunque en modo distinto, que a la persona a la que digo empezar a amar.

Ojalá el corazón fuese tan fácil de gestionar como una hacienda.

No elegimos el lugar y tiempo en que nacemos. No elegimos tampoco de quién nos enamoramos, ni la intensidad con la que lo hacemos. ¿Puedo reprocharle amarme? ¿Puede reprocharme amar a otro? Hecho lo hasta ahora hecho... ¿puedo evitarle dolor? ¿Puede evitarme él el dolor que sin duda va a provocarme y me provoca? ¿Merecemos hacernos mutuamente tal daño, por inevitable, y por no habernos permitido evitarlo en su momento?

En esta encrucijada de latidos en la que me veo ¿hay alguna estrategia sin heridos ni muertos? ¿Debo culparme? ¿Debo culparlo? ¿Debo hacer lo que Ana me aconseja y pensar que, de realizar algún movimiento, debería presidir en mi ánimo solo aquello que me conviene, lo que me hace feliz? Si Ana fuese el cadáver exigido para mi consuelo... ¿sería tan firme en su consejo? Es fácil propiciar aquello que hace feliz a otro cuando nos sabemos a salvo. Cuando sabemos que no será nuestra piel la que lamente las heridas, ni nuestros vínculos los que hayan de ser desgarrados.

Por otra parte está Iván.

He seguido viéndole en secreto. He seguido yendo a escondidas a esa cabaña y manteniendo nuestros furtivos encuentros de amor esquivamente mal encubierto. Mantenerlo en secreto es algo perecedero. Podremos aguantar la mascarada un tiempo, pero no eternamente. No sé si el secreto es porque quiero protegerme o quiero protegerlo. No sé si el silencio le beneficia a él o a mí... o en el fondo solo le escondo, por instinto, de Tristán.

No sé si es que aun no ando preparada para asumir lo que ha ocurrido o lo que he dejado ocurrir. No sé si lo que escondo es realmente esa parte de mí que ayer se decía irreductible ante hombre. No sé lo que escondo. Con franqueza, no lo sé, pero esos encuentros son adictivos.

Ese es otro de mis temores y por ello he comprobado que empiezo a jugar al juego peligroso de no ser clara al respecto de lo que siento por él. No quiero que piense que me tiene. No quiero dejarme creer que me tiene.

No acudo a la mitad de nuestras citas pese a que muero por hacerlo. Le dejo allí, esperando, sembrándole la duda de si iré o no, para despejarla a su favor solo la mitad de las ocasiones.

Soy consciente, aunque no lo admita a viva voz, de que pretendo con ello tener un grado de poder sobre mi adversario. Y lo hago de manera inconsciente. Incluso en el amor sigo viéndole como alguien a batir. Que no tenga certezas de si acudiré o no, me otorga una victoria inicial sobre él, aunque para ello tenga que sacrificar mi propio deseo. ¿Por qué lo hago? No me queda otra opción que admitir que el mismo motivo por el que no aceptaba su regalo de tierras aunque aquel beneficiase mis intereses más mundanos: Puro orgullo.

No quiero que tenga garantías de que me tiene. Mostrarme hábilmente esquiva, como en realidad hacía con él todo este tiempo, hace que no tenga certezas de que me tiene, y eso me proporciona una sensación de poder y control sobre mí misma y sobre él. Es una incongruencia porque quiero que me tenga pero no quiero perder esa apariencia de control. Ese poder es morbosamente insano, he de confesar; y me asombra y asusta descubrirlo.

Padre me dijo una vez que una mujer que supiese hacer buen uso de sus cartas podría vencer al hombre invencible. Que por eso no debía yo de necesitar ni ser varón ni parecerlo. Si era buena y hábil gestora de mi condición, los hombres no serían rivales para mí. Lo que no me dijo es que en esa ley hay una trampa temible con la que hay que contar. El hombre tiene el mismo poder si una mujer deja que entre en su corazón. Así, acabo de descubrir que para poder ser "hábil gestora de mis dones" la única ley a respetar, la única condición inamovible es la siguiente: "deja que ellos se enamoren de ti, pero bajo ningún concepto puedes enamorarte de ellos o dejárselo saber". Tampoco me dijo lo difícil que es esconder el corazón para lograrlo o lo infame que puede llegar a ser tu reflejo en el cristal de un espejo cuando lo haces.

Siento que esta tierra me transforma lentamente. Noto que dejo de ser a pasos de gigante aquella niña que fingía llorar su temprana e impuesta viudez en su alcoba, creyéndose libre en una celda dorada. Creyéndose adulta sin verdaderas responsabilidades que atender. Creyéndose mujer con tan poco trecho recorrido.

En estos meses he crecido lo que no hice en años amparada por mi título de esposa, a buen recaudo en las tierras de la familia. En estos meses he tomado el mando de mí misma y he empezado a mirar mi verdadera silueta en el espejo. Lo que empieza a asustarme no es que esa imagen que proyecta comience a dibujar perfiles distintos y siniestros de aquella que yo, de mí misma, recreaba idílica en mi mente. Me asusta pensar si no estoy obligada a aceptarla únicamente porque sea consustancial a mi propio crecimiento y madurez. Si esa oscuridad es indisoluble a la propia condición de adulta.

Dicen que con el tiempo deja de importarte tal reflejo. Si eso deja de suceder, si deja de importarme, me habré perdido por el camino, aunque no seré siquiera consciente de haberlo hecho. Lo asumiré con naturalidad o lo justificaré con el primer argumento que me dé la razón.

Eso me aterra.

Empiezo a entender que en esta batalla yo soy el enemigo a batir. Yo soy el campo de batalla. Yo soy el único premio; y, con toda seguridad, el único pago a sacrificar también soy yo misma».

Pedro de Leza siguió camino hacia la Villa de Wroclaw aquella mañana que se tropezó con Irene. También él mintió a su Señora y también él desvió su ruta a conveniencia en el momento oportuno.

Había una venta en el camino. Pertenecía al alfoz de la villa y ésta recortaba sus perfiles de muralla abocetados entre la niebla. Formaba parte de una pequeña granja próxima, que coronaba la loma. Un pequeño negocio de vitualla para quienes trabajaban los campos de labor del Conde que lindaban con la villa. Parecía moderadamente próspero. Pedro se había habituado a aquella venta aunque no estuviese precisamente cerca de la hacienda de Doña Irene. Cada vez que podía, cada vez que sus quehaceres le dejaban un hueco, disfrutaba de la cocina afamada de aquella venta. Sin embargo, esa solo era la excusa.

Intencionadamente Pedro hizo maniobrar a su caballo algo antes de tener la venta a la vista. Subió la loma y atisbó concienzudamente por los alrededores de la granja. Cuando estuvo seguro de que su presencia pasaba inadvertida espoleó su montura hasta acercarla a uno de los cobertizos anexos. Allí desmontó.

Se paseó a hurtadillas por entre los edificios levantados y reconoció entre ellos el pequeño establo. Allí percibió movimiento y así supo que había alguien en su interior. Regresó a uno de los laterales para volver a quedar a cubierto y se asomó por uno de los ventanucos.

Identificó a la persona que había dentro. Era una muchacha de cabellos morenos mal recogidos con un paño que ordeñaba una de las vacas. No eran las vacas moteadas a las que estaba acostumbrado en Castilla, sino una de aquellas vacas esteparias de pelaje largo y marrón.

La chica se llamaba Olga.

Era quizá demasiado joven y demasiado delgada para lo que andaba acostumbrado. Tenía los ojos grises y la voz agravada. Sabía que era una de las hermanas que regentaban la venta y la responsable de aquellos guisos a los que había terminado volviéndose adicto. También sabía que a esa hora solo estaba ella en la granja.

Se arremangaba su vestido de tela gruesa con mandil hasta las rodillas para poder ubicar entre ellas las ubres preñadas del animal y la cuba donde recogía la leche. Arremangaba también sus brazos delgados y cubría su frente con un manto de sudor, fruto del esfuerzo y el calor que emanaba del pelaje del bóvido.

Había algo poderosamente erótico en aquella escena doméstica. Algo irresistiblemente sensual en aquella joven en plena tarea, inconsciente de ser observada a través de los ventanucos sucios del establo. Algo a lo que Pedro se rendía como no se había rendido a espada ni lanza.

Olga continuaba su faena ignorante de ser observada. Su atención estaba consumida en su cotidianidad. Ni por un momento pudo saber que era espiada desde tan corta distancia por los ojos de un hombre que solo estaba allí para verla sudar, esforzada en su rutina. Acabó de llenar el segundo barreño y, como de costumbre, prendió ambos y salió de los establos. Pedro se echó a un lado consciente de que ella pasaría justo por delante de él. Consiguió ponerse fuera de su vista un instante antes de que la muchacha pasase por el hueco abierto entre el establo y los corrales. No se había dado cuenta de nada. Entonces, Pedro salió de su escondite y marchó deprisa tras ella. Como un felino que se decide a morder después de haber acechado largo tiempo a su presa. Y la alcanzó como un sigiloso cazador, por la espalda, ignorante de su suerte. Sin posibilidad de reacción ni defensa.

La muchacha dio un brusco sobresalto en cuanto notó unas manos ajenas que la aferraban por la espalda. Dejo caer sus cubos de leche que afortunadamente sobrevivieron y no dejaron derramar el preciado contenido. Aquellas manos eran fuertes y la apresaron por el cuello y la cintura a la vez. Se revolvió asustada y hubiese gritado de no ser porque una mano encallecida le tapó los labios. Mientras, la otra buscaba rincones apartados de su cuerpo. Percibió sin error la húmeda sensación en su nuca de un aliento de hombre. Se notaba su excitación.

—¿Corremos peligro?

La voz de aquel hombre tenía un fuerte acento extranjero. Le resultaba rudo, agreste, profundamente exótico. Profundamente erótico. Los dedos insaciables de Pedro encontraron bajo las capas de ropa muslos suaves que le dejaban pasar y labios húmedos al final del camino. Un gemido placentero se rompió en la boca de aquella mujer asaltada. Pedro la volvió con fuerza y la llevó casi a empujones hasta la pared más cercana. Para esos momentos, ella se mordía los labios y sus manos acompañaban a las de él en esa exploración ansiosa e impaciente de su cuerpo.

La besó con fuerza, casi con rabia, mientras el cuerpo bajo sus brazos poderosos se estremecía y elevaba la temperatura. Pero aquella muchacha respondió con un mordisco violento que le hizo sangrar el labio y apartar la cara.

—Me has asustado —le dijo ella sin abrir los labios ni dar a entender con sus gestos que quería detener aquella agresión por la espalda.

—Igual que la última vez —sonrió él. Y volvió a encadenarse a su boca mientras el resto de su cuerpo se pegaba a ella. La chica abrazó su cintura con una de sus piernas, dejando más fácil que la mano del caballero se fuera a sus muslos por inercia.

—Esperan la leche en la taberna —confesó ella sin que él lo tomara como un intento de apartarlo de aquel juego clandestino.

—Que esperen. Igual que he tenido que esperar yo—. Ella pareció complacida y subió en respuesta su otra pierna. La guerra de manos y mordiscos no había hecho más que comenzar. Por la memoria de Pedro, cada vez que tenía a aquella joven muchacha entre sus brazos, se paseaba siempre la imagen de aquel día en el que Tristán le golpeó y ella no dudó en usar aquellas manos, ahora fieras, para atender sus heridas.

A veces la vida ofrecía regalos inesperados al borde de los caminos.

—¿En qué piensa mi guerrero?

Pedro volvió a la realidad después de sentirse por un momento cazado. Volvió la vista y encontró su rostro de piel antártica coloreado en las mejillas con el fuego del amor. Aquellos ojos grises le perforaban las entrañas. Le sonreía, con la misma ingenuidad de la juventud, una ingenuidad que hacía unos minutos yacía escondida en la comisura de algún beso o en los pliegues de unos muslos ardientes, pero que conocía a la perfección en qué momento huir y cuándo resultaba oportuno volver a aparecer.

Él le devolvió la sonrisa y apartó de su cabello negro algunas briznas de heno que lo cubrían así fuese una corona, pero quedó en silencio. Ella le animó con un gesto amable a que se confesara.

—Sé cuándo las manos que me tocan no están del todo en mí.

Él suspiró y la besó con delicadeza.

—Hay un amigo al que quiero y respeto, al que le debo incluso mi vida, que está sufriendo.

Ella quedó callada y arqueó una ceja.

—¿Por una mujer?

A Pedro le sorprendió la sagacidad con la que aquella muchacha parecía encajar las piezas. Arrugó su frente.

—Por una mujer, sí. ¿Cómo lo sabes?

—Los hombres fingen preocuparse por la guerra, el honor, las deudas, pero solo saben sufrir de verdad por una mujer —añadió con una sonrisa.

Pedro se sintió por un momento al desnudo frente a aquella campesina y tardó en responderle.

—Supongo que tienes razón, Olga. Sufrir solo sufre un hombre por una mujer, me temo. Y Tristán lo hace, y no sé cómo ayudarle. Hoy ha machacado a los hombres. Los exprime. No se da cuenta pero paga con ellos sus propios duelos.

—¿Tristán? —Ella se incorporó a medias entre el heno. Él la miró con gesto dubitativo. —Le recuerdo. En la taberna. Aquel día. Llamaste Tristán al hombre que te golpeó —añadió teniendo el gesto tierno de pasar sus dedos por aquella boca antaño agredida.

Pedro le sonrió y besó la yema de los dedos que rozaban sus labios. Olga no solo era perspicaz, también tenía buena memoria.

—A pesar de aquello, ese hombre es mi amigo. Aquel día me golpeó porque le di motivos. A veces soy directo y él escuchó algo que no estaba preparado para escuchar entonces. Igual que hoy.

—La mujer que ama no le ama a él —dedujo ella. Pedro estaba recibiendo toda una lección de instinto aquella mañana. La sonrisa del caballero invitó a un gesto de triunfo en el rostro sucio de aquella belleza polaca que tenía desnuda entre el heno. —Hay muchas mujeres en este reino. Tu amigo debería buscar otra.

Aquella deducción tan simple como certera le hizo carcajear.

—Tú puedes decirle que las polacas sabemos hacer olvidar al resto de mujeres —añadió con malicia.

Pedro continuó riendo de buena gana. Aquel punto de descaro campesino le encantaba en ella.

—Por Cristo, cuánta razón tienes —confesó mientras la abrazaba. —En realidad eso es lo que he tratado de decirle… —Pedro se puso serio al recordar nuevamente el problema. —Pero me temo que tampoco en esta ocasión está en disposición de escucharlo—. Quedó un instante en silencio y mirando al vacío. Ella le obligó a mirarle y besarle.

—Que tu amigo encuentre a otro que se preocupe por sus necesidades. Este soldado está ocupado atendiendo las mías.

Olga repitió sus besos, pero Pedro acabó apartándose de aquellos labios.

—Si no me preocupase, no tendría derecho a llamarle amigo.

La muchacha consintió su derrota. Le atrapó el rostro con las palmas de sus manos y le obligó a mirarle.

—¿Y qué podemos hacer por él?

Pedro caviló un instante.

—Quizá tu solución no ande descaminada.

—¿Cuál? —su gesto era de prestarle atención.

—Otra mujer. Un clavo que saque al anterior. Alguien que le haga olvidar… aunque no creo le quede ánimo para ello. Quizá necesite un pequeño empujón… que parezca fortuito —elucubraba en su cabeza.

—Ahora mi guerrero pretende hacer de alcahueta —dijo ella sonriendo y haciendo que el sonrojo en sus mejillas se encendiese un poco más. —Es un aspecto que no esperaba en mi bravo. ¿Quieres que busque alguna muchacha adecuada?

La sugerencia pareció venir caída del cielo. Ya lo había estado pensando pero no sabía cómo decírselo a ella.

—Quizá Natasha. Es muy bonita y quizá conocer al capitán le alegre esos ojos tristes que…

Ella se apartó de él como si quemara. Su gesto se endureció de repente.

—¿Mi hermana?

Pedro no supo reaccionar a tiempo ante aquel inesperado quiebro de Olga.

—Bueno… he pensado que…

—Antes muerta. Mi hermana no es un clavo.

La dureza de la contestación le dejó fuera de lugar. Asistió impotente a cómo aquella joven se levantaba y se apresuraba por vestirte.

—¿Qué ocurre? ¿He dicho algo malo?

—Es tarde. Esperan la leche desde hace tiempo. Igor puede venir en cualquier momento. Si nos encuentra aquí nos matará a ambos. Vístete.

Sonó a una orden. Olga ya no atendía a nada más salvo a ponerse de nuevo sus prendas. Le evitaba la mirada al hablarle.

—Pero ¿qué he dicho?

Aquella duda siguió allí incluso después de que Olga se marchara.

Había mercado franco en la villa de Wroclaw aquel martes de mediados de Noviembre. Irene no recordaba por la festividad de qué mártir polaco en concreto se trataba, pero aprovechó para supervisar las compras necesarias. Marchó al frente de un buen cortejo porque Ordoño le había confesado que las festividades eran un magnífico lugar para nuevas contrataciones y para abastecerse de la mayor parte de las necesidades. Así, Ordoño dirigía a una pequeña partida de hombres entre los que se encontraba Berem, que saldarían tratos con los artesanos locales. La jefa de cocinas y algunas de las cocineras supervisaban las compras de alimentos, especias y sal, mientras que Yelena hacía lo propio con algunas necesidades del hogar. También llevaba a Pedro y a un par de caballeros que visitarían a herreros y curtidores. Con suerte también echarían un ojo a la yeguada local con ánimo de ver si podían sumar alguna cabeza de caballo al lote. Tristán cumplía resignadamente la función de protector guardándole las espaldas entre el gentío local. Estar tan cerca de ella nunca había dolido tanto.

Wroclaw andaba de fiesta y se notaba. Aparte del trasiego del mercado había gran cantidad de actividad en sus calles y plazas. El tiempo parecía respetar y, aunque hacía frío que hacía necesarias ropas de abrigo, el cielo lucía sin amenaza de lluvia o nieve en el horizonte y tampoco corría el desapacible viento polaco que calaba ese frío por debajo de las pieles protectoras. La gente de oficio aprovechaba la festividad para poner sus productos a la venta. Por su parte, muchos gentilhombres y sus damas lo hacían para lucir sus galas y pasear a los tímidos rayos del sol del invierno su azulísima sangre.

Irene hacía un rato que había perdido de vista a Ordoño y a la mayor parte de los hombres. Lanzaba vistazos apresurados sobre los hombros de Yelena a quien ultimaba los encargos pertinentes, y revisaba la lista de hortalizas y condimentos que entregaba a su jefa de cocineras.

—¡Irene, Irene, aprisa. Venid! —Ana Gómez de Saro parecía apresurada aunque traía la expresión risueña advirtiendo de antemano que nada grave podía estar pasando. Casi ruborizada por la breve carrera, tomada por el color en las mejillas, prendió del brazo a la señora y casi la arrastró literalmente para sacarla de allí.

—Ana, por el Cielo, ¿a qué viene tanta prisa?

—Inés ha encontrado a un mercader italiano —decía casi falta de aliento sin dejar de tirar. —Trae los vestidos de moda en la corte de Kiev. Asegura que dispone de piezas salidas de los telares donde viste la mismísima Emperatriz.

Inés carcajeó y pensó en lo ingenua que en ocasiones podía ser aquella muchacha. Su mente fabricó un impronunciable y jocoso país del que seguramente era emperatriz aquella a quien aquel mercader aseguraba vestir, porque desde luego no habría de referirse a la Emperatriz Imelda, la jovencísima tercera esposa de Vladislav de Kiev.

Giró la vista hacia atrás y gesticuló con gracia una mueca de socorro a un Tristán resignado a seguirla entre la concurrencia.

Ana la condujo hasta un tenderete atestado de curiosas mujeres donde Inés, Lucía, Isabel y el resto de damas aspavientaban anticipando la sorpresa que esperaban se llevara Irene ante el descubrimiento. Sin mucha cortesía, Ana internó a su amiga y señora a la primera línea de combate donde pudo ver de propia mano las celebradas piezas.

Irene no se había llegado a percatar, pero Tristán sí lo hizo. La mayor parte de las mujeres que frecuentaban aquel tenderete eran de noble estirpe. Reconoció a algunas de aquella recepción que el Barón diese en su palacete urbano hacía unos meses. Alguna de ellas también parecían haber reconocido a Irene, probablemente de aquel mismo evento. Murmuraban con gesto petulante a sus acompañantes. La joven señora, casi secuestrada por sus propias damas de compañía y centrada en el examinar de prendas, no fue consciente de aquella reacción ni se percató de cómo pronto quedaba sola. A Tristán le entristeció aquella imagen confrontada de una Irene rodeada y asediada en aquella fiesta por las mismas mujeres que la evitaban ahora en público y probablemente malmetían sobre ella. Y le entristeció aún más que Irene viviese feliz en tal ignorancia.

Las prendas eran preciosas, después de todo. Quizá la lengua de plata de aquel mercader latino exagerase, pero los vestidos y togas que exhibía eran prendas de gran elegancia y calidad. Irene no supo si realmente representaban la moda en la corte imperial pero desde luego tenían un gran equilibrio entre las piezas propiamente de invierno sin que aquello les restase gracia o distinción. Cuellos, ribetes o puños de armiño o zorro entre brocados, trenzados de vistosos acabados. Los colores predominantes eran los verdes y azules marinos, los tierra bronce y los amarillos pardos. En concreto, uno de estos últimos llamaba su atención. Lo examinaba con esmero, casi sin atender a las mil sugerencias y apreciaciones que sus damas trataban de hacerle llegar, todas a la vez, cuando una muchacha de unos ocho o diez años dio un par de tirones de su vestido. Eso le robó la atención por un instante.

Tristán, receloso de las tretas de los pequeños rateros de ciudad, puso pronto firme su mano enguantada de metal sobre los hombros diminutos de aquella cría que se sobresaltó al sentirse amenazada. Irene lanzó una mirada de advertencia para que no actuara por el momento. Tristán retiró su mano e Irene le preguntó a la chica en un dulce polaco qué quería de ella.

—Un amigo vuestro, señora —advirtió la pequeña—, me ha dado una moneda si os digo que os espera en aquel callejón —y señaló con su dedo una de las callejas que desembocaban en la plaza donde se instalaba el mercado.

Tristán arrugó la frente y miró a Irene con desconfianza. Ella le devolvió una mirada cargada de dudas.

—Yo iré —aseguró Tristán—. Vos no os mováis de aquí.

Pero la niña se apresuró a añadir algo antes de que Irene se decidiese a intervenir.

—También me dijo que os diese esto —y alargó su puño cerrado con intención de volcar sobre la palma de Irene lo que guardaba en el interior. Era un sello que la dama conocía bien. Sonrió de medio lado y revolvió los cabellos de la pequeña.

—Te has ganado incluso otra moneda —bromeó. La chica parecía rebosar de felicidad.

Ana de Saro arqueó la ceja al verle entregar dinero a la mocosa.

—Irene… los vestidos… Van a pasar de moda si os seguís entreteniendo en nimiedades.

Ella se volvió hacia sus damas y retornó a su memoria el debate interrumpido.

—Son preciosos, Ana… pero caros y hay cosas más importantes que adquirir que…

—Falacias, Irene. ¿Es así como vais a desocupar vuestro armario de los lutos que lo engordan? No podéis pasaros todo el invierno luciendo una prenda celeste primaveral o regresando a los negros infernales en su ausencia. ¡Qué Dios me envíe de cabeza al purgatorio en la última hora, virgen y descompuesta, si lo que más urgencia corre en toda vuestra hacienda no es vuestro vestuario!

Irene sonrió abiertamente, igual que el resto de damas, ante los argumentos de Ana. Tenía la virtud de ser tan excesiva y vehemente como resuelta a decir verdades como puños.

—Está bien, Ana. Te dejo al mando. Si son de mis hechuras, encarga uno o dos que aprecies a tu gusto. El color mostaza me ha gustado especialmente.

—¿Uno o dos? Si me dejáis al mando seré yo quien decida cuantos son suficientes.

Irene se volvió con la sonrisa en la boca. Mejor era no continuar aquella conversación y dejar a Ana por sus fueros. Ya tendría ocasión de lamentarse más tarde. Alguien, que se había tomado la molestia de contratar los caros servicios de aquella pilluela, la esperaba.

—Entiendo que no me necesitaréis, conociendo la identidad de vuestro solicitante.

La joven dama se volvió al escuchar a Tristán. Había dejado por un momento la mirada perdida en aquella misteriosa calle. También había dejado olvidada una sonrisa en sus labios. Tristán no había llegado a ver el sello, pero tal expresión en su rostro solo podía deberse a una única identidad para el emisor del mensaje. Trataba de que la amarga bocanada que le ascendía por la garganta no le delatase. No sabía qué le dolía más, si aquella sonrisa para otro, aquel otro que la provocaba y era capaz de dejarla absorta y sonriente sin ni siquiera estar en cuerpo en la escena. O si el hecho de saber qué se sentía al recibir una de esas sonrisas de ella... Lo peor de todo era la certeza de saber que, en realidad, tras esa sonrisa había un sentimiento que jamás le pertenecería.

Aguantó con empaque que ella le dijese, aún con chispas en sus ojos, que no debía temer por su seguridad. Aquella verdad resultaba afilada como la flecha en las costillas.

—Estaré cerca, por si acaso —le dijo, entonces. No sabía por cuanto tiempo podría mantener aquella promesa.

Alguien comentó a Pedro de Leza el incidente del mercado. Desde que lo supo no había dejado de observar a su capitán. Parecía entero. Quizá solo un poco más taciturno y serio de lo habitual, pero se sostenía allí, en pie. Solo él se daba cuenta de los escombros que arrastraba dentro.

No tuvo oportunidad ni momento privado para acercarse y sacarle el asunto. Cuando la comitiva regresó a la hacienda con la mayoría de los negocios cerrados y las cosas hechas, comprobó cómo Tristán delegaba en Álvaro de Diezma la supervisión de los últimos cabos sueltos y ponía rumbo a la humilde casa que había construido con sus propias manos en las inmediaciones de la aldea campesina próxima a la casa solariega. Esa era una actitud impropia de él, que resultaba siempre el último en marcharse, si acaso lo hacía. Era una actitud que desvelaba sin error que andaba tan derrotado como para no dar un paso más.

Tristán había empezado a alejarse. Alejarse físicamente, al menos. La propia Irene reparó en aquel inusual detalle de su primer caballero y preguntó por él, pero aceptó sin discusión la exigua excusa que Tristán le daba por boca de otro antes de marchar, tan falsa como su aparente fortaleza.

Se alejaba, ponía distancia real, pero Pedro sabía que, emocionalmente, Tristán estaba a un abismo de apartarse realmente. Él no tenía, como su capitán, excusa para fingir y acompañarle. Así que le concedió dos horas. Las dos horas que necesitó para ultimar lo suyo. Dos horas que dejarle a solas con los demonios. Dos horas para que su temperatura menguase y no correr el riesgo de recibir las dentelladas de un hombre dolido en lo más profundo.

Dos horas que quizá fueron demasiado tiempo.

Encontró la puerta de entrada de la modesta vivienda entreabierta. Había una luz pulsante de candil en su interior. Abrió despacio. Entró con cuidado.

La sala principal estaba desierta. Tristán no estaba allí pero había dejado huellas de su paso. El exiguo mobiliario estaba patas arriba cuando no literalmente destrozado. Parecía que hubiese pasado una legión de rapiña por aquella sala. Había rastro de loza por el suelo, fragmentos probablemente de una o dos jarras. El olor a vino empañaba todo el habitáculo. La mesa que presidía la sala estaba volcada. Pedro suspiró hondo y se llevó las manos al rostro con tristeza. Estaba asistiendo al desmoronamiento del hombre más capaz y respetable que había conocido nunca.

Oyó pasos a su espalda.

Un Tristán Márquez de Ulloa tambaleante se dejaba ver saliendo del dormitorio anexo. Andaba desnudo de torso hacia arriba pero aún seguía llevando las placas de armadura que cubrían sus piernas. En una mano sostenía por inercia una jarra de barro.

—¿Vino, Pedro? Os aseguro que yo he bebido suficiente.

Pedro le estudió de arriba abajo. No sabía si sentir lástima por él o rabia. Se mordió los labios en su silencio.

—Si os acercáis demasiado a ese candil, capitán, os prenderéis como la brea. Permiso para hablaros con franqueza.

Tristán quedó un instante en silencio. Trataba de guardar el equilibrio y con él lo que le quedaba de dignidad frente a su soldado y amigo. Tenía la mirada entrecerrada por el peso del alcohol.

—¿Tan deplorable me veis, Pedro, tan monstruoso os parezco que dudáis de mi reacción ante vuestras palabras?

El caballero lanzó una mirada de soslayo a su alrededor antes de contestarle.

—No quisiera acabar como esa mesa, señor.

Tristán miró hacia el suelo avergonzado.

—No sufriréis mis culpas, amigo. No sois culpable de nada.

—Intuyo que la mesa también era inocente y en cualquier caso… Si queréis estar solo, no os molestaré.

—No. Quedaos, Pedro —sonó casi a súplica. —Cuando quedo solo, la emprendo a golpes con lo que hay alrededor. Si os queda algo de piedad por el resto de mi mobiliario, quedaos y protegedlo de mí.

—¿Y quién os protege de vos?

Tristán se hundió.

Apoyó su espalda contra la pared y se dejó escurrir hasta quedar sentado en el suelo con la mirada perdida en el vacío. Pedro lo observó. Al descubrir el estado del salón temió descubrir lo peor de aquel hombre. Sin embargo, al verle ahí, el alma se le cayó a los pies.

Qué poder destructor tiene el amor. Qué adversario tan temible es una mujer.

Por un instante le recordó en las murallas de Agrigento, tan bravo, tan sólido como las mismas rocas que pretendían tomar. Una tormenta de flechas que diezmaba a la tropa no fue suficiente para hacerlo flaquear. Pelear a su lado estimulaba, hacía sacar a los hombres la esperanza y las fuerzas de donde no las había. Era una carga imposible, pero él tenía la capacidad de contagiar el coraje y empequeñecer al enemigo. Al final, las murallas se rindieron. Él jamás.

Y sin embargo…

Ese hombre, ese mismo hombre de raíces de roble y corazón imbatible, se postraba consumido, apoyado en la pared de su propia casa, vencido por el alcohol y con el corazón tan roto que ni el más virtuoso artífice podría albergar esperanza alguna de recomponerlo. Hundido hasta los cimientos por culpa de un amor idealizado. La única guerra que estaba condenado a perder. El campo de batalla que iba a verlo morir se llamaba Irene.

Qué tristeza le compungía aquel drama. Qué impotencia la de aquel soldado frente al cadáver.

Se sentó con él y posó su mano firme en el antebrazo que sostenía la jarra. Se la arrebató de las manos, como quien desarma a un contrincante para dejarlo sin defensa, y bebió el trago más largo que pudo permitirse sin perder la respiración.

—Se ha visto con él en el mercado —confesó un Tristán sombrío.

—Me lo ha contado Álvaro. Creo que a él se lo ha confesado Diego. Probablemente se lo mencionara Inés; ya sabes que no oculta que a veces se ven a escondidas.

Tristán se resignó.

—Lo sabe toda la guarnición, pues.

—Y todo el cuerpo de Damas. ¿Qué esperabas? ¿O qué esperaba ella? ¿Mantenerlo en secreto? Por un lado se cuida de no hacerlo evidente, pero por otro no tiene intención de esconderlo. Hay algo que nos invita a proclamar el amor cuando llega, como si retenerlo nos asfixiase. Ella está enamorada, diga lo que diga a sus damas; finja lo que finja ante los demás. A estas alturas todo el mundo sospecha ya lo que ocurrió aquella noche de tormenta. Empiezan a hacer preguntas, Tristán. Relacionan ese hecho con tu… ensombrecimiento de carácter.

Tristán volvió el rostro para mirarle.

—A estas alturas, Pedro, las murmuraciones de mis hombres o de los criados me importan poco.

—No si son ellos quienes soportan sus consecuencias. Llevas jornadas asfixiando a los hombres de leva. Marchas duras, severidad excesiva. Incluso los caballeros lo notan. Nunca te he enmendado la manera de disciplinar a los hombres, pero siempre has sido un capitán ejemplar. Cuando has forzado a la tropa siempre había un buen motivo. Para que dieran lo mejor de ellos. Les motivabas lo suficiente como para que ellos mismos quisieran dar mucho más de sí. Pero ahora, solo pagas con otros tu propia frustración y empiezan a ser conscientes. Sienten que es injusto. No te reprocharán. Eres Tristán Márquez, el primer caballero de la casa Manrique, abanderado de los Hidalgo de Alvarado: un héroe de guerra. Pero estás causando mella.

—Debo parecerle ridículo a todo el mundo. Qué respeto voy a pretender de unos hombres que me verán como aquel soldado que no supo estar en su lugar. Que se enamoró de una niña noble y luego no supo aceptar su rechazo.

—Deja de torturarte, Tristán.

—Verles ha sido peor que imaginarles. Sé que me he cansado de repetirte, amigo Pedro, que estaba preparado, que sabía que iba a enfrentarme a esto más tarde o temprano. Me subestimé. Tenías toda la razón. Me está consumiendo, y cada vez es peor. Empiezo a odiarla, Pedro. No puedo evitarlo. La odio sin un motivo razonable. La odio a ella por no odiarme a mí o a él. Ella no está obligada a quererme. Él solo recibe lo que yo anhelo. No hay motivos para odiar a nadie, pero, sin embargo, odio... y otros reciben ese odio.

—Tienes que arrancarlo, Tristán, como aquella flecha. Quedarte, solo provocará sufrimiento.

—Alejarme lo provocará igual —dijo resignado.

—¿Qué haces, capitán, cuando la batalla es imposible? Sacrificas una parte de tu compañía para salvar al resto. Unos mueren para que muchos vivan. Es una elección dolorosa, pero te conozco lo suficiente para saber que salvarías a la mayor parte de tus hombres para combatir otro día, si está en tu mano. Eso es lo que se te pide en esta ocasión. Deja una parte de ti. Sacrifica algo para salvar todo lo que puedas.

Tristán cerró los ojos, cansado. Llevó por inercia su mano al costado, a aquella piel pujada entre sus costillas que delataba la huella de esa flecha maldita que ya atravesó una vez su cuerpo. Miró su color rosáceo, palpó su tacto rugoso carente ya de sensibilidad ni dolor. Tragó fuerte saliva y dejó escapar una lágrima que rodó esquiva por su faz áspera.

Había llegado la hora de tocar retirada.

DECEPCIONES

—Estáis radiante, mi Señora. ¿Nerviosa?

—Un poco —reconoció Irene.

Volvió a mirarse en el espejo que presidía el tocador con el vestido mostaza. Le quedaba perfecto. Se ceñía a su cadera realzando su bonita y joven figura. Un cinturón de cuero trenzado rematado de apliques de metal descansaba sobre ella, acentuándola aún más en su larga caída. Los bordados y filigranas estaban en los lugares adecuados para potenciar la belleza de aquel cuerpo delicado.

La moda que llegaba de Kiev era adusta y rígida pero muy elegante. Parecía unos años mayor con aquel vestuario preparado para los rigores invernales. Tapada hasta el cuello y rematado en puños y ribetes por piel de armiño moteado, no se sentía tan sensual como con aquel exquisito vestido llegado de Siria con el que se lució en la recepción del barón a finales del verano y que, mejor o peor entendido, fue tema de corrillo en aquella fiesta. Aquél, parecía rescatado del vestidor de una princesa del desierto. Éste, mucho más apropiado para los rigores fríos de la tierra que la acogía, le aportaba dignidad, empaque, una sobriedad altiva y distinguida que la hacía crecerse como mujer. El tono amarillo mostaza de su tinte llenaba de color su rostro que se iluminaba fieramente a la luz de las velas.

Irene sonreía de medio lado a las criadas bajo la atenta supervisión de Yelena. La compra de Ana de Saro había dado que hablar. Seis fueron en total las prendas que acabara adquiriendo de aquel mercader, sin contar complementos, dos capas y seis pares de borceguíes. Un total que excedía bastante la idea de escatimar en gastos que Irene pretendía. Como es natural, Irene protestó enérgicamente, pero una vez más encontró frente a ella un complot de damas que habían decidido renovarle los aires, costase lo que costase. Una vez puesta aquella prenda, se alegró del despilfarro de su dama y de que tuviese tan buen gusto a la hora de elegir colores y acabados.

—Es una recepción familiar —quiso Irene quitarse presión—. No sé si esta prenda es demasiado formal. No quiero excederme en la forma. Aunque me enamora el color…

Yelena la estudiaba de arriba abajo mientras ella giraba en uno y otro sentido, dándose los diferentes perfiles. Miraba con su gesto severo de matrona todos los pliegues y caídas de la falda, las costuras y acabados exquisitos. Se acercó para recolocarle algún punto y se retiró con aire pensativo.

—No lo veis apropiado. Quizá demasiado ornamento —dedujo la joven dama por la expresión de su asistenta. Aquella alzó la vista y trazó una leve sonrisa en su boca.

—Lucís como el sol un día claro, señora. El color os hace brillar y la traza del vestido es de artesano. Volveréis a ser sin duda la princesa de la fiesta.

Eso hizo sonreír tímidamente a Irene que, por otra parte, no quería reconocer que creía perfecto aquel vestido, especialmente por el color amostazado, casi oro, tan lejos de los negros habituales, sin resultar por ello estridente. Contrastaba deliciosamente con su cabellera rizada, ahora suelta y larga que le caía por debajo de los hombros y que a la luz se ribeteaba de hebras y reflejos de cobre natural. Se encontraba segura y adulta.

Se recordó unos meses atrás con aquel otro vestido para aquella otra fiesta. Engalanada en secreto y casi sacada a hurtadillas de casa.

No era la misma sensación mágica e irreal de entonces. Era una sensación mucho más calmada, asentada. Menos cargada de brillo, pero con mucho más empaque. Aquel recuerdo le hizo suspirar por muchos motivos.

—¿Queréis un tocado sencillo, Señora? ¿Un recogido limpio, quizá?

Irene volvió a su pelo y probó a sostenérselo con una mano y liberar su cuello para comprobar el efecto, volviéndose del frente al perfil. Cuando aquella mata de bucles largos regresó a sus hombros, tuvo una idea atrevida.

—Lo dejaré suelto en esta ocasión, Yelena —dijo observando el rostro de su jefa de servicio a través del reflejo. Por él descubrió que aquella mujer arrugaba la frente.

—¿Como soltera, Señora?

—¿Acaso estoy casada?

—Pero muchos conocen de vuestros lutos.

Yelena no andaba falta de razón. Atreverse a ponerse color ya presentaba todo un desafío cuando muchos sabían que había quebrado sus lutos. Presentarte con el pelo suelto a la manera de doncella suponía un acto de descaro y rebeldía que podía tildarla de irreverente, alejada de las buenas y decentes formas.

Pero ella se miró sus cabellos jóvenes y sanos. Se sintió tan poderosa y dueña de sí con su brillante cabello sobre los hombros, tan hermosa…

Un simple gesto podía decir tanto…

Cargar una cruz por una cabellera al viento…

Si iban a hablar de ella, daría motivos. Quizá fuese su orgullo, quizá la irresponsabilidad de la juventud, pero luciría su bonito cabello sin tocado. Y sí, quería con ello mandar un mensaje claro: estaba soltera. Era una nueva Irene la que acudiría a esa invitación. Una nueva, bella, provocadora y soltera Irene. Dueña de sí. Capaz de todo. Incluso de crearse mala reputación a ojos de sus vecinos, si era necesaria con tal de ser ella.

Aquella tarde en el mercado Irene había acudido a la singular cita en el callejón. Al doblar la esquina de la estrecha y serpenteante calleja descubrió una silueta. Estaba apoyada en una pared y se ensombrecía por el voladizo de un balcón en uno de los pisos superiores. Creyó reconocer la forma del hombre que la aguardaba en el velo y secreto de la oscuridad, aunque en ese instante de duda quiso haber tenido a Tristán más cerca. Miró hacia atrás y comprobó que su primera espada se había apartado del tumulto del mercado aunque se había quedado a distancia prudente. No cambió la expresión de su rostro al mirarle, pero resultaba reconfortante saberle allí a pesar de que le había eximido de su deber de protección en este caso.

Se internó en la calleja y aquel hombre entre las sombras se dejó acariciar tímidamente por la luz. Era Iván y eso le apartó todo duelo. Pintó una sonrisa que trató de disimular de sus labios y se aproximó a él.

—La moneda mejor invertida de toda mi fortuna, si te ha traído hasta aquí.

Aquello hizo que Irene abandonase la idea de disimular su sonrisa que se abrió sin reparos e iluminó sus mejillas.

—Os traigo de vuelta vuestro sello. Algo me dice que tenéis la habilidad de dejarlo caer en cualquier mano.

El conde Duriakov miró aquel grueso anillo de oro con su blasón reflejar con timidez un rayo de sol que atravesaba el encapotado cielo sobre el Oder.

—Es la segunda vez que me reconocéis por él. Lamento el juego, pero quería veros a solas.

Ella le miró a los ojos sin haber escondido el rubor de sus ojos. Y sin que él lo esperase, rodeó su cuello buscando sus labios con intensidad. Ella podía ser así. Desconcertante. Podía faltar a una cita en el celo e intimidad de una cabaña abandonada o besarle sin previo aviso entre las sombras de una villa atestada un día de mercado. Resultaba imposible no rendirse ante una mujer que jamás aseguraba lo esperable y que ofrecía en cualquier momento lo inesperado.

Tristán los vio en aquel preciso momento, en aquel beso escondido de las miradas, quizá solo al descubierto perversamente para la suya. Creyó descubrir en la mirada furtiva de Irene antes de entrar en el callejón cierta duda. Maldito su exceso de celo. Demasiado acostumbrado a su sombra como para advertir el peligro. Demasiado preocupado por aquella promesa dada.

Le besaba con los ojos cerrados y el gesto entregado. Le besaba ausente del mundo, como si nada más en aquel momento importase.

Y no importaba.

Poco importaban sus ojos clandestinos descubriendo una escena a la que no estaba invitado, propiciado por la preocupación de que todo estuviese en orden, por el deber, por el amor, que aunque rechazado, le era imposible de arrancar de un plumazo. Poco importaba nada. Invisible, inexistente…

Y aquel beso fue estaca.

Y todo aquel amor, un río de veneno.

Se dio la vuelta.

Un pensamiento cruzaba su mente: *Ella está bien, es lo único que importa.*

—¿Qué hace el conde de esta villa escondido entre las sombras como un vulgar bandido?

—Robar el beso de un ángel ¿No os parece razón suficiente para andar a hurtadillas?

Irene se sonrojó.

Guerrero veterano pero hábil con el piropo, como con seguridad debía serlo con la espada y la guerra.

—No os esperaba por estas calles un día de tumulto como hoy. Y menos os hacía capaz de galanteos y tratos más propios de infante ingenioso o truhán conquistador.

Se separó un poco de ella para que pudiera ver la sonrisa alojada en sus facciones de veterano de batalla. Pero se mostró tierna y caprichosa volviendo a obligarle a enterrarla en su pecho. Qué extraña mujer, aquella. A veces tan fría. Tan cálida a veces. Tan niña en sus brazos, tan mujer entre las sábanas, tan turbadora siempre.

—Puede que tengáis la virtud de hacer salir al infante ingenioso.

—Lástima — bromeó ella. —Esperaba encontrar hoy al truhán conquistador. Aún no ha confesado vuestra merced el motivo de que andéis en un lugar tan impropio de vuestro carácter.

Le había llegado a conocer en este breve tiempo mucho más de lo que Iván estaba dispuesto a reconocer por su propia dignidad, pero era cierto. El ajetreo propio de las ferias de mercado le exasperaba un poco. Como buen general, tendía a ser taciturno y prefería ambientes más domésticos.

—Acompaño a mi hermano Aleksei y a su esposa Anzhelika. Ella soporta mal los encierros en el castillo y un día de festejo como hoy resultaba especialmente inoportuno esperar que se contentase con pasear por los jardines y los atrios. Además, ha encontrado a una prima con la que hace tiempo no tenía tratos y que supo por carta que había casado con cierto prohombre de la villa. Aleksei, mucho más hábil que yo, ha dado pronto una noble excusa, pero apuesto la mano de empuñar la espada que podré encontrarlo cruzando un par de puentes en alguna taberna escondida de los ojos de su mujer y jugándose el prestigio de mi apellido a los dados con el primero dispuesto a perder su bolsa contra él.

Irene sonrió de medio lado con cierta malicia.

—Así que os ha dejado solo en la desoladora empresa de soportar a dos primas poniendo sus vidas al tanto de todo lo que se cuenta en boca de mentidero. ¿Qué excusa habéis dado vos? ¿Que ibais a robar un beso de un ángel?

A Iván le divertía la malicia de aquella dama cuando decidía poner su ingenio al servicio de la palabra y con ella lanzar una estaca, aunque aquella le encontrase a él como resignada víctima.

—Lo cierto es que he prometido regresar con mi hermano.

—Temo que no lo encontraréis refugiado en mis labios, ya que ha sido ese el primer lugar en el que parece ser que habéis decidido buscar.

—¿Estáis completamente segura? Debería volver a buscar para descartar semejante posibilidad.

Y aquellas bocas que anhelaban encontrase se buscaron de nuevo. Aunque solo fuese para tranquilidad del Conde, Irene aceptó contribuir a despejarle las dudas.

Irene y el conde volvieron a tropezarse en el mercado después de su encuentro secreto. Estuvo pactado. Algo que pareciese fortuito. Iván le insistió en presentarle a su parentela, cosa de la que Irene receló en un principio. Sin embargo, Iván la convenció de que era oportuno fingir un encuentro casual. Ambos sabían de su existencia. La propia prima de Anzhelika había preguntado a Iván por su "cordial vecina de la que todo el mundo hablaba". Parecía que el rumor se había extendido especialmente desde su presentación pública en la recepción del Barón. Nadie parecía aún sospechar la naturaleza real de la relación, por eso, un encuentro casual propiciaría calmar las imaginaciones más disparadas de muchas de las damas, aunque estas no hicieran sino acercarse peligrosamente a la verdad. Fingirían, estaba claro, pero habían asumido que por el momento parecía oportuno fingir.

La trampa se urdió no lejos de allí. Jeneka, la curiosa prima de Anzhelika, había asistido a la fiesta del Barón Van Heerden y reconoció a una Irene que volvía a perderse entre sus propias damas y continuaba supervisando las compras. Como era de esperar, alertó a todos de que la "comentada vecina" se hallaba solo a unas varas de distancia de ellos. Anzhelika no perdió oportunidad de observar a aquella mujer que ocupaba los pensamientos de Iván alejándolos de las costas pomeranas y de sus constantes ataques piratas.

Creyó ver en ella alguna de las virtudes que imaginaba encadenaban al conde y bastante de las razones por las que las damas de bien de aquella villa la tenían habitualmente presente en sus conversaciones. Estudió a su rival, concienzudamente, antes de que ella fuera consciente de su existencia. Observó sus gestos, su actitud, tomó rápida nota de cuantas debilidades y fortalezas pudo encontrar en ella en tan rápida disección… y elaboró su estrategia.

Anzhelika era hábil en su terreno. Toda una ave de presa. Un animal de pasillo y Corte. De otro modo ¿cómo podría haberse abierto paso firme casada con los despojos de un linaje de lobos? Tendría que haber sido ella la esposa de Iván. Haberle dado hijos a él. Pero su padre no tuvo los arrestos de proponer el enlace con el fiero león, siendo su familia de menor linaje que los Duriakov, así que se contentó con obtener el vínculo a través del enfermizo, débil y pusilánime hermano pequeño, Aleksei.

Como acordaron, el encuentro pareció casual. Miradas corteses, palabras de protocolo, presentaciones formales y ausencia de gestos que advirtieran de demasiada cercanía. Nada engañó a la pupila rapaz de Anzhelika. Irene fingía bien, pero dejaba demasiado tiempo su pupila en él, un segundo más del suficiente. Y la caída de sus ojos era lánguida, como si lamentase apartar su mirada. Él sonreía demasiado frecuentemente. Ambos estaban nerviosos. Ella hablando más de la cuenta. Él tratando de callar demasiado. Podrían engañar a la bobalicona prima Jeneka. No se encontraría el trasero ni sentada sobre espinos… pero Anzhelika, Anzhelika había devorado presas mucho más peligrosas y voraces que aquella niña que se fingía mujer.

La hizo sentir cómoda. Arropó los deslices más evidentes de aquella inmadura juventud. Se mostró complaciente, educada y en su lugar en todo momento. Era una experta en ello. Cuando la tuvo a la altura de su barca, lanzó la red.

—Iván. ¿No seréis tan desconsiderado de privarnos de la presencia de esta Dama castellana tan llena de vida no invitándola a vuestra casa mientras aún nos alojéis entre sus muros, verdad? Un encuentro casual en un mercado se hace del todo inapropiado y breve.

Ambos se miraron y Anzhelika encontró en ello el último delato que necesitaba.

—Mañana —se atrevió a proponer ante todos. —Podría ser un inmejorable encuentro. Algo familiar, nada pomposo, si le parece bien al señor Conde, por supuesto.

La trampa se tejió con mimo y precisión. A nadie le pareció descabellado. Resultó tan natural que Iván solo pudo confirmar oficialmente la invitación.

Irene no pudo negarse.

Se apartó del tocador para volver a tener perspectiva de sí misma. En sus cámaras privadas se habían congregado suficientes ojos. Inés y Ana se habían sumado a las criadas y a Yelena en el estimulante oficio de reforzarle la estima. Aquel pequeño coro de miradas la observaba sonriente darse los últimos retoques al cabello y las prendas. Sobre todo Ana encontraba particularmente acertada la decisión de no llevar tocado. Era como si en la actitud transgresora de su Señora encontrase reafirmadas ideas y actitudes que ella misma quisiera defender pero que su menor posición le impedía tener la seguridad y convicción de Irene para ello. Veía de alguna manera reforzada su actitud y, ya que no se sentía igualmente firme a la hora de ponerla en práctica, alentar las de su señora y amiga la cobijaba, de alguna forma, y podía experimentar la sensación de placer aunque fuese a través de otra persona. Este era, entre otros, el motivo por el que aya Sagrario sostenía que Irene daba mal ejemplo a sus damas y motivo por el que, por segunda vez, habían tratado de mantener a la anciana al margen de esta nueva invitación.

Sagrario no era ajena al hecho de que la escondían, pero se sentía lo bastante mayor y cansada como para buscar el conflicto. Había sido tutora de su madre. Llevaba casi cuarenta años en la severa posición de institutriz. Ahora, en la venerable ancianidad empezaba a cansarse de disciplinar el ánimo joven y rebelde de su amadrinada. Los pocos años que le quedaban iba a pasarlos en aquella tierra fría lejos del sol de los campos de Castilla, entre gente que ni siquiera hablaba "cristiano" como solía decir. Bastantes males le procuraba eso en su ánimo como para andar de batalla con aquellas niñas en complot. Ya se encargará la vida de domarlas, solía decirse entre murmullos.

A la llegada a la escalera regia que presidía la sala tuvo de nuevo la sensación de estar en una escena ya vivida. Abajo aguardaba Tristán, al pie de los escalones, igual que aquella noche fugitiva. Por un instante, también creyó verle aquel primer e incontrolado destello en los ojos al descubrirla vestida para la ocasión...

Pero pronto apagó aquel brillo mirando derrotado el suelo.

Aquella escena podría tener los mismos elementos y los mismos actores, pero carecía ahora de ese revolotear de mariposas, de ese brillo mágico de aquella noche regalada en la que la vistieron y sacaron a hurtadillas a pesar de sus reticencias.

Ella iba a ver al mismo hombre, pero ya no había ese nerviosismo, ese miedo disimulado. Sus damas ya no tuvieron que desplegar argucias y secretos. Y Tristán ya no sería ese caballero protector que la custodiaba con los ojos ardiéndole cada vez que se posaban en ella.

Todo había cambiado.

La princesa era ahora solo la Señora de un feudo. La celebración no tenía nada más allá de un evento familiar. Tristán ya no se hacía necesario para protegerla de lo que en realidad nunca quiso ser protegida.

Pero su mirada triste le dolía.

"Es vuestro soldado, Irene" —recordaba las palabras de Ana de Saro—. "Vos ordenáis y él obedece. Si le pedís que guarde las puertas de vuestra alcoba, lo hace. Si le decís que os acompañe al mercado de abastos, lo hace. Si le exigís que os defienda hasta la muerte, debe hacerlo, porque ese es su cometido. No existe excusa por su parte para menguarse en tales obligaciones. Ni vos le debéis explicación alguna para su satisfacción. Así obra una verdadera señora y vos lo sois, Irene querida. Sois nuestro ejemplo de una auténtica señora".

Irene pensaba en esas palabras de Ana.

No le faltaba razón, pero entonces... ¿por qué en el fondo le dolía? ¿Por qué en realidad echaba en falta la complicidad también de aquel hombre? "Él es vuestro soldado, Irene" la escuchaba en su cabeza. Pero no, no resultaba tan sencillo.

Tristán recogió su mano con el semblante adusto, digno, sin más turbación que la que corresponde a un soldado en su deber. Le mantuvo un segundo la mirada. En ella no podía haberse dicho que hubiera reproche. No había nada, ni reproche ni emociones. El hombre a su lado, su primera espada, era simplemente eso, el soldado al que se refería Ana. No era Tristán. Podría haberse llamado Lorenzo o Diego. Podría ser castellano o uno de aquellos polacos que Iván pusiera a su mando. No era Tristán sino un simple soldado en el más estricto cumplimiento de su deber; aquello que Ana le decía que Tristán estaba obligado a hacer sin excusa ni recompensa, atado por su palabra de honor.

Ni más, ni menos.

Pero ella echaba de menos al Tristán de siempre. La complicidad de sus ojos que siempre se mantenían sobre su mirada más de lo permisible en un soldado; la ternura de sus dedos firmes volviéndose delicados al tomarle la mano. Esa emoción contenida de alguien… de alguien…

Irene tembló al ser consciente del hecho.

…de alguien enamorado.

Le pido demasiado en estos momentos, pensaba. No es justo para él. Pero entonces… si no es el cumplimiento de su deber lo que añoro… es algo más cruel aún. Añoro su debilidad hacia mí. Añoro su corazón latiendo por encima de su deber. Añoro un amor al que no correspondo.

Aquel pensamiento le llenó de un asfixiante calor. Un sofoco repentino que casi le hace perder el paso y que, merced a él, tuvo la única muestra de atención de aquel soldado.

—¿Estáis bien, Señora? —preguntó sosteniéndola del brazo cuya mano tomaba. Se fundió en la mirada vacía de aquel hombre, en su tono monocorde.

—Lo estoy, gracias, Tristán —dijo recomponiéndose. Por primera vez fue ella quien mantuvo un segundo de más sus pupilas en el rostro endurecido de aquel capitán.

Parpadeó solo para ser testigo de que se hallaba ya junto a la calesa que habría de llevarla hasta el castillo de los Duriakov donde le aguardaban sus anfitriones.

—¡El regalo! —le advirtió Inés cuando ya se disponía a subir al carro. Le entregaba algunos presentes de cortesía con los que pretendía agasajar a quienes habían tenido el detalle de invitarla. Tenía la mente en otros pensamientos. Lo recogió por inercia, tratando de disimular su turbación y dio las gracias a su doncella. Se volvió entonces a todos. Los observó con gesto desorientado y pareció que quería decir algo, pero entonces dejó la mirada perdida y regresó al interior de la carroza.

—Disfrutad de la velada, señora —dijo Inés coreada por las sonrisas del resto de damas.

Con un gesto firme de su cabeza, Tristán ordenó a los dos caballeros que escoltarían la carreta que iniciaran la marcha. Ante ello, el cochero fustigó a sus brutos y todo cobró movimiento.

Las damas aún se despedían con movimientos de la mano cuando Tristán ya iniciaba camino opuesto. Esa fue la imagen que quedó en la retina de Irene cuando descorrió la cortinilla trasera del habitáculo.

No, nada se parecía a aquella otra noche…

TRATOS DE FAMILIA

Carta de Marion de Chantillard al Conde Ethan de Kildare.

Conocido como *Crisagón de la Crux.*

23 de Noviembre de 1390

«Mi querido Ethan, Duende de Kildare:

Si hace dos noches os escribía para anunciaros mi llegada y el desembarco de los buques guía del visir Abdulah, hoy puedo confirmaros que emprendemos camino desde Trieste hacia tierras de Bardo, a las propiedades de nuestro anfitrión Marek de Klodzko. Sus legados de escolta ya pisaban suelo de Trieste apenas yo ultimaba las postreras líneas de vuestra última carta.

Poco equivocaba esta dama la puntualidad de nuestro noble visir, y ayer, arreciando el sol por poniente, el puerto de esta ciudad se llenaba de velas latinas. Hubiera parecido una invasión con toda honradez si de aquellos barcos hubiesen salido solo soldados, pues como buen señor del desierto, nuestro admirado visir se ha hecho acompañar de letrados, servicio, lacayos y eunucos como para doblar la población de esta ciudad fronteriza. Verle aparecer custodiado por la guardia Nubia, que impresiona aún en la distancia, y rodeado de su colorido harem es un espectáculo que esta dama se alegra de haber presenciado, sin duda. Tendríais que haber estado aquí para creerme cuando os digo que la actividad en el puerto quedó paralizada mientras la presencia de nuestro noble amigo y su cortejo llenaban de color y exotismo estas calles. Todo parecía rendirse a su radiante presencia, y claro, esta dama que os escribe no resultó menos rendida.

Para vuestra tranquilidad os confieso que nuestro visir sigue tan atento y galán como recordáis. Conserva una estampa magnífica para su edad y aún vestido con chilaba ceremonial no deja esconder el león que siempre ha sido al frente de sus sarracenos. Se mostró especialmente atento con quien os escribe y preguntó vivamente por vos.

Os confieso que fue entonces cuando le entregué vuestro obsequio, que me ha acompañado y velado mis sueños desde que os dejé en vuestras tierras. Se mostró gratamente complacido y lamentó vuestra ausencia. Preguntó igualmente por todos aquellos hombres de Albión.

Gracias a la diligencia de los emisarios enviados desde Bardo, la comitiva pudo emprender marcha casi de inmediato. Por delante nos espera casi un mes de viaje, que si bien los preparativos del noble Marek alivian mucho las incidencias de esta travesía, movilizar al extenso séquito del León del Desierto no será asunto ágil.

Confirman los hombres de Marek que todo señor por cuyo feudo habremos de cruzar se halla avisado y consentido. No es de obviar ahora la reputación que el buen Abdulah ha cosechado en estos años ante fieles e infieles, vasallos y señores e incluso viejos enemigos.

Con todo, por si el renombre del Señor de la Estepa no bastase, contamos con la escolta nubia, unos doscientos lanceros sirios y un nutrido destacamento de la afamada caballería kurda que deberían bastar para templar los ánimos de cualquier osado, ya fuere asaltante de caminos o rival declarado, de hacer importunar al visir en esta visita a los reinos de occidente.

No volveré a escribiros, querido Ethan, con toda seguridad hasta cruzar a reino polaco y hallarnos asentados, en firme, bajo techo en Bardo. Aprovecho, aún, para enviaros de seguido estas dos misivas con las que espero se os regocije el espíritu.

Tened a bien cuidaros, mi duende.

Los vuestros os añoran y se preocupan por vos.

Siempre Vuestra

Marion de Chantillard, Lady Mariel, para vos.

Al llegar al castillo la esperaba un cortejo.

Alineados frente a la puerta mayor que presidía la entrada al palacio de la fortaleza se encontraba una numerosa representación del servicio de la casa con el propio conde Duriakov a la cabeza. Servían, de este modo, de cortejo de bienvenida a la invitada. Había braseros encendidos a ambos lados de la escalinata para proveer de calor un día que se había empezado a nublar y enfriar conforme discurría.

La calesa abrió sus puertas a los pies de la suave escalinata de entrada. Allí ya la esperaba un mozo que fue el primero en recibirla, ayudándola galantemente a bajar del habitáculo. El propio chambelán de palacio se encontraba cerca y resultó el primero en dar la bienvenida a la invitada, pero Iván no se ajustó al protocolo y no esperó a que fuera conducida hasta él. Por el contrario, no pudo resistir la tentación de bajar las gradas y recibirla a pie de escalera él mismo, robándola del brazo de su chambelán.

Hubo un deseo interrumpido por ofrecerle una mayor y más cercana bienvenida que ambos se guardaron para sí, aunque en sus ojos anidase la chispa emocionada de un nuevo encuentro, quizá no lo bastante privado como para tenerse los tratos a los que ya se habían acostumbrado en secreto. Había que fingir y aquel primer roce ya ponía en cuestión su habilidad para hacerlo.

Subió las gradas y en ellas se encontró con la reverencia de aquella representación del servicio.

—Creo que es la primera vez que entráis de esta manera en mis humildes dominios.

Irene levantó la cabeza para contemplar la altura de las edificaciones que rodeaban aquel patio de armas.

—Poco tienen de humildes vuestras heredades, mi conde y no resulta la vez primera, lamento que lo olvidarais tan pronto, pero en aquella ocasión es cierto que no fui recibida con tanta cortesía.

Iván cerró los ojos y esbozó una sonrisa al sentirse cazado en aquel renuncio. ¿Cómo olvidar aquella primera vez? Aquellos ojos enfurecidos estrellando la saca con los lacres de propiedad sobre su escritorio. Parecía estar viéndola de nuevo.

Parecía haber transcurrido una vida y, al tiempo, haber sucedido ayer mismo. Parecía haber ocurrido en un sueño, en alguna existencia paralela. Qué distinta y al tiempo qué idéntica aquella Irene Manrique la que se sostenía de su mano, dispuesta a recordarle sin desconsuelo que hubo un tiempo en el que se miraban con fiereza y el desencuentro era mucho más evidente que el encuentro.

—Entremos. Quiero presentaros a mi familia.

Dentro, en el enorme vestíbulo distribuidor del palacio también se alineaba un grupo de personas. Reconoció de vista a algunas de las presentes en aquel encuentro fortuito en el mercado de Wroclaw, del pasado día. En total, dos hombres, dos mujeres y una joven muchacha. Una de las damas era aquella mujer rubia de enigmática belleza aria y mirada penetrante que presentaron como la mujer de su hermano, quien, a pesar de reconocerle, aguardó con templanza y protocolo su turno de presentación.

Irene no pudo evitar mirarla. Había algo en el porte de aquella mujer que le brindaba una grandeza difícil de explicar, una posición y temple que parecía exceder, con mucho, las dignidades de su posición social. Tenía el empaque y lustre de una consorte de real y, sin embargo, parecía carecer del gesto de indolencia y desgana que habitualmente se presenta en esas altas figuras de la Corte. Ello le producía inquietud, al tiempo que le aportaba gran dignidad y magnetismo ante sus ojos.

Iván la aproximó al primero de ellos.

—Aleksei Duriakov, Barón de Koszalin y Señor de Darlowo, mi hermano. La Dama Irene de Manrique Hidalgo de Alvarado, nuestra noble vecina.

Aleksei inclinó su frente en señal de respeto. Era un varón enjuto y pálido de cabellera algo más oscura y pobre que la de Iván. Solo un estudio detallado advertía sangre común en los rasgos de aquel hombre con los de su anfitrión. Tenía la mirada caída y parecía ciertamente mayor que su hermano, a pesar de que la complexión de Iván no tenía nada que ver con la de la persona que tenía frente a ella.

—Mi señora, a sus pies.

Era educado y cortés; y siendo barón se rebajaba ante simple señora, lo cual era de agradecer el detalle. Con todo, Irene, bien instruida por su fiel Ordoño, ya conocía los protocolos y no tardó en postrar la correcta reverencia.

—Ardía en deseos de conoceros al fin en persona, doña Irene. Mi hermano, el conde, habla de vos siempre con palabras llenas de elogio que, debo decir, no os hacen justicia en absoluto. Vuestra juventud y belleza, mi señora, harían enrojecer a cualquier santo varón, y desde luego, no podríais tomarme por ninguno, con honestidad.

—Son vuestras palabras las que hacen enrojecer a esta dama, Barón —devolvió el cumplido.

—Permitidme que os presente a mi esposa, Anzhelika.

En esta ocasión, fue Irene la primera en postrarse debidamente ante la baronesa consorte, gesto que ella agradeció cumplidamente pero que le instó enseguida a abandonar.

—Tuve el gusto de conocer a la baronesa ayer durante el mercado. Es a ella y a la gratitud del conde que debo mi presencia en esta casa.

—Exageráis lo que fue un cumplido, doña Irene, y un deseo espontáneo de querer gozar con mayor intimidad de vuestra presencia. Hago mías las palabras de mi esposo y os aseguro, Señora, usurpando atribuciones que no me competen pero con la tranquilidad de saberlas ciertas de antemano, que podéis considerar ésta vuestra propia casa.

—Agradecida.

Iván sonreía.

—Mi sobrina, Anuska —añadió volviéndose a la joven muchacha.

Irene descubrió a una jovencita apenas menor que ella. La diferencia de edad era tan insignificante que no pudo por menos que verse a sí misma si otras hubiesen sido las circunstancias de su vida. Aunque vestía como dama había ciertos matices en su vestido que la reconocían aún doncella. Ella ya era viuda a su edad, tenía y había perdido título de marquesa. Y con solo unos veranos más, una hacienda que gestionar y centenares de vidas bajo su mano. Pero mirarla era casi verse a sí misma. Y aquello le produjo un vértigo inesperado. Saberse más próxima a aquella joven que a ningún otro presente en el salón le hizo sentirse por un instante angustiada. Se volvió de repente una niña en terreno adulto. De poco consuelo le sirvió, en aquel segundo agónico, viudez, título, hacienda y responsabilidades. Solo se vio en aquella joven de la que parecía en realidad distar un abismo. Se sintió disfrazada de mujer pero aún niña en su interior, poco más o menos como aquella joven que tenía en frente.

Duró un instante, un momento de debilidad que le hizo flaquear las rodillas por un segundo que nadie advirtió. Se repuso de inmediato y ofreció su encantadora sonrisa a la pequeña de los Duriakov, que se inclinó en ajustada reverencia al recibirla.

Anuska no podía esconder la herencia de sangre. Mismo color de pelo, mismos ojos verdes de felino. Su rostro guardaba un mosaico de pecas que probablemente Iván hubiese lucido en su juventud, desaparecidas, ahora castigada su piel con la edad y la intemperie de la guerra a la que había sobrevivido. La miraba con ojos asombrados. Desde su posición, ella sí veía a una mujer completamente hecha. Quizá las separasen un par de años y apenas unas pulgadas de altura pero Irene lucía un hermoso vestido que la crecía a sus ojos. Ella empezaba a descubrirse mientras aquella invitada era tratada de doña, con el respeto debido a alguien de título, poseía tierras propias, soldados y criados. Había un océano de singladura entre ambas, suponía. Anuska la miraba con cierta envidia, con la convicción de que podía existir dama solo a dos años de distancia.

Irene también recibió los cumplidos de Jeneka y su ilustre marido, pero empezaba a abrumarse con tanta fórmula cortés. Iván, atento, buscó relajar pronto el ambiente.

—El servicio ha preparado un ágape de bienvenida. Esto es un encuentro familiar, así que éste es el máximo de protocolo y distancia que pienso tolerar hoy en mi casa. Irene… estáis en familia. Tratadla y sed tratada por ella como tal.

Irene se hallaba sobrecogida por las dimensiones del palacio que se fundía con las sólidas dependencias del castillo en el que estaba inserto. Acostumbrada ya a la casona, grande pero modesta en comparación con los muros que la protegían ahora, le resultaba inevitable que sus ojos se perdiesen entre los techos gigantes que la cobijaban. Si hubiese tenido más mundo, sabría que la decoración y dimensiones de aquel recinto fortificado eran dignas, pero no mayúsculas. En realidad, resultaba bastante austero para lo acostumbrado entre nobles de su misma posición. No resultaba Iván un hombre ostentoso, pero eso Irene lo ignoraba aún, y sin más ejemplos para comparar, los muros ciclópeos de piedra de aquel lugar, cargados de las muestras del linaje guerrero de los Duriakov, la mantenían absorta.

Pronto se encontraron en un salón íntimo, resguardados del frío invierno de Wroclaw, en un clima cálido conseguido por una hermosa chimenea que regía la estancia, bien mullida de alfombras y tapices. El ágape era ligero pero selecto.

Le costó un poco entrar en familiaridad. Todos los allí presentes tenían lazos sanguíneos salvo ella y hubo unos momentos iniciales de sentirse ajena, fuera de lugar. Se había esforzado por no dejarse arrastrar por esa sensación que ya durante el viaje en carroza auguraba como inevitable. Algo le advertía, además, que el hecho de envolver aquella invitación como algo "en familia" parecía indicarle que había entre el resto de los Duriakov cierta sospecha a que los tratos de Iván con respecto a ella no eran estrictamente las cortesías propias entre dos vecinos que, para añadidura, ni siquiera mantenían lazos de vasallo.

Le despertaba algunas sospechas ver cómo el resto de apellido Duriakov entendía tan natural que el conde y una joven y hermosa vecina tuvieran confianza suficiente como para ser invitada a una recepción en familia sin hacer mayores comentarios al respecto. Por eso, estaba preparada para que, probablemente, la mitad de las preguntas que salieran en aquella conversación fueran muy encaminadas a, cuanto menos, delatar el grado real de cercanía entre ambos.

Se equivocó.

Enseguida, resultaba esperado, se buscó integrarla en la conversación que necesariamente pasaba por interesarse por asuntos relacionados con ella. Anzhelika sería la artífice de aquella integración y de su correspondiente artillería de preguntas, pero asombrosamente ninguna caminaba por los derroteros que Irene supuso en un principio. Preguntó por su llegada, por las tareas de la hacienda y otras cuestiones similares. Le interesaba conocer su pasado, los vínculos familiares que dejaba atrás, cómo había logrado prosperar en tan poco tiempo o cuáles habían sido las vicisitudes encontradas para ello. No solo aquella noble mujer nunca pretendió entrar en ese terreno resbaladizo que hubiera puesto a Irene en el compromiso de responder con diplomacia, sino que incluso desviaba con habilidad la conversación cuando otros de los presentes, habitualmente la prima Jeneka o incluso su propio marido Aleksei, forzaban aquella no deseada dirección.

Aquel gesto intrigó con sorpresa a Irene y lo agradeció en silencio. O bien Anzhelika realmente mostraba desinterés en ese asunto o tenía la suficiente empatía y diplomacia para saber que Irene no se sentiría cómoda hablando en tales términos. Sea como fuese, aquella actitud obró pronto un vínculo inicial de confianza y una notable impresión inicial ante Irene.

Y no solo eso…

Había algo en aquella mujer alta y pálida de ojos celestes. Algo en el tono de sus palabras y en la cadencia estudiada de sus gestos que impresionaba a Irene. Vibraba con una potencia propia que prácticamente anulaba incluso a los hombres de aquella mesa, a excepción, quizá, del propio Iván. Desde luego, su marido desaparecía cuando ella intervenía en la conversación. Lo volvía invisible. Y si no fuese porque gran parte de la conversación necesitaba la extensa participación de Irene, ella misma habría sido la primera en desaparecer.

Su presencia era altiva sin crecerse en demasía. Tenía la apostura correcta y templada de una mujer que esconde más de lo que enseña. Un "saber estar" complejo de poder traducir a emociones o palabras. Se mostraba cauta, correcta, siempre educada. Hablaba sin pretensión pero con juicio y eso hacía precisamente que sus aportaciones a la conversación resultaran siempre sugestivas. Estaba muy lejos de las cotorras vacías e insípidas con las que se encontrara en aquella recepción del Barón Van Heerden, al que el perfil de Jeneka se ajustaba más. La prima, habitualmente, no tardaba en mostrar su limitado campo de visión y sus gustos más acordes con su naturaleza de noble despreocupada.

Ambas primas parecían no tener nada en común y, sin embargo, Irene encontraba muchas connivencias entre sí misma y Anzhelika. Le dio la impresión de ser una mujer segura, hecha, con criterio propio que no se privaba de defender, incluso contraviniendo a su propio marido, pero siempre con la gracia y habilidad de formularlo con tal diplomacia que aquél no podía sentirse desautorizado por su mujer.

Aquella velada iba a ser mucho más interesante y útil de lo que Irene jamás hubiera imaginado.

Atardecía.

Tristán miraba aquella puesta de sol. No podía quitarse de la cabeza un nombre de mujer, una imagen de ella. Una imagen que había tratado por todos los medios de guardar en el arcón secreto del recuerdo. Una imagen prohibida. Una imagen tan nítida como si hubiese sucedido ayer…

Era la imagen de un beso. Un beso que se le clavaba en el corazón. Un beso que dolía como la dentellada de una fiera. Un beso que arrancaba un pedazo profundo en lo más profundo.

También atardecía en su recuerdo…

El cielo enrojecía, quizá de vergüenza.

Ella se apoyaba en la balaustrada del jardín. Lejos, siempre tan lejos.

Se mordió los labios mientras aquel sol avergonzado corría a esconderse en el horizonte y regalaba fulgores de fuego a su bonito vestido celeste con el que el viento jugaba a hacer dibujos imposibles. Aquellos hermosos hombros desnudos se cubrían de destellos ambarinos como si fueran irreales.

La miró desde lejos y por enésima vez trató de pensar en ella como en alguien cuya voz no afectaba, cuyos ojos no tenían el menor asomo de poder. Como si sus pestañas no fueran la razón de la brisa, ni aquel cuerpo menudo despertara en él más emoción o pálpito alguno que el permitido. Quiso verla como la mujer imposible que era, por demasiadas razones para enumerarlas, por suficientes motivos para apartar la mirada.

Pero no pudo.

La niña que jugaba en sus rodillas se había hecho mujer ante sus ojos, tan despacio que no había sido completamente consciente. La había seguido en su periplo. Vio sus primeros pasos temblorosos. Fue aquel que le regalaba los gigantes y dragones de sus primeros sueños. Aquel a quien buscaba para confesar los primeros secretos. Nunca demasiado cerca, nunca lo bastante lejos. Hasta que creció. Hasta que su apellido quiso entroncarse con un apellido superior y la convirtieron en marquesa. La pequeña princesa que quería devorar el mundo. Aquella niña capaz de asombrarlo con su inagotable vitalidad. Siempre supo que si Dios era verdaderamente misericordioso ofrecería a Irene Hidalgo de Alvarado la oportunidad de hacer algo mucho más grande en la vida que ser la honesta esposa de un noble. Algo más grande que el horizonte mismo. Nunca tuvo dudas…

Fue entonces la primera vez que supo que su sonrisa traspasaba armadura. Que buscaba su mirada en cualquier parte. Que se había convertido en adicto a su presencia.

Entonces vinieron las culpas.

Los reproches ante su propia imagen en el espejo. Sentirse monstruo. Asumir la equivocación de estar enamorándose de una persona imposible. Niña y esposa. Noble y prohibida. Condenado a ser invisible. Y el Cielo decidió castigarle por la osadía. Le puso una guerra delante de la nariz y colocó a aquel marqués que la desposase al frente de esa guerra… y a él, tras el marqués.

Debía defender al hombre que tenía el pequeño tesoro por el que él suspiraba. Usar su cuerpo de escudo para evitar daño a ese que la vería sonreír al despertar, sin saber si merecería aquella sonrisa. Morir por aquel que se llevaría para siempre sus palabras y la chispa de vida de sus ojos… y le daría hijos y apellido.

Pero el Cielo guardaba un naipe ensangrentado. Una extraña copa de veneno preparada para beber.

Había vuelto a verla solo para tener la obligación de darle la trágica noticia de la muerte en batalla de su marido. Le hacía cargar con la bandera del dolor, ser heraldo de tristeza. Irene enviudaba apenas con catorce años y él fue el encargado de hacérselo saber. Aquel vestido azul sería el último en poner color a su cuerpo en mucho tiempo. Le llevaba el negro de los lutos. Encerraba todo aquel brillo, toda aquella palpitante juventud estremecedora… Aquellos serían sus últimos momentos. Un último atardecer de color antes de la noche.

Cuando tras vencer a una legión de miedos, censuras y dilemas se aproximó a ella, la encontró serena. El hilo húmedo de una lágrima corría por su mejilla virgen. Él cerró los ojos. Solo se situó a su lado y contempló el atardecer junto a ella. Qué lejos debe estar, pensó. Qué abismo nos separa ahora a dos pulgadas de distancia.

Notó un leve quejido de su pecho y no pudo evitar mirarla, entonces. Nuevas lágrimas salían de la comisura de sus ojos. Su barbilla temblaba. Tristán no sabía cómo actuar, qué hacer que resultara correcto sin invadir el dolor de aquella niña herida tan pronto.

—Siento… —iba a reiterarse en su pésame.

—¡No sintáis, os lo ruego! —dijo aquella joven Irene en su recuerdo. Aquellas palabras turbaron a Tristán. Trató de buscar alguna frase que las compensara.

—Entiendo que…

—No, no entendéis. —A Tristán le supo a reproche, pero entonces la mano temblorosa de Irene buscó la suya y la apretó fuerte. El caballero contuvo el aliento. Devolvió el gesto apretando firme y cálido aquella pequeña mano que se sostenía entre sus dedos. —Soy la mujer más cruel sobre esta tierra.

—¿Por qué decís tal cosa?

Ella le miró con los ojos preñados de tristeza y el gesto compungido. Aquella mirada borró los rastros de palabras en su boca.

—Que Dios me perdone, Él sabe que es cierto—. Irene se giró para quedar frente a él y su otra mano buscó la mano libre del soldado, que también prendió. —Dios sabe que antes de conocer por vuestra boca el desenlace, corrió un rumor terrible: que mi marido lideraba una brillante carga de caballería el día de su muerte.

—Lo hacía, mi señora. Yo mismo cabalgaba junto a él.

—Lo sé —dijo entre pucheros. —Creedme que lo sé. Porque dijeron que toda la compañía de caballeros fue arrasada. Que todos los bravos fueron aniquilados desde el flanco en emboscada.

—Tal fue, mi Señora. Fuimos emboscados por una dotación de reserva de piqueros que nos atajaron al flanco. No los vimos venir. Pocos tuvimos la suerte de escapar vivos de aquel enjambre de estacas. Don Lope luchó como un león herido. Murió con vuestro nombre en sus labios.

Ella despegó sus dedos de la mano de Tristán y mirándole con sus ojos canela humedecidos, la elevó hasta su mejilla.

—Es por eso que soy cruel, Tristán. Pues en mi mente nadie sobrevivía a las lanzas. Nadie. ¿Lo entendéis?

A Tristán se le encogía el corazón al escucharla.

—Así me juzguéis mal, así penséis que soy un monstruo sin piedad os digo, Tristán Márquez de Ulloa que estas lágrimas no son muestra de tristeza por saber muerto a mi marido…

La mano de aquella niña era el tacto más delicado que el rostro de Tristán hubiera percibido jamás.

—Son lágrimas de alegría… por saberos vivo… a vos.

Y ahí se detuvo el tiempo.

Se silenció la tarde.

Se paró de repente un corazón que latía.

Irene acercó su boca a los labios entreabiertos de Tristán.

¿Y si lo imposible pudiera suceder...? ¿Y si...?

Aquel beso enmudeció pensamientos.

Pero está mal... Aquello estaba mal...

Demasiado niña, demasiado esposa, demasiado noble. Demasiado lejos.

Entonces Tristán reaccionó.

Abrazó a Irene y mordió sus besos, por si el día recobraba su cordura y era el único, y era el último. Por si ese beso significaba la muerte, quería merecerlo. Cerró los ojos y besó a aquella chiquilla que temblaba entre sus brazos como si el mundo pudiera acabarse en ese mismo momento, como si nada tuviese valor salvo ese beso. Quedarse en el segundo mágico de esos labios abrazados. Quedarse en la pureza de un beso robado al destino, en la fisura de lo posible, en el secreto de un atardecer avergonzado.

Le besaba una niña enamorada. Una niña que había ocultado como él, quién sabe por cuánto tiempo, aquel beso prisionero. Entonces algo se encendió en su pecho. Un hálito, una tímida esperanza de que el mundo se volviese del revés. Por un segundo, por ese segundo, lo creyó posible.

Creyó posible lo imposible.

Pero aquellos labios hubieron de despegarse dejándole frío y desnudo. Desarmado por unos ojos que atesoraban esas lágrimas que decía en su nombre. Una mirada tierna, ruborizada, casi llena de miedo, fue la despedida. Ella casi huyó corriendo. Él no pudo siquiera moverse.

Luego fueron largos meses, casi un año en los que apenas tuvo noticias de ella. Tomó los lutos esa misma noche y se encerró en sus habitaciones. No supo mucho de Irene pero aquel beso quedó grabado a fuego en el recuerdo, también en un corazón de soldado. A veces trataba de pasar bajo las ventanas de sus aposentos. No podía verla, pero la imaginaba allí, exiliada del mundo, hundida en su negro, sin saber si aquel beso para ella podía significar un hálito de alegría en su tormenta. Sin saber si aquel beso aún significaba algo. Si habría conseguido sobrevivir a la tormenta. Así fue hasta el día en el que Don Diego, su padre, le informó de la intención de sacar a sus hijas de Castilla ante la amenaza del cambio de lealtades de los príncipes castellanos.

Le hizo prometer que protegería a Irene con su vida.

Y él juró.

Irene había cambiado en su encierro. Pareció poner un muro no solo con aquella tarde sino casi con toda la existencia de aquel caballero en su vida. Le trató con cortesía y educación, pero aquel periodo de exilio entre paredes parecía haber quebrado toda la cercanía conseguida en casi una vida. Jamás se habló de ello, menos aún de aquel beso. Fueron nuevamente -y más que nunca- soldado y señora. Pero Tristán siempre, siempre siguió creyendo en aquel imposible dibujado en esos labios que le besaron en un atardecer de Julio, en un jardín prohibido.

...hasta que encontró de nuevo aquella misma mirada en los ojos de Irene.

Aquella misma entrega. Aquel mismo gesto que una vez él viese en primera persona, siendo protagonista, despertando en ella eso que la hacía mirar y besar de aquel modo.

Fue en Wroclaw. Besaba a otro.

Solo entonces supo que no quedaba nada de aquel beso fuera de su propio recuerdo. El imposible nunca fue posible. Jamás tuvo la menor posibilidad. Dios debió saberlo y aún así barajó aquellos naipes.

Maldito fuese en su Cielo.

Atardecía también entre los cristales del castillo desde donde Irene contemplaba el sol despedirse sobre la línea de la ciudad. El Oder partía en su curso a una ciudad asentada sobre el mismo. Los canales y puentes de Wroclaw se teñían de una melancolía indescriptible al atardecer.

—Anochece pronto en esta tierra —murmuró a Iván, que acababa de situarse a su lado.

—Quizá es porque todo abandona su luz cuando te vas. Tu carroza está preparada. Te esperan abajo —le dijo rodeando con sus brazos aquellos hombros delicados y acercando su boca al punto desnudo de su cuello, bajo la oreja. El olor de sus cabellos sueltos atravesó su mente. —Podríais quedaros esta noche.

Irene se volvió a él con una sombra de tristeza.

—No sería apropiado, Iván. Tus invitados… —el beso en el cuello la detuvo. Una sensación electrizante le recorrió la espalda y le erizó de placer el cabello. Protestó con un quejido.

—¿Ahora eres tú quien habla de hacer lo correcto?

—Siempre trato de hacer los correcto, Iván. No siempre sucede. —Se volvió y quedó enterrada entre sus brazos. Se besaron sin decir más palabras. Cada beso parecía el último, pero siempre había otro que se sumaba a la cuenta. Irene haciendo un esfuerzo se despegó de los labios y rechazó con un gesto leve el postrer intento de Iván por besarla.

—Se impacientarán si no bajo. Debo regresar esta noche, era lo acordado—. Iván suspiró y cabeceó resignado una afirmación.

—No me acostumbro a tenerte y no tenerte el mismo tiempo.

Irene le miró a los ojos y apretó sus labios llevando hacia adentro su mirada. También suspiró.

—Tendrás que acostumbrarte.

ANZHELIKA

Diario de Irene Manrique

10 de Noviembre de 1390

«He sobrevivido a los Duriakov y Dios sabe que andaba preparada para lo peor.

Si soy honesta, la experiencia ha sido mucho más grata de lo esperado. Habiendo surgido con las formas que lo hizo, andaba convencida de que tendría que saber esquivar como lanzas muchos dilemas acerca de mi proximidad con Iván. No lo hubiese encontrado impropio. Quizá poco oportuno, especialmente para mi conveniencia, pero entraba dentro de lo razonable que sus parientes cercanos se interesaran por los modos y formas en las que esta vecina extranjera ha acabado, en boca de muchos, de la mano del señor conde. Afortunadamente no lo hicieron, cosa que agradece especialmente mi ingenio para sortear preguntas y evadir conversaciones; ya que por mi propio temperamento no sé si estoy a la altura de las lenguas falaces de la Corte, y no me tengo por especialmente hábil ni rápida a la hora de encajar una mentira veraz. En mis desvelos más angustiosos me veía a mí misma confesándolo todo con desesperación después de haber sido cazada con alevosía en docenas de incoherencias y contradicciones.

Afortunadamente, mi secreto, nuestro secreto, sigue a salvo... o eso creo.

Y digo "creo" porque no tengo todas conmigo de que algo sospechen o yo haya dejado ver lo suficiente durante la jornada. Mis reservas tenía, atendiendo a experiencias pasadas, y ninguna garantía de que no tuviese que mentir como hereje ante verdugo. Pero dicha sea la verdad por honesta, que la familia Duriakov, por cuanto me ha dejado ver, parece tener la misma hechura y gentileza que encuentro en Iván.

Su hermano Aleksei es un hombre correcto, cuanto menos. Ha permanecido especialmente callado en mi presencia, aunque luego no se privó de alejar a Iván y mantener con él y con el marido de Lady Jeneka abundante plática. He preferido pensar que se reservaban para ellos conversaciones de esas que llaman "de hombres", aunque no sepa aún bien por qué las catalogan como tal; como si a las mujeres no afectasen los devenires del mundo y la política. Con todo, aunque serio y reservado, no me ha parecido hombre malmetido. Su mirada, eso sí, no es tan limpia como la de su hermano, y a tenor de que sus rasgos son ciertamente más sombríos, pudiera yo caer en atribuirle una imagen que quizá no le corresponda con justicia. He tenido pocos tratos con él, sea dicho. Y los tenidos, no han sido graves, aunque algo me dice que no soy especial santo de devoción. Con todo, no ha llegado a más.

Jeneka, no me merece mayores comentarios que destacar, salvo que afortunadamente no es sangre de Iván y nada comparte con su linaje. No es que resulte desagradable pero queda en ese plano reservado para la buena dama, sumisa y anulada por el hombre con el que se desposa. Eso sí, en su ausencia, destapa todo el muestrario de frivolidades tan propias y acostumbradas de las damas de su posición. Se muestra por lo natural fuera de toda hondura en una conversación y sus aportaciones suelen ser triviales e insustanciales. Se halla más preocupada por los comadreos de la Corte o las damas de bien de la villa que de cualquier otra cuestión, y todo lo demás parece aburrirle. Para muestra, lo más interesante que se le escuchase decir fueron las alabanzas desmedidas a cierto juglar popular, de nombre Crisagón, cuyas jocosas coplillas parecen últimamente recorrer no solo las tabernas de la zona, por lo que veo. Su admiración no pasaba del embrujo al desconocido con la habilidad para provocar la carcajada al tiempo que seduce con su palabra. Muy posiblemente dirigido a este tipo de mujeres ociosas y desocupadas que fabrican con él un ideal de hombre inexistente. Un semblante de dama muy alejado de aquella que tiene por prima y ante cuya comparación cualquiera otra aparecería como frívola e insulsa, especialmente ella.

De hecho, mi velada en esa casa tuvo valor en sí misma solo por haber conocido a una mujer como Anzhelika. He quedado ciertamente sobrecogida al tratarla. No esperaba hallar tan cerca referente alguno de lo que realmente puede ser una mujer con los pies firmemente puestos sobre la tierra y la cabeza suficientemente cimentada sobre los hombros.

Confieso que Anzhelika me resulta turbadora por cuanto a su lado todo lo que soy parece empequeñecer sin que en su discurso o su gesto haya nada que pretenda provocarlo. Es una dama de profunda semblanza, aún muy bella, he de admitir; muy experimentada, por lo que parece, en esto de la relación con sus iguales. Me inspira un profundo respeto por ello y una curiosidad morbosa por saber más de ella, por atender a su propia vida y pasado más de lo que ella ha demostrado interesarse por el mío, especialmente por cuanto yo más temía: mi "relación" con el hermano de su esposo.

Anzhelika dirigía solemnemente la conversación y parecía mucho más curiosa por mi linaje, pasado, familia y vicisitudes que por la supuesta vinculación con Iván. Se mostró especialmente curiosa por cuanto a mis decisiones como Señora de una hacienda y por las dificultades encontradas en el ejercicio de gobierno de una casa. Se abstuvo de aplaudir en público mi labor pero en su mirada encontré una aprobación profunda, como si con cada anécdota que yo contaba, se asentara en ella su juicio sobre mí y tal juicio la llevara poco a poco a valorarme.

Tal complicidad, reconozco, no puedo encontrarla en nadie de mi alrededor. Aya es demasiado mayor como para poder guiarme en este terreno. Mis damas son demasiado fraternales y gozan en el fondo de mi misma inexperiencia, agravada por cuanto jamás se han visto en la tesitura en la que me encuentro. Sus charlas me sirven de desahogo y quizá solo con Ana o Inés puedo abordar algunas cuestiones, pero ellas se encuentran mucho más interesadas en apaciguar mi territorio sentimental que en todo aquello que implica ser Señora. Yelena es mujer juiciosa pero común. Puedo atenderla en cuanto a saber tratar a mi servicio y es especialmente locuaz para hacerme ver la imagen que genero a mi propio cuerpo de criados, mozos y gente de labor, pero no puede tampoco entrar en terrenos más elevados, propios de gente de corte.

Si entro, pues, con los varones que me rodean, Ordoño es un gran consejero, sin él poco o nada se hubiera hecho del modo en el que se hizo. A él debo reconocer que adeudo la mayor parte de mis aciertos y, de haberle escuchado, también, haber evitado la mayor parte de mis errores. El problema de Ordoño es que no es mujer y por tanto nada puede hacer para aquellas cuestiones que necesitan el apego femenino. Belem se entiende mejor con Ordoño o Tristán que conmigo. Mis caballeros son soldados y por lo tanto inútiles en esta cosa de asistirme emocionalmente. Tengo la suerte de su lealtad y la fe de su disciplina, pero no puedo esperar nada más de ellos que el hecho de que mueran bajo mis órdenes, si hasta ese extremo impensable hubiera de llegarse.

El único de entre ellos que puede servirme de apoyo, pese a ser hombre, es Tristán. Pero Dios sabe que tengo la certeza de que en este momento solo puedo aportarle dolor si le llamo para esos menesteres. Es fiel como cualquier soldado, entregado y me conoce desde que casi tentaba por aprender a hablar y caminar. Saber que probablemente he perdido su cercanía me traspasa el alma, pero no voy a rendirle cuentas por una lanza que muy probablemente yo misma he metido en su costado.

De todos, ya solo me resta Iván y temo que tampoco él es un confesor válido. Nuestros sentimientos y el aún confuso mar en el que navega nuestra relación no le convierten en la mejor persona ante la que pueda sincerarme y compartir plenamente mis dudas, muchas de las cuales le implican directamente.

Quizá solo encuentro conexión en mis cartas con el Visir Abdullah, quien tiene templanza masculina y sensibilidad de mujer con gran equilibrio. Con todo, merced a su viaje, llevo mucho sin saber de él. Y atender a su respuesta con el tiempo de retardo de mensajes que han de cruzar reinos tampoco le convierten en un apoyo inmediato.

Sin embargo, Anzhelika aparece en mi vida en un momento ciertamente oportuno y solo para rellenar, quizá, el hueco perfecto que me falta. Tiene aquello a lo que aspiro llegar como dama: buen juicio, templanza, carisma. Sabe estar en su posición e incluso por encima de ella sin que nadie parezca sentirse intimidado ni la vean como una usurpadora.

Admito sin reservas que he encontrado en Anzhelika un modelo interesante. Un modelo de mujer lo bastante inteligente y segura como para saber jugar sus naipes con habilidad y diplomacia en cualquier terreno, sin perder el suyo propio. Una habilidad y diplomacia especialmente útil y que yo misma constato no haber podido desarrollar aún, y que sin duda es la pieza más débil de las que me construyen. Soy consciente de que mi temperamento fogoso ha estado a punto de costarme precisamente aquello que trataba de impedir. Y eso me debilita a ojos de los míos. Mi orgullo es mi fuerza y lo que sostiene mi determinación, por lo que no es mala arma en absoluto; pero sin la capacidad fría de saber atemperarlo, sí puede ser cuanto menos arma de doble filo. Es lo que en cien ocasiones Ordoño se ha encargado de repetirme. Sé que puedo llegar a lo que pretendo manteniendo intacta mi integridad, siempre que consiga saber hacer frente a un temperamento que me viene de sangre castellana pero que en ocasiones se vuelve en mi contra.

Anzhelika, en nuestra velada, me demuestra sin saberlo que existe capacidad de usarlas siempre y solo a favor. Y lo ha hecho en terrenos tan sutiles como lo es en apariencia una simple conversación doméstica. La he visto saber llevar la opinión de todos a su lado, saber ser el centro indiscutible de la tertulia sin resultar impropia. La he visto ganarse el consentimiento y el favor de todos casi sin esfuerzo. Ese matiz es el que me hace comprender que, aún vestida de dama, teniendo responsabilidades, tierras y hombres, yo sigo siendo en muchos aspectos esa niña asustada que le daba miedo el mundo exterior. Alguien que ante el temor de ser golpeado, golpea primero. No siempre esa es una actitud razonable o juiciosa. Me hace verme como una niña, al fin y al cabo, eclipsada por una verdadera mujer. O al menos, esa ha sido mi impresión.

Este sentimiento que en otro orden de cosas me hubiera llevado irremisiblemente al celo o a la tirantez es el que desde mi nueva perspectiva creo que me proporcionará la base para ser capaz de construirme sin tener que cejar en el empeño de necesitar otro apoyo más que a mí misma; ya que si consigo tal cosa, "yo misma" me implicará a mi y a todos los que por mi me respalden de buena gana.

Quisiera poder tener oportunidad de acercarme con mayor hondura a esta dama y la velada de hoy ha supuesto un inmejorable terreno. Creo que la piedra de toque de esta balanza podría resultar ser su hija Anuska.

Qué sensación tan difícil de encajar ha sido sentirme mucho más reflejada en ella que en el resto de invitados, y cuánto en realidad he descubierto en esta jovencita de mis propias fuerzas y flaquezas que ahora me invitan a esta reflexión que hago.

Anuska no tendrá más de catorce inviernos, probablemente, pero ya viste como dama, por lo que intuyo que es plenamente mujer. Tiene los rasgos de la casa Duriakov, si por ellos entiendo los de Iván. Sus ojos, su cabello... pero sobre todo tiene ese extraño magnetismo que me apresa del buen conde.

Con todo, veo en ella, más evidente que en mí misma, los rasgos propios de la juventud que probablemente otros critican en mí pero que en mi condición de Dama pocos me reprochan a la cara. Tiene accesos de rebeldía e indisciplina, de un orgullo que yo siento por propio, especialmente cuando en la mesa alguien ha referido el tema de su mocedad en relación a encontrarle marido. No sé si es que se deja arrastrar temprano por la utopía del amor o simplemente que se siente, como yo, con la audacia de poder enfrentarse por sí al mundo. La cuestión es que se nota que tal asunto, raro en mujer, debo decir -mis propias damas me reprochan a veces la mayor dificultad de encontrar marido en estas tierras-, no es de su agrado y que la idea de emparentarse por compromiso, cosa que yo misma acepté de buen grado en su momento, no le parece apetecible.

Es esto lo que de alguna manera la acerca a mí y creo que se ha reforzado por mi propia actitud en la velada, al mantener mi postura de ser dueña de mis propios feudos, ya sea por convicción como por alejar por el momento la idea de que Iván y yo intimamos en secreto. Permanecía muy atenta a toda intervención mía y no se ha permitido hablar mucho en presencia de su madre aunque me ha sacado conversación cuando he confesado mi afición por la monta. Anuska asegura sentirse atraída por los caballos y entre ambas hemos conseguido arrancarle a Anzhelika el permiso para dar un paseo por mis tierras de cuando en cuando. Por el momento la madre no se siente animada a acompañarnos, cosa que lamento.

Tener por el momento la simpatía de la familia Duriakov es un importante consuelo. Mis tratos con Iván no parecen resultarles, ante mi asombro, merecedores de comentarios y, por otra parte, tal cercanía es gratamente recibida por los míos. Ordoño parece mucho más tranquilo desde que todo discurre con cierta normalidad entre las dos casas. Nuestras tensiones son ya cosa del pasado.

Creo que se abre ante mí un horizonte de claridad. Todo parece discurrir en la dirección deseada. Mi hacienda prospera lentamente. Crece y los míos parecen satisfechos de los logros conseguidos. Hay un hombre al que descubro poco a poco que me hechiza. Su familia parece aceptarme. Dejo de ser poco a poco la extranjera. Me siento renovada, feliz, dueña. ...pero entonces... entonces, no sé por qué en mi corazón sigue habiendo una nube, una sombra que me avisa de que no todo es tan claro y brillante como me parece intuir.

la calesa de Irene iniciaba el paso lento que la haría abandonar las propiedades del Castillo del Oder. Anzhelika y Aleksei se despedían desde las gradas de la entrada a distancia, como poco antes lo habían hecho de la prima Jeneka y su afectado marido. Iván, a pie de carroza, perdía su mirada en el ventanuco por el que la mirada de Irene se asomaba. A su lado estaba Anuska. La joven había ido perdiendo a lo largo de la velada parte de su compostura y distancia frente a la invitada. Ahora paseaba sus ojos entre la fascinación de aquel rostro apenas mayor que ella que se dejaba intuir entre los velos que ocultaban el interior de la calesa y la chispa en las pupilas de aquel hombre magnético que descubría como tío.

También había sonrisas en la puerta.

Sonrisas luminosas y amplias a las que Irene devolvía otras tantas en la distancia. Sonrisas agradecidas de haberla conocido y mucho más agradecidas de que al fin abandonase el castillo.

Sonrisas forjadas a base de millares de sonrisas fabricadas para engañar.

—Confieso que no esperaba que fuera tan niña. Mi hermano me decepciona —suspiró con afectación Aleksei. —La había imaginado como una Vestal prohibida y no es más que una cría poco más mujer que nuestra Anuska—.Volvió la mirada hacia su esposa. —Muero por saber qué piensas de ella.

Anzhelika tardó un instante en responder.

—Es irritante, descarada. Su cabeza está llena de ingenuidades. Solo es una niña con el vestido grande jugando a ser adulta. Resulta mortificantemente pueril...

Aleksei miró a su mujer de reojo con gesto turbado. Ella continuaba dando su espectáculo de despedida sazonado de amplia sonrisa.

—Me sorprende escucharte decir eso, querida. Por tus palabras hacia ella esta tarde diría que corroborabas cada uno de sus despropósitos.

Su esposa le lanzó una mirada de soslayo. La sonrisa en sus labios tenía cien motivos de existir. Encontrar que su marido no había esperado siquiera a que la calesa iniciara marcha para preguntar por Irene, era solo uno de ellos. Había resentimiento en su tono de voz y ella sabía perfectamente por qué.

—Intuyo, querido, que hubiese sido más grato para vos verme crucificarla delante de vuestro hermano. Justo lo que habéis estado cerca de hacer—. Aleksei entendió la lanzada contra él.

—Pero tu pertinente giro en la conversación lo evitó. Admito que me turbaste lo suficiente como para querer intentarlo de nuevo.

Ella se volvió a mirarle con el mismo gesto artificial en su rostro. Ni siquiera lo alteró cuando se frotó suavemente los brazos ante el frío de la tarde.

—Observo maravillada, querido esposo, que algo de luz guarda esa cabeza vuestra, después de todo.

El gesto de Aleksei se arrugó de un golpe.

—Anzhelika, no pienso tolerarte insolencias, ni en público ni en privado.

—Seré insolente, y más te vale estar dispuesto a soportarlo, cada vez que intuya que tu torpeza pueda poner en riesgo nuestro futuro—. Resultaba altamente perturbador escucharla en ese tono y observar su gesto amable y sonriente. —¿Qué pretendías ganar dejándola en evidencia en la mesa? ¿Que confirmara que visita las sábanas de tu hermano? ¿Para qué? De sobra sabes que lo hace ¿Crees que Iván saldría fortalecido de ello? No nos interesa crearle esa reputación. ¿Qué crees que Jeneka irá mal diciendo a las arpías que frecuenta? Manchará la imagen de tu hermano.

—Su relación con esa… mujer, la mancha por sí.

—¿Y tú quieres contribuir a ello? Necesitamos alejarlos, pero no lo conseguiremos arremetiendo ferozmente contra ella en una cena privada.

—¿Y lo haremos dejando que seas tan condescendiente con esa intrusa?

Anzhelika volvió a mirar al frente y suspiró.

—Veo en sus ojos que en el fondo esa niña se muere por resultar agradable. Todo su discurso no es más que un intento de parecer firme y segura ante los demás, pero en el fondo se siente sola. Nadie quiere estar solo, Aleksei. Démosle la amistad que anda suplicando en silencio. Démosle la mano en la que sostenerse, en la que confiar. Ella misma nos terminará ofreciendo lo que queremos, solo hay que crearle el clima adecuado y saber mover en su momento la cuerda apropiada. Y cuando no nos sirva, nos deshacemos de ella con la misma facilidad con la que la construiremos.

—¿Ella misma lo ofrecerá? Pareces muy segura de tu habilidad.

—¿Dudas, esposo mío? Te daré a tu hermano y las tropas que necesitas. Pero te advierto algo en este mismo instante: no cuestiones ni interfieras en la manera en la que voy a hacerlo. Tu fiel esposa promete que pondrá a todo el mundo en su lugar. Esa… Irene hará lo que a nosotros convenga, te doy mi palabra.

—Estás muy segura —le reiteró su duda.

—Soy mujer. Nacimos con un don especial para lograr que otros hagan lo que queremos por nosotras. Tú como nadie deberías saberlo, eres mi más recurrente víctima. Y ahora, sonríe o alguien pensará que murmuramos.

Aleksei sintió una bofetada tan fría como la del invierno pero consiguió mantener la credibilidad de su sonrisa fingida.

Anzhelika lo hizo parecer un accidente, una casualidad. Le había observado durante un par de días y le encontraba extraño. Había un velo ensombreciendo la mirada de aquel conde. Su conversación en estos días había sido lacónica incluso con su hermano. Resultaba especialmente perturbador por cuanto el día de la visita se le apreciaba especialmente luminoso y contento. Algo debía haber pasado que justificase aquel cambio en el ánimo pero Anzhelika no encontraba la manera de provocar un encuentro y empuñar las armas que conocía para animarle a usarla de confesora. Debía de ser cauta o Iván sospecharía. Quizá no de sus intenciones, pues entre ambos siempre había habido un trato cordial y él no era consciente —nadie lo era en realidad— de las habituales artimañas que ella usaba a favor de su marido; pero sí de un repentino interés por indagar en la vida privada de alguien a quien jamás había abordado para ello y que en raras ocasiones había confesado sus dilemas más íntimos ante nadie.

Subía las decoradas escaleras curvas con un inevitable resquemor. El talante gris de Iván Duriakov adivinaba cambios en el horizonte y ella iba a disponer de pocas oportunidades para entresacarle los asuntos que le ensombrecían el ánimo. Fuesen del orden y naturaleza que fuesen, muy probablemente afectarían a todos.

Pasó por delante del estudio privado y le halló pensativo con una copa en la mano. Se sentaba frente a aquella chimenea encendida pero su mirada se perdía en la inmensidad del vacío.

Tenía una carta en la mano. Probablemente el motivo estaba escrito entre sus líneas.

—¿Malas noticias? Vuestro espíritu parece decaído estos días—. Iván levantó los ojos con pesadez y no supo disimular el cansancio y el pesar en su mirada. —Habéis perdido de un golpe la chispa que se adivinaba en vuestros ojos hace solo unos días. Intuyo que esa carta en vuestras manos es la responsable. Lleváis dos días paseándola por todos los rincones de este castillo.

Iván lanzó una mirada furibunda al pliego en sus manos y bebió despacio un sorbo del licor de su copa. Ella contuvo el aliento. Había sido especialmente directa. Quizá, ni la relación de familia la podía excusar de entrometerse en los asuntos privados de su cuñado. Quiso, entonces, poner venda antes de la herida.

—No quisiera ser inoportuna, ni improcedente, Iván, pero no he podido evitar darme cuenta de vuestro repentino ensombrecimiento, y mala esposa de vuestro hermano sería si fingiese no preocuparme ante tal cosa, aunque entiendo que probablemente no sean asuntos que debáis ni queráis compartir conmigo. Disculpad mi atrevimiento, os lo ruego.

Le conocía. Sabía que no era hombre insensible a la preocupación de otros. Agachó la cabeza ante el silencio de Iván y se dispuso a salir de la habitación, pero el dardo había sido lanzado con certera precisión y había tocado muro.

—Anzhelika, por favor —escuchó su voz. Ella cerró los ojos y esbozó una primera sonrisa que cuidó de borrar pronto de sus labios antes de girarse. —Disculpad vos mi hosquedad. Ni sois causa ni motivo de ella y, desde luego, no debéis sufrirla.

La dama se volvió despacio. Él la invitó con un gesto a sentarse frente a él. Ella dudó por cortesía, pero el gesto de insistencia era claro. Estaba dispuesto a hablar. No podía permitirse perder este momento.

Iván le ofreció una copa.

—No sé si es procedente para una dama —rehusó cortésmente. Iván la miraba con ojos descreídos.

—Improcedente sería no aceptarla, Anzhelika, tratándose de mí quien ofrece y de vos a quien ofrezco. Tengo vino, si os parece más… adecuado.

—Os acepto el vino —dijo con una sonrisa de complacencia —pero no se lo digáis a vuestro hermano.

Iván pasó por alto el comentario. Se levantó despacio y rellenó una copa de vino para su acompañante. Regresó al asiento y la dejó beber un discreto sorbo sin apartarle la mirada. Él no sabía cómo encarar la conversación y ella parecía no atreverse a iniciarla con la pregunta pertinente. Un cruce de miradas y un silencio algo incómodo presidía la escena.

—No tenéis por qué hablar —dijo ella al fin. —Agradezco que me mantengáis en compañía. Es todo un gesto de amabilidad por vuestra parte.

Iván volvió a mirar de reojo el papel que sostenían sus manos. Suspiró profundamente.

—Vuelvo a tener problemas en la frontera, Anzhelika —anunció sin que ella lo esperase.

Eso la sorprendió.

Esperaba que el asunto fuese de naturaleza sentimental. De algún modo, ante la primera decepción le reconfortaba saber que los pensamientos de Iván estaban perturbados por problemas reales que nada tenían que ver con aquella niña. El gesto de Anzhelika adquirió pronto gravedad e interés.

—Me informan de tumultos en algunas de mis villas. Han atacado a mis hombres allí y parece haber indicios de que los campesinos han estado realizando rituales paganos en los campos.

La noticia no podía ser más inesperada.

—¿Rituales?

—Han encontrado símbolos y signos que así lo confirmarían.

No supo cómo encajar aquello.

—Pero eso es…

—Cuanto menos es motivo para tomar cartas en el asunto personalmente. Debo partir en breve. No puedo permitirme que estos hechos animen a otras aldeas a una nueva insurrección. Los ánimos están muy caldeados aún. Tendré que tratar esto en persona.

Anzhelika se quedó de pronto sin armas para atacar. Estaba preparada para ofrecerle otro tipo de discurso. A Iván le preocupaba un asunto político. No sabía qué posición adoptar.

—Entiendo vuestro pesar. Vivimos tiempos revueltos. Vuestro hermano como nadie puede atestiguarlo.

Iván la miró con gesto sombrío.

—No se trata solo de eso, Anzhelika. Hace días que debería haber partido…

Aquella frase despertó todas las alarmas, pero procuró que no se le notara y se fingió extrañada. ¡Ahí estaba! El asunto de las revueltas solo era un tema colateral, la excusa. El motivo era otro. Apostó por la diplomacia…

—¿Algo retrasa vuestra decisión de partir?

Iván la enfiló con cierta condescendencia en la mirada.

—No tenéis que guardar las apariencias conmigo, Anzhelika. Vuestra mirada es tan hábil que aunque dudase si mi hermano ha compartido sus inquietudes con su esposa en la intimidad de la alcoba, sé bien que vuestra agudeza os ha permitido descubrirlas por vos misma.

Se sintió cazada, pero le reconfortó que Iván encontrase natural que ella pudiera haberse apercibido de su debilidad por aquella vecina de por sí. Le sonrió con picardía y encontró una velada aprobación en el gesto de su cuñado. De alguna manera a todos parecía favorecer no tener que gastar palabras en explicarse lo obvio.

—Confieso que me he dado cuenta de que la proximidad de cierta persona os hace sonreír más a menudo.

Iván no pudo evitar hacerlo entonces.

—No solo fuisteis siempre una mujer de brillante inteligencia sino que compruebo que sois especialmente diplomática al hacerla constatar. Brillante manera de advertirme que disimulo mal mis alegrías y mis debilidades.

—Maldito este mundo, Iván, que nos obliga por decencia a ocultarlas.

Eso provocó un suspiro en el Conde.

—Qué es exactamente lo que os mortifica, Iván. ¿La separación?

—¿Qué no lo hace, querida Anzhelika? Este asunto es complejo y yo soy ya demasiado viejo para los desvelos del amor.

Ella reaccionó rápido. Tenía la mente ágil para estas cuestiones.

—¿Qué locura andáis diciendo? Nadie es demasiado viejo para enamorarse… y conociendo el objeto de vuestros desvelos de amor, no sé si debo compadeceros o felicitaros.

Primer dardo.

—Yo tampoco lo sé aún, querida mía. Tampoco lo sé aún.

Ella se proyectó hacia delante en su asiento y esperó a que él levantase la cabeza y cruzase su mirada triste con la suya.

—Yo diría, si me permitís la franqueza, Iván, que debo felicitaros por cuanto el amor es un milagro que a la mayoría de nosotros nos está vedado. Debemos estar con quien debemos. Pocas veces se nos da la oportunidad de estar con quien queremos… ambos lo sabemos bien —añadió con un tinte de amargura mal disimulado. —Se sacrifica ese sentimiento en virtud de lo mejor para nuestro apellido, nuestra hacienda, nuestra posición. El deber se impone en nuestro pecho. En ese orden de las cosas el amor no encaja. Se guarda en una jaula y se alimenta de la cotidianidad. Nada estimulante, pero mucho más dócil. Aprendemos a estar junto a aquellas personas que nos han tocado en suerte. Asumimos lo que debe ser y todo lo demás resulta una chiquillada… hasta que el amor nos toca de verdad y esa jaula resulta imposible para contenerlo—. La mirada de Anzhelika era profunda, intensa. —Entonces se desata la verdadera guerra entre lo que sentimos y lo que debemos hacer. El más afortunado está abocado a fingir un amor incompleto, castrado. Un amor que se esconde en gestos a veces invisibles. En el mejor de los casos es un amor furtivo. Por esta razón creo que también debo compadeceros. Especialmente porque intuyo que cortejáis en secreto a una mujer cuyo discurso público convierte ese cortejo clandestino en el máximo camino a recorrer.

Iván quedó clavado a la silla mirando profundamente a los ojos celestes de Anzhelika. Tan intensa fue esa mirada que se sintió azorada. No sabía si se había descubierto demasiado en aquella primera intervención.

—Si he dicho algo impropio, ruego que… —se apresuró a decir, pero Iván la interrumpió de un evidente gesto.

—No habéis podido acertar más el tiro. La excusa se hace innecesaria—. Bebió de nuevo. Ella quedó expectante frente a él. La pausa dramática la mortificaba. —Mi dilema es amargo, Anzhelika. Esta extraña historia ha surgido casi sin pretenderlo y brota de una manera extraña. Me aporta tanta luz y alegría que casi no puedo creerlo. Sin embargo, por esas misma razones ha de mantenerse en secreto. Y lo hace precisamente por ser ella mujer que defiende con encono y coraje su propia soberanía. No pretendo restarle esa parte de ella. Ni aun cuando hubiese un vicario de por medio y ella se desposase tendría la menor intención de postrarla por debajo. Aunque cueste creerlo, no la he aceptado como vasalla puesto intuyo que en su petición se ha dejado influir por quienes probablemente le aseguraban que mi amparo le beneficiaría. Tampoco puedo dejarla sin señor en tales tiempos y, al efecto, ejerzo como tal sin que nadie sepa. Algo en su cabeza la ahoga si se siente encadenada a apellido u hombre. Es esa fiereza en demostrarse capaz y libre lo que hace de ella una mujer como no he conocido otra. Si perdiese esa parte de sí, probablemente fuese a mí a quien dejaría de atraer. Pero si no lo hace, sé que ese mismo principio, antes o después, se volverá contra mí y me destrozará.

Anzhelika le escuchó en silencio. Le había dado un hueco por donde colarse.

—Vuestro miedo es legítimo, Iván—. Anzhelika dejó su copa en la mesita próxima y prendió con suavidad la mano de su cuñado. —No os mentiré. Como mujer, la Dama Irene goza de unas circunstancias muy favorecedoras que agravan dramáticamente su discurso. Rara vez una mujer se encuentra al mando de una casa y un apellido con la suficiente juventud como para convencerse que no se debe a nadie. Su tragedia personal se convierte en su aliada y su valía le demuestra que es posible soñar con la libertad, pero es una quimera tal y como se ordena nuestro mundo. Antes o después su idealismo se quebrará. Antes o después esa dama ahora tan firme terminará de la mano de un hombre, de una casa y de un apellido, porque antes o después todos lo hacemos. Porque la única manera de prosperar, incluso sobrevivir en este mundo inhumano lleno de injusticias e injustos es aferrarse a alguien con mayor poder, el cual, a su vez, está ligado por votos a otro aún más poderoso que él y éste a otro. Esas alianzas nos protegen y vos lo sabéis bien como nadie.

—Pero ese es mi verdadero dilema, Anzhelika. Hay algo de mí, después de haber peleado en una guerra atroz, después de haber perdido mucho más de lo ganado, después de haber sido partícipe de las mismas maledicencias que censuramos del mundo, que quiere creer su discurso vital pese al riesgo que para mi persona y mi corazón entraña. Siento que no la dejaría cejar en su convencimiento de que otro orden de cosas es posible. Siento que potenciaría, y de hecho quiero potenciar, su libertad a riesgo de perder lo que me da, quizá sin saber que lo hace. Su vitalidad y su fe, probablemente motivada por su inexperiencia en parte, me resultan tan puras y limpias que si de mi mano estuviese proporcionarle todas las armas posibles para su victoria, lo haría, aunque eso me convirtiese en un cadáver a su paso. Siento que soy lo bastante viejo como para apreciar la utopía en sus palabras, pero lo suficientemente joven como para dejarme contagiar por ella y ser el último en querer abatirla—. Le miró a los ojos y un brillo de emoción se encendió en ellos justo antes de hablar. —Necesitamos más personas como ella en el mundo. Necesitamos potenciarlas y no dejar que su idealismo muera entre los rincones de un mundo capaz de marchitar la propia primavera, si pudiese. Que nosotros no hayamos sido capaces o no encontráramos nunca la fuerza y convicción necesarias para pelear esta realidad, no nos autoriza a evitar que otros lo hagan. El problema, Anzhelika, es que para mí es más fácil admitirlo, aquí, de palabra, que hacerlo. Al final solo queda ella y mi egoísmo por tenerla cerca.

Iba a ser difícil quebrar esa muralla. Atacarla de frente no funcionaría. Debía dejarle en su discurso. Que él mismo delatase sus huecos.

—Pero ella está cerca. ¿Por qué ese miedo, Iván? Os corresponde... ¿o no?

—Ahora, Anzhelika. Todo lo nuestro se reviste de un halo de fantasía. De una extraña cobertura de cuento que puede quebrarse en cualquier momento.

Iván temía algo que aún no había pasado, pero si lo temía es porque la cuerda en ese punto estaba mal sujeta. Ese era el lugar donde golpear.

—Dicen que el amor es el adversario más terrible. Nada puede contra él... si existe de verdad. Yo de vos no tendría ese miedo.

—Dudo que haya amor. Fascinación, tal vez. Deseos de explorar y sentir—. A Anzhelika le reconfortó oír aquello. —Percibo que ella está ardiente por experimentar un mundo que de permanecer a mi lado no estoy seguro que explore completo. Si aprieto la mano, antes o después se asfixiará. Si la dejo libre, volará. Gire donde gire, Irene de Manrique desaparece de mi vida. De una vida que en su caso apenas ha hecho sino comenzar.

Aquel miedo, convertido casi en certeza en su mente era el mejor aliado para ella. Su espíritu ya había asumido que la perdería. Solo había que hacerlo realidad.

—Apenas la tengo cerca —continuó tras una pequeña pausa— y el mundo me impone distancia. Es mi deber. Soy el señor de estas tierras. Debo jugar unos naipes que antes entendía como propios. Hoy no puedo ver en ello más que la mano de un Dios cruel que me pone en la encrucijada. Los problemas en la frontera pueden llevar meses, especialmente, si lo que sospecho es cierto y realmente la mano del Águila se encuentra detrás de esos rituales paganos entre mis campesinos.

Qué fáciles resultan los hombres. Qué obvios, a veces. Bastaba dejarles hablar y ellos mismos evidenciaban con transparencia las fisuras.

—Por eso no habéis partido aún. Teméis la herida de la distancia. Teméis que ella se os escape mientras andáis ausente.

—Sé que es muy egoísta verlo así, pero es cierto. Si me quedo, actúo de manera irresponsable ante aquellos que dependen de mí. En cualquier caso, no puedo dejar desatendido un asunto tan grave. Si me voy, mi corazón va a desangrase en el silencio.

Faltaba un solo ingrediente. Una última variable en la ecuación de hechos.

—¿Y ella? ¿Tan seguro estáis de que la perderéis en ese camino? ¿No confiáis en que sus sentimientos sean tan fuertes que sobrevivan a vuestra distancia?

—Quisiera creerlo, Anzhelika, pero no puedo apostar por ello y nada tendría que reprocharle si ocurre.

Perfecto. No podía ser más claro. Él dudaba y esa duda hacia los sentimientos de ella serían la tumba de aquella relación si alguien sabía utilizar esa información con habilidad. Él dudaba pero estaba en su legítimo derecho ha hacerlo. Ella y su discurso lo favorecían. La obsesión por ser una dama desapegada de apellido, esquiva, firme, incluso indolente fomentaban la duda y animaban a la inseguridad. Potenciar la duda en él. Hacerla tangible. Demostrarle que tenía toda la razón al aventurarlo tan pronto. Esa era la mejor estrategia: demostrarle que no se equivocaba, que todo ocurriría tal y como aventuraba, casi como una oscura premonición.

Y para ello el mejor modo era reforzar en ella la actitud que defendía.

Iba a ser un juego divertido de jugar.

Hubo un silencio que perduró más de lo habitual. Las miradas volvieron a embarrancarse juntas, ancladas en las pupilas del otro.

—No debería decirte esto, Iván... y menos en la situación en que te hallas, pero callarlo me haría sentir cómplice de lamentos futuros—. Iván le indicó con un leve movimiento de su frente que no tuviese miedo de hablar. Ella inspiró profundo. —Es obvio que os habéis enamorado, Iván; y compruebo emocionada que sois un hombre increíblemente generoso en el amor... pero ella es joven, muy voluble, aún. Vos mismo ya lo percibís haciéndome cómplice de vuestros temores. Si dejáis que una mujer como ella sea vuestro único mundo, si le entregáis por entero vuestro corazón, debéis estar preparado a que en un golpe de viento lo devore sin pestañear. Si jugáis esta partida, os lo pueden dar todo... o arrebatar todo. Quedáis advertido.

Iván apretó los dientes. Anzhelika tuvo una reconfortante sensación de victoria.

—Gracias por el sorbo de realidad, Anzhelika.

Ella sonrió, pero le advirtió con un gesto que aún no había terminado su exposición.

—Sin embargo, como enamorado teméis lo que aún no ha ocurrido, Iván. Temes perder algo que en cualquier caso vos mismo habéis ganado. Ella se acercó a vos incluso después de vuestras iniciales diferencias. Algo ha debido ver aparte de vuestro título y rango, que tanto decís no son influyentes, y que decantaron vuestra balanza en momentos mucho más distantes que la distancia física que ahora habréis de imponerle. Algo en vos como hombre y persona que probablemente ejerza su peso. Es absurdo, pues, ese miedo; aunque legítimo y normal. Si os deja más tranquilo, me acercaré a ella en vuestra ausencia. Le serviré de compañía y trataré de calmar sus dudas cuando le aparezcan, si lo hacen. Cuidaré de ella para que podáis realizar vuestro deber sin que su suerte os preocupe. Quedará en las mejores manos, os doy mi palabra.

Iván le sonrió agradecido.

A veces los lobos se cobijan bajo nuestra ventana.

RUPTURAS

PRIMERA PARTE

La noche anterior a aquel día, Tristán estaba preparado para enfrentarse a sí mismo. Tenía una inmensa sensación de vacío extremo. La tranquilidad en su rostro venía alimentada por una ausencia casi total de emociones. Parecía que aquel corazón en su pecho hubiera desistido de seguir latiendo. Supo que era la única manera de enfrentarse a lo que estaba por llegar, la única sensata para protegerse frente a la tormenta. De haber podido, hubiese abierto su pecho y se hubiese arrancado allí mismo aquel corazón rebelde. Se debía de imponer la cabeza, la frialdad del raciocinio frente a la hermosa y dolorosa locura del sentimiento y un amor solo posible en los cuentos.

El camino que iba a comenzar a andar no tenía retorno.

Aquello resultaba lo más doloroso de admitir. Debía alejar lo que durante tanto tiempo fue el único motivo de esperanzas y sonrisas. La partida estaba sentenciada de antemano. La realidad era profundamente sangrante para él. Lo traicionaría todo con aquel movimiento, pero realmente ya estaba todo perdido. Quedarse solo añadiría brío a una llama que acabaría por devorarlo. Quedarse, solo podía significar añadir dolor innecesario no solo para él. Quedarse alimentaría al monstruo que habita en todo corazón rechazado, en todo amor extinguido, en todo hombre que debe asumir que la mujer que ama elige a otro o simplemente no le elije a él. Poco importaba a esas alturas los motivos, circunstancias y modos de aquel rechazo. Si era o no criticable la esperanza utópica de él o la negativa de ella. No había nada que mereciese a estas alturas reprocharse a sí mismo o a nadie. Estaba el hecho, y el hecho era profunda y rabiosamente doloroso.

Tristán se había implicado demasiado como para mantenerse indemne. Ella se había clavado lo bastante profundo como para no poder simplemente ser ignorada. Apartar la mirada no sería suficiente.

Exigía más. Lo exigía todo.

Perderse a sí mismo era la única manera de sobrevivirse.

Cerró los ojos.

Agarró la cuchilla.

Carta privada de Iván Duriakov a Irene de Manrique
29 de Noviembre de 1390

«Mi querida Irene:

En este instante en el que inicio estas líneas no he podido evitar recordar la sensación que tuve al recibir vuestra primera carta. Vos no erais por entonces más que un misterioso mensaje bajo lacre y yo regresaba de una dura campaña en mi frontera. Rememoro, como si distaran años de aquel momento. Años que parecen alargarse desde aquel curioso impacto de vuestra lectura. Aquel polaco correcto, pero sin duda ajeno, en el que aún guardáis vuestro singular acento de los reinos del sur, construía aquellos renglones corteses con los que anunciabais vuestra bienvenida. No podía imaginar, ni aún entonces, que aquella primera carta me iba a llenar tanto de curiosidad por su autora en los días venideros que cometería la imprudencia de visitaros por mí, sin anunciaros mi llegada. Tanta mujer descubrí junto a aquella carreta cubierta de barro que no supe dar marcha atrás a mi disfraz ni a mi interés por vos.

Lo acontecido tras aquel momento os es tan bien conocido a vos que no quisiera abundar en ello. Quede, que fue el extraño y tortuoso avance por un sendero que me condujo a aquella catedral y vuestra aceptación de acompañarme en un primer acto público. A aquella fiesta de mi noble vasallo y aquel paseo nocturno en calesa donde me forzasteis a confesaros más de lo que tenía intención de confesar. Todo ello sentenció mi suerte. A aquella cabalgada por el bosque, la repentina tormenta y al refugio en esa cabaña, testigo de mi locura, donde obligamos a Dios a no mirarnos esa noche.

Quizá, temo, mi dulce Irene, que Dios nos miró después de todo y ahora me castiga por mi atrevimiento. Apenas me deja saborear vuestros brazos, me fuerza a abandonarlos por un tiempo que no puedo precisar.

Normalmente sois vos quien decidís en el último instante acudir o no a nuestras citas clandestinas. Citas que para mí suponen renacer en cosas que creí marchitas y olvidadas hace tiempo. Hoy debo ser yo quien confiese que no acudiré a nuestro último encuentro ni a muchos otros que, de curso natural, hubiera tras este. Y no me queda, por imperativo, más que hacéroslo saber de esta distante manera.

He vuelto a tener terribles noticias de mis feudos de frontera. Constato que es un mal que no solo me persigue a mi, sino que, al parecer se extiende por la mayor parte de los feudos polacos. Muchos señores nos vemos asaltados por la turbación de nuestro campesinado, al parecer influenciado, doy mi diestra, por la garra del Águila que aprovecha nuestra debilidad. Debo, no solo actuar en persona en mis propios territorios sino, tal y como prometí a mi hermano, convocar al resto de señores para establecer una acción común que nos fortalezca. Ello me exigirá un tiempo de distancia inevitable que me separará de vos y vuestros cálidos besos, de vuestro peculiar acento y de todo lo vuestro que, aseguro, es lo único que hace batir mi corazón.

Vendería mi alma por poder rehusar mi responsabilidad, pero sé que en el fondo actúo movido por una causa legítima, y que vos misma me invitaríais a estar al frente de ella.

Solo quiero que sepáis que os amo y que aunque me encuentre lejos sois mi primer y único pensamiento de este viejo guerrero. Sois vos, en el fondo, ahora lo sé, aquello que me proporciona las fuerzas para seguir luchando por ese mundo en el que vos merecéis vivir.

Mi corazón os pertenece hasta su último latido.

Siempre Vuestro».

Iván

Irene no sabía nada.

Alcanzó a caballo la pequeña loma tras la cual se levantaba la desvencijada cabaña de madera, testigo habitual de sus encuentros con Iván. Bajó, al paso elegante de su yegua moteada, el pequeño sendero que discurría hasta la choza. No era difícil encontrar señales frescas de huellas y llegaba hasta ella el piafar delator de un caballo, aunque no logró encontrarlo por las inmediaciones a simple vista.

Imaginó que él ya habría llegado.

Siempre lo hacía. Siempre llegaba antes que ella. En ocasiones era el único que llegaba. No sabía con exactitud con cuanta antelación, porque nunca acordaban una hora, sino un momento del día. Irene no acudía a todos. Le gustaba creer que él la esperaba con impaciencia, sin importarle el retraso. Iván jamás le reprochó una ausencia. Irene gustaba de creer que él entendía que cada aparición suya era un regalo, una decisión consciente de estar allí, con él y no en otro lugar. No una imposición ni un deber. Así despejaba toda duda sobre las motivaciones que le llevaban a esos encuentros. Para ella resultaba importante saber y hacer saber que acudía con libertad y que, cuando lo hacía, no deseaba hacer otra cosa más que aquello. Esa ficción de independencia era importante. Ese control sobre él le parecía una tortura menor en aras de un beneficio común. En ocasiones admitía que aun deseando encontrarse con él, no lo hacía. Todavía persistía en ella un ánimo a no mostrarse del todo solícita, del todo entregada.

Tenerla sin que la tuviese.

Eso le proporcionaba seguridad. Seguir jugando con él como, en su momento, él mismo hiciese durante su etapa de tensiones. Creaba así la incertidumbre sobre si iría en aquella ocasión, si aparecería. Le daba el mensaje de que a pesar de haberle ofrecido cuerpo, besos y palabras de amor, ella seguía siendo libre.

Tenía la confianza de saber comedir sus impulsos. Creía firmemente en que era capaz de poner bridas al sentimiento y no dejarse arrastrar por él, para cabalgarlo a su conveniencia. Tenía el temor de que si ese mensaje no resultaba claro no actuaría distinto a aquellas mujeres que en realidad buscaban el amparo y protección de un hombre como única meta. Se sentía fuerte en aquella actitud. Se sentía al mando de un corazón que sabía dosificar y equilibrar la pasión, la necesidad, los impulsos y los latidos. Se sentía a fin de cuentas dueña de la situación.

Pero el amor no se piensa, o no es amor. No se busca ni se controla. No se decide, no se equilibra, no se ata ni se domina. No puede analizarse ni estudiarse. No pude ser predicho ni anticipado. El amor no sabe de reglas de juego. No es ni siquiera inteligente. A veces, ni siquiera es sano.

Tristán sabía bastante de ello.

Dejó a *Rebecca* atada a uno de los postes y caminó despacio hacia la entrada que se vislumbraba entreabierta. Escuchó el sonido de alguien en el interior y eso le hizo iluminar su sonrisa. Empujó la tabla que seguía rechinando y el olor a madera quemada le inundó los pulmones. Cerró los ojos en gesto de gratitud ante aquel aroma de bienvenida y pasó sin miedo. Enseguida percibió la presencia de un hombre allí. Una presencia cercana, conocida…

Al abrir los párpados, la sonrisa quedó petrificada en su boca.

—¡Tristán!

RUPTURAS
SEGUNDA PARTE

El tiempo pareció detenerse allí mismo.

Todo se congelaba en aquella rústica estancia de madera con la crepitante chimenea a las espaldas. La figura de Tristán, a su frente, erguido, sin mover un solo músculo, con su mirada clavada en ella, parecía fantasmal.

Irene superó con dificultad el impacto inicial de encontrarle cuando esperaba a otra persona. Su cerebro tardó en ubicar un rostro ajeno a un lugar al que no asociaba. Parte de esa primera impresión estaba justificada por un detalle que la mente de Irene no relacionó hasta pasado un tiempo. Tristán aparecía pulcramente afeitado. Podía parecer un detalle insignificante, pero no lo era. Había hecho desaparecer de su rostro el elegante y característico bigote que poblaba junto al pequeño punto de barba bajo su labio inferior. Parecía años más joven, pero en realidad aquello era un símbolo y un mensaje cifrado. Los caballeros suelen dejarse crecer nobles mostachos como signo, precisamente, de su carácter de caballero. Es casi un rasgo de identidad, una carta de presentación. Al afeitarlo, Tristán no pretendía rejuvenecerse sino advertir de antemano el motivo y mensaje que le habían llevado hasta allí.

Una vez que Irene tuvo claro que era Tristán, sorprendentemente, y no Iván quien le aguardaba en aquella cabaña abandonada, hubo un silogismo que se apareció claro en su cabeza. La única explicación plausible que justificara la presencia de su *primera espada* en aquel lugar no podía ser otra: Tristán sabía qué había ocurrido y qué ocurría en aquella casa… y lo más grave aún, al presentarse allí dejaba claro que pretendía que Irene también lo supiera.

—Tristán… —repitió, casi para convencerse de que realmente era su fiel quien se encontraba frente a ella. —No… soy capaz de comprender qué hacéis en este lugar.

—Supongo que no es a mí a quien esperabais encontrar aquí, mi Señora. Lamento profundamente la decepción.

Irene no supo con rotundidad si Tristán empañaba aquellas palabras con sarcasmo. Le sorprendía que así fuese pero quedaba claro que aquel hombre sabía lo que ocurría en aquella cabaña.

A pesar de todo, jugó a negarlo.

—Estaría decepcionada si esperase a alguien, como vos decís y solo en ese caso. Tengo mis propios motivos para estar aquí. Mi rostro es de sorpresa por encontraros a vos. Hace tiempo que es difícil hallaros en ninguna parte. No sé si sentirme afortunada.

Tristán no tuvo ninguna duda de que ella sí envenenaba sus palabras de reproche. Le escoció comprobarlo. Tenía razón, llevaba tiempo siendo esquivo con ella.

—Aunque es evidente, Señora, que podéis justificar vuestra presencia en una destartalada cabaña en mitad del bosque de la manera que os parezca oportuno, el que yo os espere en ella debería ser signo suficiente para vuestra merced de que no necesito tales excusas.

El golpe fue directo. Elegante, pero directo. Irene se sintió ofendida.

—¿Ahora os dedicáis a seguirme, Tristán? ¿Desde cuándo lo hacéis? ¿Desde cuándo conocéis este lugar?

Tristán miró un segundo hacia abajo. Había tristeza.

—Me temo, Señora, y aventuro a decir, que desde que lo conocéis vos misma.

Lo sabía.

Lo había intuido desde el principio. Tristán estuvo allí aquella noche de tormenta. Si eso fue así, lo vio todo. No es que lo imaginara, es que presenció aquel momento de entrega. Por un lado, una parte de ella se sintió desnuda ante él. Desnuda, descubierta en la intimidad, en la entrega a otro hombre. Se sintió profundamente juzgada y se negó a que aquellos besos, quizá robados, quizá vendidos, pero siempre deseados le supieran ahora amargos, le supieran traidores…

Pero otra parte, otra parte que se escondía en ella poco a poco, que daba pasos hacia atrás frente a ese otro lado suyo que comenzaba a abanderar el orgullo como única arma de ataque y defensa, se admiraba de aquel hombre capaz de enfrentarse a aquella ventisca endiablada y jugarse la piel para llegar hasta ella costase lo que costase. Saber que lo hizo, que en aquella noche en la que la mentira no pudo esconder que toda la hacienda temía por su vida, aquel soldado de lealtad férrea no cejó en su empeño hasta encontrarla, aunque la encontrase rendida de amor clandestino hacia otro hombre… y ello fuese su tumba.

Sin embargo, ante el desenmascaramiento al que Tristán la sometía, su parte fiera, su parte indómita, rebelde, siempre en guerra, le pedía satisfacción y no consentía humillaciones.

Atacó y el ataque fue despiadado.

—Entenderéis, buen Tristán, que no tengo por qué dar explicaciones sobre lo que hago o con quien, a ninguno de mis soldados.

A Tristán se le atrancó la garganta en aquel preciso instante.

Cerró los ojos como si una lanza le hubiese atravesado el costado de parte a parte. Se permitió un instante de silencio y de respiración profunda. El golpe resultaba más fino e inmisericorde de lo que aquellas palabras parecían. En realidad no estaba preparado para aquel desgarro descarnado. Aquella herida de flecha en el costado dolió como nunca. Creyó que había vuelto a abrirse y sangrar. Irene había acumulado toda la crueldad posible y la había lanzado en una sola estocada certera y precisa… y ni siquiera conocía aún el motivo que le llevaba a haberse citado de incógnito en aquel lugar, en teoría secreto. Aún ni siquiera sabía lo que él iba a decirle y ya mordía con tanta ferocidad.

La había visto ser cruel en otras ocasiones. Conocía esos destellos afilados de impasibilidad en su lengua. Fulminante, como picadura de áspid. Pero nunca, jamás, creyó que aquel veneno podría ser dirigido contra él. Inocentemente se creía a salvo. Se creía inmune. Con amargura comprobó que era tocable. El simple hecho de haber sido víctima de ello ya escocía, ya le resultaba especialmente doloroso. Pero aquella frase contenía mucha más dureza de la aparente.

«Buen Tristán»

Había escogido con habilidad de cirujano la entrada. Le llamó «buen Tristán». Ese es el término que un noble utilizaría con un lacayo o con un hombre común al que apenas le une lazo o vínculo alguno. Es como decir «buen posadero», «buen cristiano». Es la fórmula refinada con la que un noble llama «vulgar» a un común. Donde hace valer con elegancia y diplomacia su altura frente a la bajeza del otro. Refinada y cruel: «Buen Tristán». Podría haberse referido a él solo a través de su nombre… haberle llamado «querido Tristán» «fiel Tristán» «noble Tristán». «Mi buen Tristán» hubiese marcado cercanía, aprecio… pero no. Calculada y premeditadamente dijo solo: «buen Tristán».

«No tengo por qué dar explicaciones sobre lo que hago».

Nadie se las pedía, pero ella antecedía su derecho a reservarse del juicio ante nadie a quien nada debía. Y eso es lo que le recordaba y pretendía recordarle con claridad taxativa y feroz: que no le debía nada al hombre que tenía delante. Nada en absoluto. Nada. Ni pasado, ni presente, ni futuro. Ni explicación, ni empatía, ni deuda, ni pago. Pero nadie le pedía nada y eso era lo terrible para Tristán.

«…o con quién».

Tampoco recordaba haber mencionado a nadie en concreto. Aunque lo hubiera dejado a entender y, aunque había delatado su presencia aquella noche, no había reconocido de sus labios la certeza de haber visto a nadie con ella, solo había especulado con esa posibilidad. Solo admitió de su boca conocer el lugar. Ella lo deducía y se lo lanzaba a la cara sin pudor. Se reafirmaba innecesariamente en su postura. Confirmaba lo que nadie le había pedido confirmar y lo hacía con desplante: Se citaba allí con un hombre. Algo que a nadie debía importarle. Y menos a él. Un desplante de dura realidad.

Pero ninguna de esas cosas fue lo que verdaderamente atravesó carne y se clavó profundo. No…

Fue el cierre frío de aquella frase:

«…a ninguno de mis soldados».

Sutil, afilado, incisivo comentario. «A ninguno de ellos». No era un simple formulismo. Llevaba toda la intención. Iba cargada del peor de los venenos: la indiferencia. Una indiferencia que jamás había mostrado con él, bien al contrario.

Con aquel cierre lo ponía a la altura de cualquiera de sus caballeros, incluso a la altura de los hombres de armas o la gente de leva. Todos por igual. «Ninguno de sus soldados».

Lo que dolía como hierro al rojo en las entrañas no era privarle de su categoría de Primera Espada, era que la olvidara pretendidamente, que rebajara a la mera anécdota lo que ello significaba. Él no era ni había sido jamás un simple soldado. Ni siquiera un mero caballero. Tampoco solo el hombre fiel, la primera lanza, el comandante, el hombre sobre cuyas espaldas solo se sostenía una obsesión: ella, su seguridad, su bienestar, su tranquilidad; y que en tal empeño él lo había dejado todo.

Tratarlo como uno más de aquellos hombres que combatían por salario bajo orden… era tratarlo como nadie. Ella era muy consciente de ese hecho. Y si eso dolía, lo hacía aún más algo que se escapaba completamente de rangos militares. Aquella frase, mucho más estudiada de lo que parecía a simple vista, también hacía desmerecer de un soplo toda la especial relación que soldado y dama habían mantenido en el pasado y que ella parecía haber olvidado desde que salieron de Castilla; casi desde que salió de aquella habitación donde se encerró del mundo para guardar sus lutos.

Con toda la frialdad del mundo, parecía decirle que no importaban aquellos años, aquellos cuentos, aquellos extrañas coincidencias, ni miradas, ni palabras… ni tampoco aquella noche, aquella inesperada confesión al atardecer envuelta en lágrimas, a la muerte de su marido, donde ella lloraba por su regreso sano y no por la pérdida del esposo…

Y, por supuesto, tampoco importaba aquel beso. Solo debía ser importante para él. ¿Qué era sino un simple beso? Solo un gesto impulsivo de una niña que ya no existía en el interior de esa dama que le miraba con rabia. ¿Dónde iría a parar ese beso si había de compararse con el resto de besos de ahí en adelante? ¿Dónde debía estar? En realidad sólo había sido un beso ¿por qué debía nadie recordarlo? ¿Por qué debía nadie darle valor? Tristán se sintió ridículo, un bobo por hacerlo. Por seguir recordando y dar valor a aquel beso.

Una simple, sencilla frase, revestida de una fingida indolencia, demolía a un hombre.

Abrió los ojos.

—Entiendo… —comenzó a decir. —No he pedido explicación alguna, pero es bueno saber dónde estoy para vos.

—¿Dónde acaso deberíais estar, Tristán?

Animada por la facilidad de la primera estocada, Irene retorcía la espada en las entrañas.

Había una voz dentro de ella que gritaba. Era esa parte escondida que de haber podido hubiese vendado sus ojos para no ver aquello. Hubiese tapado sus oídos para no escuchar a su otra parte. Hubiese cosido sus labios si con ello pudiera hacerla enmudecer. Una parte que sí recordaba los años, los cuentos y los encuentros. Una parte que tenía bien presente, especialmente en aquel mismo instante, aquella tarde, aquella confesión y sus lágrimas

…y sobre todo aquel beso.

«¿Por qué lo haces?» Repetía. «¿Por qué infringirle dolor? Más dolor» «Es un buen caballero. Es un buen hombre. ¿Por qué retorcer la espada que ya lleva clavada al pecho?»

«No lo sé… no lo sé».

Tristán asomó a sus labios la mueca de sonrisa más amarga que una boca fuese capaz de traducir en gestos. Ella no fue indiferente a esa expresión. Supo que su corazón acababa de ser partido en pedazos. Supo que el golpe había sido implacable, demoledor. Una parte se regocijó del tremendo poder de sus palabras en aquel hombre. La otra se maldijo.

Él, con aplomo, tragó saliva y agachó derrotado su mirada.

—He venido para anunciaros… que he tomado una decisión al respecto de aquellos lotes que decidisteis entregar a vuestros caballeros …y que en su momento rechacé.

Algo la asaltó en el pecho. Un golpe fuerte. Evidente. Antecedía sus palabras. Algo le susurraba al oído lo que iba a escuchar a continuación. Entonces se percató de su cambio, de aquel bigote ausente, de lo que ello significaba en un caballero como él. La parte de ella ofendida ante la aparente intromisión en su intimidad se sintió ahora, además, traicionada.

Compostura.

Su orgullo le pedía compostura. No dejar ver que, en realidad, se le habían aflojado las piernas de una tristeza a la que no encontraba razón. Lamentó la dureza y frialdad con la que le había hablado, pero su rostro afeitado le decía que aquella decisión no era fruto del momento ni resultado de las palabras que acababa de escuchar. Era premeditada. Tristán venía a ella con la decisión tomada. Eso la enfureció. Reverdeció la parte que se sentía ofendida por el silencio y distancia del caballero en todas esas semanas. Le reprochaba su falta de claridad. Su huida. De alguna forma, la negación y la mentira. Quiso hablar con él aquella tarde en los establos, pero él lo negó todo. Restó importancia. Mintió sobre la trascendencia de lo ocurrido aquella noche de tormenta. Él fue el primero en jugar a la indolencia. Le aseguró que nadie se había preocupado, que todo estuvo en orden. Él fue el primero en mentir, lo fue. Ella solo le devolvía el golpe, un golpe, una lección que debía aprender. Sintió que Tristán, en su silencio y distancia, la había juzgado y condenado de antemano. La escena de hacérselo saber en aquella cabaña no resultaba otra cosa que un decorado más para que ella conociese los motivos reales. Ya estaba todo hecho y él no le dejaba ni opción ni posibilidad a ella. La decisión estaba tomada, parecía ser. Sintió que no había margen de maniobra, que no se había contado con ella, con sus sentimientos, con sus dudas. Descubrió dolorosamente que no había confianza suficiente para que Tristán hubiese roto la barrera que ella llevaba tiempo tratando de romper y se confiara. Tampoco ella había encontrado mejores momentos para encarar la peculiar situación que le unía a su hombre más allá de sus votos y promesas de deber. Quiso hacerlo en aquella charla junto al pozo. Hacerle entender cuántas cosas habían cambiado desde aquel beso. Cuán distintos eran sus sentimientos entonces. De qué manera tan radical la vida le pedía una nueva disposición. Cuánta ceniza había caído en su corazón desde aquel beso, aquella tarde…

Nadie era culpable de ello, pero eso lo transformaba todo. Ya no era aquella niña. Todo había cambiado.

Entonces recordó las palabras en referencia a aquellos lotes. Palabras que en su momento la llenaron de seguridad, que le hicieron entender que él la acompañaría por encima de todo, que entendería aquella nueva situación. Cuando ella le ofreció irse y él prefirió quedarse:

«Temo que no haya nada que pueda pediros a cambio que podáis entregar. En cualquier caso, de poder hacerlo y vos ofrecérmelo como justo pago, carecería de valor. Hay cosas que pierden su sentido si se hacen por compensar los afectos de otro».

¿Dónde estaban aquellas palabras ahora?

«Podríais ofrecerme un reino si estuviera en vuestra mano, lo sé. Y título de Príncipe de los Vivos. Podríais llenar un océano de oro y ofrecérmelo a mí y a la descendencia que no tendré. Podríais poner a mis pies a todos los reyes, a todos los hombres, las telas más lujosas, los más recios caballos, el castillo más inexpugnable a condición de que me separase de vos y no lo haría. Sin embargo, ofrecedme a cambio de todo ello sólo una silla en la puerta de vuestro lecho y Tristán Márquez de Ulloa, Hijo de Castilla, Caballero por derecho propio, se sentará en ella y cuidará vuestro sueño hasta el fin de sus días».

También él le mintió, entonces. Aquella respuesta enardecida sí tenía condición, después de todo.

«Temo que no haya nada que pueda pediros a cambio que podáis entregar». «Hay cosas que pierden su sentido si se hacen por compensar los afectos del otro».

En aquel momento ella pensó que le entendía, que entendía que no pudiera compensarle de la forma en la que probablemente esperaba. Sus palabras la tranquilizaron; la tranquilizaron por el hecho de intuir de su boca que no la perdería por ello. Todo seguiría igual, nada tenía que afectarles. Aquellas palabras la serenaron en aquel convulso momento. Tristán estaría con ella. Eso era importante, muy importante para ella. Su gesto desprendido lo demostraba... pero ahora... ahora todas esas palabras eran humo, huecas, vacías. Ahora Tristán se retractaba y lo hacía sin acudir a ella, sin darle posibilidad de hablarlo. Quizá debieron haberlo hecho antes, quizá... todo fue complejo, entonces, extraño, desconocido, nuevo. Quizá, pero ¿por qué no hablarlo ahora? ¿Por qué presentar una opción cerrada? Aquello le dolía. Le dolía en lo profundo.

—¿Y vuestra decisión es? —Ella sabía perfectamente cuál sería su respuesta.

Silencio.

Tristán agachó la mirada y suspiró hondo.

—Quisiera tomar esos lotes.

—Tomadlos —aseguró ella impávida, rauda, casi con la respuesta preparada de antemano.

«¿Así, sin más? Vas a dejarlo ir».

«Quiere irse. De hecho acaba de irse. Ni siquiera me ha pedido opinión».

«Te ama. Mira el dolor en sus ojos. Mira tu corazón. Siempre ha estado ahí. Toda tu vida. Apenas tienes recuerdos sin él. Te ha dado todo lo que un hombre puede dar. Te ama, por eso se aleja».

«Se marcha cuando más le necesito. Me deja sin más. No quiere quedarse. Que se vaya. Que coja lo que quiera y se vaya. Le libero de su promesa».

«Es injusto».

«La vida es injusta».

«Te ama».

«Lo siento».

—Hablaré con Pedro para que tome el mando —añadió Tristán no siendo capaz de sostenerle aquella mirada que se había tornado fiera.

—Me parece bien—. No había emoción en su voz.

—Será una buena espada.

—Nunca lo he puesto en duda. Don Pedro de Leza es un soldado leal.

Otra estocada. Fiera, como todas.

—Si… Pedro es un soldado… leal. No notaréis mi ausencia.

Tristán lo decía convencido, pero no supo que aquella frase rompía el corazón de Irene, que se esforzó por no traducir sus emociones a los gestos de su cara. La barbilla le temblaba. Él pensó que estaba furiosa. Pero ella iba a romper a llorar allí mismo.

Dos almas que se atravesaban sin piedad. Dos corazones que quizá en otro lugar, otro tiempo, otro mundo hubiesen sido los amantes perfectos, se destrozaban el uno al otro, se tragaban las lágrimas, afilaban sus puñales y se los clavaban por la espalda.

Qué cruel es a veces el amor. Qué ciego, qué orgulloso…

Qué sumamente inoportuno.

—No me alejaré mucho. La aldea está cerca. Levantaré casa con algunos ahorros, si alguna trascendencia ocurre…

A Irene le parecía cruel aquello. Se marchaba pero al mismo tiempo se ofrecía. Parecía que quisiera reírse de ella. No le dejó terminar.

—Perded cuidado, Tristán. Pedro se encargará de eso. Que tome cargo en cuanto sea posible. No puedo permitirme andar sin espada en la hacienda.

Tristán apretó los dientes.

La vieja cicatriz de guerra escocía como si estuviese en carne viva. No acabó la frase. El mensaje era muy directo. No era la reacción que esperaba. Ninguno de los dos esperó aquello del otro. Ataque y defensa. Daño por daño. En aquella extraña maniobra, en lugar de evitarse dolor, se hirieron de muerte. Mensaje malentendido, gestos malinterpretados, palabras que se convirtieron en flechas por ambos bandos. Amor venenoso. Tristán suspiró hondo y se dio la vuelta. Ella cerró los ojos, pero los abrió de inmediato al escuchar que los pasos de Tristán se detenían.

«¿Quizá…?»

Tristán tenía una carta en su mano cuando se volvió hacia ella.

—Casi lo olvidaba. Ha llegado un lacre de la casa Duriakov —dijo tendiendo su mano para que ella reconociera el sello cerrado. —Noticias de vuestro conde, supongo.

Irene estiró el brazo tembloroso para recoger la carta y ambos se quedaron mirando a los ojos. Tristán había guardado una última frase.

—El azul siempre os ha lucido muy bien.

Ella cerró los ojos. El vestido… aquel vestido que esa tarde en los establos fingió no reconocer. Aquel vestido azul que trajo de Castilla como único recuerdo de color entre su negro luto, el mismo que llevaba aquel atardecer cuando se besaron… el mismo que hoy también llevaba puesto para esperar a otro.

Le escuchó alejarse y algo se le desgarró por dentro. Se pegó aquella carta a su pecho y las lágrimas no pidieron permiso para hacer surcos en sus mejillas.

LA HERIDA MÁS PROFUNDA

Irene llegó sin color a la hacienda. Dejó las riendas de su yegua *Rebecca* al primer mozo que se aproximó a ella, sin añadir una sola palabra ni tener ningún gesto. Avanzó por inercia hacia la casona dejando un muestrario de rostros de extrañeza por donde pasaba. Yelena le preguntó apenas se cruzó con ella en el enorme salón recibidor, pero Irene pasó sin atender y encaró directamente la escalera regia. A Yelena le sorprendió aquella actitud tan inusual en una señora que resultaba siempre cercana y amable. Quedó mirando el paso cansino de Irene en ascensión por los peldaños y reconoció aquella mirada muerta, sin chispa, aquel gesto petrificado en una mueca impávida. Irene no podía esconderlo. Tenía roto el corazón.

Antes de alcanzar el segundo piso, Ana de Saro se cruzaba con ella con gesto sonriente.

—Irene, ¿Ya estáis de vuelta? Resulta extraño que…

Irene pasó junto a ella sin tan siquiera encontrarse con su mirada. Parecía ida.

—¿Irene?

Ana volvió a subir los escalones que había bajado por inercia antes del fortuito tropiezo con ella y la siguió a toda prisa.

—Irene, ¿Qué ha ocurrido? Estáis lívida. Parecéis muerta —se acercó por detrás, mientras ella continuaba avanzando mecánicamente. Posó su mano sobre el hombro de Irene. —¿Algo ha…

—Dejadme a solas, Ana, os lo ruego.

Ana apartó la mano del cuerpo de Irene casi en un acto reflejo y volvió a quedar rezagada. Miró a su alrededor y vio que buena parte del servicio que rondaba la casa se había detenido y observaba la insólita escena. No hizo cuentas y reaccionó a tiempo de ver cómo Irene abría la puerta de sus aposentos. Se lanzó hacia ella justo antes de que cruzase el umbral.

—Irene, por el Cielo, cuéntame qué…

Irene se revolvió con un grito.

—He dicho que me dejéis sola, Ana de Saro—. Y con un arrebato de violencia cerró la puerta en sus narices.

Ana quedó petrificada. Se sintió no solo evitada sino francamente humillada sin merecerlo. Temblaba de la impresión y el sobresalto. Volvió de nuevo la mirada alrededor. Los criados seguían allí, tan petrificados como ella.

—¿No tenéis nada que hacer? ¡Malditos vagos! —les chilló.

Cabizbajos, emprendieron su labor.

Al otro lado, Irene echaba el pestillo y escuchaba el improperio a los criados en la voz de Ana. Se sintió tan derrotada que no tuvo fuerzas de llegar a la cama. Allí mismo se dejó escurrir hasta el suelo. Su rostro se abandonó al sollozo, que pronto se convirtió en un amargo y desconsolado llanto.

También Ana pudo escucharlo a través de la puerta.

Era tarde cuando Tristán se encontró con Pedro de Leza.

Esperó que el joven caballero acabara sus responsabilidades y turnos. Pedro sabía que algo no marchaba bien cuando le divisó en la distancia con gesto derrotado pero aún firme; esperando, como quien espera el Juicio Final. Era la traza del guerrero vencido que busca guardar aún algo de dignidad en la derrota. Como soldados veteranos conocían esa estampa tanto o más que la de la victoria. No necesitó ningún gesto por su parte para confirmarle que necesitaban hablar como hermanos, como los compañeros de espada y trinchera que siempre habían sido. Tampoco precisó de gesto alguno para saber que debía olvidar todo compromiso y acercarse a él.

Eso hizo.

—Tristán...

Pedro no dijo más. Sólo pronunció su nombre y le miró con entereza a aquellos ojos que seguían muertos desde aquella funesta tarde de tormenta frente a la ventana de una choza de leñador. No mencionó las facciones afeitadas de quien tenía enfrente, pero supo que no se trataba de algo vano. El capitán jamás hacía nada sin un sentido profundo.

—Tenemos que hablar, Pedro.

El joven soldado miró a ambos lados.

—Aquí no, capitán. Hace un frío de mil demonios. Conozco el lugar perfecto. El licor es barato y rugoso, inmejorable para este momento.

Olga sirvió la jarra de licor que habían pedido. La chimenea de la posada inundaba de olor a madera tostada aquel recinto lleno de parroquianos y gente de labor que al final de la jornada buscaban algo de expansión que les liberase de la cruel rutina de sus vidas. Estaba tan concurrida, que la joven polaca apenas pudo quedarse un instante en la suave sonrisa de complacencia que le dedicaba Pedro, quien continuó mirándola unos instantes después de que ella se volviera para seguir atendiendo mesas.

A Tristán no le pasó desapercibido aquel gesto de complicidad entre ambos, pero tenía demasiado saturada su cabeza de otras preocupaciones como para ni tan siquiera referirlo ni darle la mayor importancia. En ese instante, si cabe renegaba de todo sentimiento hacia otra persona. Casi le sentaba mal cualquier gesto de amor, cualquier mirada, cualquier aleteo hermoso entre dos amantes. Se perdió en el océano rabioso de su recuerdo. Pronto Pedro acudió a la faz rota de su capitán y, luego de rellenar los vasos, quedó a la espera de sus confesiones. No habían compartido palabra durante el trayecto. Pedro respetó su silencio entonces, le dejó batallar sus demonios sin molestarle. Ahora, ahora era el momento de conjurarlos.

—Y bien, capitán. Había algo que contar, fueron vuestras palabras.

Tristán bebió un largo trago de aquel licor duro, artesano. Puso el vaso casi apurado de nuevo en la mesa y acribilló con la mirada a su segundo.

—Está hecho, Pedro.

Aquél frunció el ceño.

—¿Qué está hecho?

Tristán le hizo un gesto explícito de que le rellenara el vaso. Pedro tragó saliva si lo que su capitán iba a decirle necesitaba tan pronto una nueva descarga de licor. Tristán solo esperó a que la botella se inclinase y dejara caer su contenido.

—Acabáis de ser ascendido a Primera Lanza, amigo mío.

Pedro de Leza abrió tanto los ojos y perdió toda noción del tiempo que el vaso rebosó.

—¿Cómo… cómo decís? —Pedro parpadeaba incrédulo mientras trataba de minimizar con torpeza los efectos de su descuido. Tristán, inmutable, ni siquiera atendía a los desvelos de su diestra por arreglar el desaguisado. Olga, atenta, llegó pronto con un paño seco. Durante todo el proceso ambos soldados no dejaban de mirarse como si se retaran. Uno, frío, inerte, casi sin asomo de emoción. El otro con la expresión desencajada.

—Por un momento he creído entender que decías…

—Has escuchado con claridad, Pedro. Dejo mi puesto. Tomas el mando.

Pedro exhaló sonoramente todo el aire de los pulmones y se llevó las manos a la cara aún sin poder asimilar todo lo que aquella decisión realmente implicaba.

—¿Lo dejas?

—He seguido tu consejo. Me alejo, me marcho. No puedo quedarme. Es lo más sensato. Es lo único que puedo hacer antes de convertirme en un monstruo o destruir todo cuanto amo.

Pedro seguía sin poder articular palabra.

—¿Ella lo sabe? —preguntó al fin. La expresión de Tristán se ensombreció aún más, cosa que parecía imposible.

—He hablado esta tarde con ella. No lo… lo premedité, fue un impulso. Llevaba días con la idea rondándome la cabeza pero no tenía premeditado que fuese hoy. La vi salir a cabalgar… a cabalgar —repitió con amarga ironía. —Me hervía la sangre porque sabía perfectamente a dónde iría. Allí donde ha estado yendo desde entonces cada vez que subía a su caballo… pero justo entonces arribó a la hacienda un mensajero de Wroclaw. Traía un lacre de la Casa Duriakov y algo me dijo que se trataba de una misiva privada. Pensé que si ese conde se tomaba la molestia de enviar un lacre poco antes de encontrarse con ella, solo podía ser por una razón: no iba a acudir al encuentro. Entonces me cegué y tomé mi caballo. Cabalgué a galope para adelantarme a ella y la esperé en la casa.

Pedro se llevó las manos a la boca comprendiendo la gravedad del hecho.

—Os delatasteis, pues. Ahora sabe que sabéis…

—Tenía que confesarlo, Pedro. Me quemaba por dentro —interrumpió el capitán. —Es lo menos que podía hacer. Eso se lo debo. No podía simplemente romper mis votos. Eso hubiese sido mezquino. Aun así no puedo evitar sentirme un traidor. Si Don Diego pudiera verme, me repudiaría. Le he fallado a él y a mí mismo. He sobrestimado mi solidez y mi entereza… y he dado lugar a… esto.

Tristán acabó la frase volviendo a castigarse el estómago con un abundante sorbo de aquel licor. Pedro esperó que regresara el brazo a la mesa para posar su mano sobre él.

—Sobrevivir a una lluvia de flechas en el asedio de una fortaleza no nos prepara para los golpes del corazón, querido amigo. Podemos mantenernos firmes como leones ante una carga de caballería pesada o salir indemnes de una columna de piqueros por el flanco, y caer muertos al primer embate ante los ojos de una mujer, para bien o para mal. No sois ningún monstruo por lo que habéis hecho, capitán. Solo tratáis de salir vivo y todo lo entero posible.

—No salgo entero, ni mucho menos, Pedro, amigo —aseguró con la voz quebrada. —Si no lo soy aún, iba a convertirme en uno más pronto que tarde —le confesó el otro que empezaba a dar muestras de que el alcohol ablandaba las defensas con las que controlar su creciente emoción. —He tenido que hacer esfuerzos sobrehumanos por no abrir ese lacre, Pedro. Sobrehumanos, lo juro por el Altísimo. Y, antes de eso, me envenenaba imaginar que se encontraba con él cada vez que tomaba las riendas de su yegua. ¿Cuánto tiempo iba a necesitar antes de empezar a odiar a ese conde, cuyo único pecado ha sido saber que ella existe y cautivarse de lo mismo que me prende a mí? ¿Cuánto, antes de verme tan envenenado que no fuera capaz de distinguir amigos de enemigos? ¿Cuánto antes de que en este maldito reino no haya una barrica de licor capaz de mantenerme alejado del dolor que me corroe? Dime, Pedro. Si mis hombres ya han sufrido mi impotencia con marchas atroces y mi casa anda destrozada por la rabia. Dime que en realidad no falto a mi promesa. Dime que la única manera razonable de protegerme de mi propia destrucción es hacer lo que he hecho. Pero dime más…

dime que con mi quebranto de palabra sigo cumpliendo lo que prometí. Sigo protegiéndola de algún modo. La protejo de mí mismo, que tal y como discurre el maldito destino divino, soy de lo que más ha de protegerse.

—Lo hacéis, Capitán.

En ese momento, Tristán se derrumbó. Y uno de los hombres más rocosos de Castilla dejaba ver que también él tenía lágrimas, y que ya no le importaba que todos lo supieran.

A pesar del bullicio Olga andaba pendiente de lo que sucedía en aquella mesa. Pedro la miró por un instante. Miró a aquella mujer que poco a poco conseguía alumbrarle la existencia con esos ojos grandes y esa sonrisa esquiva. En tales momentos, cuestionaba el amor. Lo temía por su doble filo. El terrible arma del amor. Resultaba agridulce girar la mirada y descubrir aquella joven posadera que le hacía latir, y luego, mirar al frente y ver al hombre al que quería parecerse demolido por aquel mismo sentimiento. Ningún hombre merece morir de amor. Ninguna mujer merece tal sacrificio, se dijo.

Horas más tarde ya no quedaba nadie en la taberna. Los últimos parroquianos habían salido dando tumbos hacía un buen rato y Olga apuraba los últimos compases de escoba en la sala. Pedro miraba con gesto ausente la bancada donde Tristán había acabado desplomado después de beberse la mitad de las reservas de aquel licor. La posadera se aproximó despacio y se sumó a aquella mirada de preocupación del caballero en pie.

—¿Qué vas a hacer con tu amigo?

—Le llevaré a casa. El paseo a caballo le despejará. Es un soldado fuerte, a pesar de lo puedas pensar al verlo así.

Ella le miró con cierta condescendencia.

—Creo que tu soldado está muy herido.

Pedro quedó un instante rumiando un pensamiento. Ella andaba en trámites de regresar a su tarea cuando le escuchó hablar.

—¿Sabes, Olga? Ese hombre que tienes ahí como un montón de escombros de picapedrero es el mejor capitán que puede tener un soldado en mitad de una batalla —ella se volvió intrigada. —Es el tipo de hombre en el que quisiera convertirme algún día. Sabía cómo hacerte creer. No importaba que fuese tomar una muralla o salir vivo de una ratonera, Tristán Márquez sabía qué decir para enardecerte y convencerte de que era posible. Sabía cómo motivar a los hombres para que dieran lo mejor de sí, su último esfuerzo. Sabía cómo hacerlos creer en un imposible cuando el cielo oscurecía y todo parecía perdido. Sus palabras eran un elixir poderoso. Su actitud resultaba contagiosa. Junto a él nos sentíamos indestructibles. Podíamos lograrlo todo… ¿y sabes cuál era ese secreto, la receta mágica de su tremenda fuerza de convicción? Me la ha confesado aquí mismo, borracho como un cosaco, y reducido a escombro: Él era el primero en creer que todo era posible, porque pensaba que si lo creía, si realmente lo creía con fuerza, el mundo podía ponerse del revés y ofrecerle lo que anhelaba. ¿Y sabes qué era? —ella movió la cabeza en una negativa. —El amor de una niña noble que hoy acaba de dejarlo a la deriva. Acaba de demoler aquello que lo hacía así. Malditas ironías.

—Volverá. Tu caballero volverá.

Pedro la miró con una tristeza sobrecogedora. Sus palabras sonaron con resignación.

—No, Olga. Nuestro capitán, el que conocíamos, ha muerto. Acabas de verlo morir.

Diario personal de Irene de Manrique

30 de Noviembre de 1390

«Dios debió mirarnos esa noche, como él dice, y no sé a quién castiga con más empeño, si a él o a mí. Ignoro cuánto castigo le supone marcharse sin despedirse o hacerlo por una simple carta en la que tengo que reconocerle. Ignoro cuánto dolor le implica no encontrar siquiera un momento para decírmelo en persona, entre sus asuntos y protocolos. Que la urgencia de su marcha es admisible, que es hombre de compromisos, todo ello me consta y nada me vale. Se despide con un regreso incierto. Me devuelve lo que tantas veces le he dado y aun así, me duele. Todas sus palabras carecen de valor si no las acompañan sus gestos. No soy nadie a quien decir adiós con una carta. Me importa poco si regresa hoy o no lo hace nunca.

Si este es el pago de mis actos impulsivos, de dejarme arrastrar por un deseo, que así sea, y lo admito. Hoy no ha podido llegar en peor momento ese pago. Hoy, inoportuna coincidencia, odio a dos hombres el doble por los delitos de ambos. Cada cual paga el suyo y el débito del otro, pues ambos agrandan con el pecado del otro su propio pecado. Soy consciente de que escribo llena de rabia, frustración, dolor... llena de tantas cosas y ninguna agradable. Sé que no emitiré un juicio justo a ninguno, pues no sé cuál de las dos actitudes, de las dos respuestas, más me acuchilla en mayor profundidad. Se nubla mi razón y mi ánimo por una tristeza que se alimenta y crece sin que pueda distinguir cuál de ellos la provoca y cuál la hace engordar. Ambos reciben, pues, la misma proporción en mi respuesta.

Sé que he jugado a esconderme con Iván. Sé que he sido la primera en mostrarme accesible solo a mi conveniencia. Que no he sido del todo franca con mis sentimientos y menos aún con mi actitud. No era un juego perverso, a pesar de todo, solo el temor a entregar más de lo admisible y quedar desarmada. Mi propio miedo y cautela. ¿Por qué no perdonarle marchar sin prepararme el cuerpo, sin poder abrazarlo antes de la ausencia o besarle para que cabalgue esos campos con la huella de mis labios en su boca? Reconozco que me ha hecho sentir como un niño ilusionado con un regalo que de pronto niegan. Reconozco que me devuelve mi propia actitud, y me enerva, cuando no debería. Reconozco que le cargo el daño de la huida de Tristán y, en parte, es injusto; pero no ando sobrada de justicia el día de hoy. Que su marcha resulta tan inoportuna, pues viene a sumarme la amarga receta de la soledad ahora que le necesitaba. Hace que mi apuesta carezca de valor. Hace que se rompa algo en lo profundo de mi alma cuando soy consciente que no he merecido un instante de su tiempo; que despacha mis sentimientos como quien notifica un trámite burocrático o eso me ha hecho sentir. Si en algún momento no ha dispuesto de la conciencia para entenderlo de ese modo, solo hace más evidente mi despecho y más razones le da para que pese. Pero es cierto que sus palabras amables, que sus buenos deseos se han empañado del veneno previo con el que se ha vestido mi encuentro con Tristán. También tendré que añadirle a la lista de agravios de mi caballero el hacerme hoy odiar a Iván.

No sé qué digo. Solo sé que siento un enorme vacío dentro, una terrible y demoledora sensación de abandono, de no importar, en realidad. Que mi razón anda nublada y en el marasmo de dolor que siento, confunde sentimientos de uno y otro lado; me colapsa y me satura.

He respondido a Tristán con un veneno que no conocía, que no creía propio. He sentido que me clavaba un puñal por la espalda y me he revuelto tan fiera que le he devuelto una estocada mortal. Una parte de mí me mira con dolor ante esa barbarie. He amado a Tristán como a ningún hombre y hoy le he odiado como a ninguno. La otra parte de mí ha disfrutado con la venganza... y yo, siendo plenamente consciente de lo que he hecho, solo lamento haber llegado hasta ahí, pero ni siquiera me arrepiento. Dios me perdone.

Hubo un tiempo en el que pensé en él, en Tristán, de modo distinto del que ahora pienso. Una niña despertando a emociones que se deja contagiar de algo que solo Tristán parecía poseer. Una conexión que llegó a ser tan profunda como el sentimiento que una vez tuve, tan ingenuo, como para creerlo posible. Le amé, eso es algo que ni siquiera a él debería esconder. Le amé por encima del amor que debía por obligación a un marido ausente y desconocido, cuya muerte no me afectó tanto como el temor de la suya. Porque aquella niña que acabó besándolo, estaba profundamente enamorada. Pero entonces llegó la tormenta y la oscuridad donde todos mis pensamientos se precipitaban hacia un futuro impredecible. Y aquel amor de niña se consumió hasta los cimientos. Durante mucho tiempo ese beso clandestino iluminó mis noches. El deseo utópico de algo condenado de antemano vivió como la luz de una vela en la madrugada. Pero una mañana, simplemente ya no estaba. Aquella vela se apagó y la niña dejó de ser niña.

Un largo año de luto, multiplicado y ponderado por un encierro, donde mi cabeza se agolpó de dudas, interrogantes, miedos y deseos; ansias y defensas. Donde todo se alteró y transformó de manera irremediable. Donde levanté murallas y maté a una niña para sobrevivir. Un largo año solo roto por otra tragedia, la que me trajo hasta aquí. Tristán fue la víctima necesaria. Para poder encarar con fuerza el futuro incierto ante mí, alejarle de mi corazón fue el precio inevitable. Él era el residuo de aquello que dejaba atrás, de aquello que debía superar para seguir caminando por mi único y propio pie. Me resultaba imposible sobrevivir a lo que venía si dejaba que aquel amor ingenuo e imposible se quedase en mi vida. Desapareció. Supongo, quiero pensar, que fue natural.

Sin embargo, no puedo decir que no le necesitase. Quizá ha sido eso lo más doloroso, esta tarde. Se marcha y en el fondo le entiendo. Pero supuse que si yo, niña, dejaba aquel beso en el dulce cajón donde se guardan aquellas cosas más bellas de la vida y entendía la imposibilidad de mantener viva esa fábula; Él, hombre, guerrero y soldado lo habría entendido en ese tiempo mucho mejor que yo. Ambos nos miraríamos con ese tesoro hermoso en nuestras manos, sabiendo que había sido precioso pero imposible. Nos quedaríamos con todo lo bueno, con eso que hacía de nuestra relación algo que nadie en el mundo podría tener salvo nosotros. No ha sido así, en absoluto.

Nuestro reencuentro fue extraño después de un año de silencio. Tibio, correcto. Eso me hizo pensar que rescatar tal tema de conversación era inoportuno, quizá innecesario. Con todo, aquel día, en aquel pozo, cuando le animé a regresar a la cordialidad que siempre tuvimos creí haberle advertido sutilmente de aquello. Tristán se había alejado del latir hermoso e ingenuo de mi corazón de niña, pero en mi corazón de mujer tenía, probablemente, el rincón más grande e importante de cuantos existían. Un lugar solo para él, imprescindible en mi vida. Alguien que me había visto nacer era la persona que mayor seguridad y fuerza me daba a mi lado. Quizá nunca le expresé con claridad cuánta felicidad me supuso saberle conmigo en este exilio obligado. Yo era la mujer más dichosa por ello.

Creo que eso es lo que más me ha herido: que no haya sabido ver lo importante que realmente era, lo que le necesito en realidad, aunque mis besos fueran para otro. Otro, que hoy también se marcha sin despedir.

Algo me desgarra por dentro y ni tengo palabras para expresarlo. Las palabras me traicionan sobre el papel…

No voy a malgastar ni una lágrima más en un hombre. Supongo que en el torbellino de ellas que hoy he derramado dejo a un lado mis propias faltas. Quizá mañana piense en ellas, quizá no, porque mi mayor falta ha sido incumplir mi propia promesa y dejarme arrastrar, al fin de la historia, a la debilidad de los brazos de un hombre o confiar en la promesa de otro. Yo, que ufana me mostré en tan férrea defensa de todo lo contrario.

Es el amor un sentimiento corrosivo y extraño. Da la vida y mata del mismo certero flechazo. Hace fuerte y debilita con la misma intensidad. Camina con ritmos distintos, va a contrapaso, descompensado y, en ocasiones, es profundamente inoportuno.

Sé que hablo con el dolor en la mano. Reconozco de antemano que no he sido justa, que no voy a ser justa. Pero por mi propio bien, voy a pensar solo en mí. Hoy daré rienda suelta a estas lágrimas de dolor que empañan cada una de estas líneas de mis secretos. Mañana... mañana saldré por esa puerta como la señora de esta casa que soy. Eso es lo que importa.

Soy dueña de mí. Todavía lo soy».

Diario personal de Tristán Márquez de Ulloa

Madrugada del 1 de Diciembre de 1390

«Está hecho. El Demonio me lleve, está hecho.

Ni todo el alcohol de este maldito reino invernal podrá hacerme olvidar que está hecho. No he probado trago más amargo en mi existencia. Ni siquiera aquella noche, sabiéndola entregada en ese mismo instante en los brazos de otro fue tan terrible como la indiferencia de su gesto, esta tarde. No buscaba redención, tan solo un poco de comprensión. No esperaba trompetas celestiales ni su llanto desconsolado suplicando mi regreso. Jamás he pretendido torcer ni uno solo de sus pasos con mi decisión... pero esa mirada gélida, esa voz sin emoción, ese gesto suyo restando trascendencia al hecho de que salga de su vida me destroza como si todos los elefantes de Aníbal pasaran sobre mí.

La conozco lo bastante como para saber que finge parte de su frialdad, que parte de ella la mueve una sensación de despecho que con seguridad le causo al retractarme de mi promesa y hacérselo saber de esta manera. Despechada o no, que finja parte de su frialdad no hace menos cierto lo que con ella pretende decirme.

Mi vida me abandona en un solo gesto. El paso atrás ha sido mío y por ello yo provoco su ausencia. El cruel añadido es sentirse tan insignificante después de una vida que ahora se reduce a cenizas y carece del menor sentido. Me coloca en mi sitio y toma mi reemplazo como lo que es, un simple cambio de nombre.

Sentirse tan insignificante, tan intrascendente ha socavado todo cimiento y me convierte en escombro. Su mirada me advertía que era plenamente consciente de lo que hacía y que verme en ruinas era precisamente la meta pretendida. Que no le haya temblado el pulso es lo que eriza mi cabello. La he amado más de lo permisible. Me he creído una ficción que ni ella, en la supuesta ingenuidad de niña, ha terminado creyendo. Merezco, pues, cualquier burla. Merezco que me digan las cosas tal cual son: Tristán Márquez, lo tienes merecido ¿Qué esperabas? Eso me dicen todos, especialmente Pedro. Es un soldado fiel y la cuidará bien. Para él será fácil responder por mí ante la promesa que hice a su padre. Reconozco que mezcle sentimientos, que cometí el error de que Irene de Manrique Hidalgo de Alvarado no fuese solo un trabajo.

Se va con ella el sentido de media vida. Con el crujido de mi corazón, esta tarde, también aquello que sacaba lo mejor de mí, el motivo por el que deseaba levantarme por las mañanas, por las que quería salir vivo de una maldita guerra, definitivamente desaparece. Aquellas pequeñas cosas que hacían brillar mi cotidianidad se apagan como si nunca existieran.

Sin que el pulso le temblase, la misma que me daba la vida, me seca el alma.

No sé en qué pensaría Don Lope de Mendoza, su difunto, cuando se nos echó encima aquella carga de piqueros que nos acuchillaba sin piedad. No sé qué pensamiento cruzó en ese terrible instante en el que la muerte tiene la hoja afilada preñada de la sangre del hombre a tu lado... porque yo, ese que según Pedro era para sus hombres una suerte de Alejandro el Grande, capaz de llenarlos de una fe inquebrantable, solo podía pensar en que no podía morir allí sin ver aquellos ojos castaños por última vez; y aquello, maldita sea, aquello fue lo que me sacó de ese enjambre de espinos. Eso es lo que me ha sacado de cada maldita trampa del destino. Cuando coronamos las almenas de la fortaleza de Trentino, con un puñado de hombres sin esperanza bajo una tormenta de lanzas. Diezmados y desesperados, aquella noche de lluvia infernal solo podía imaginar lo orgullosa que se sentiría de poder verme.

Pedro dice que ese ha sido mi gran error. Depositar en ella la luz que me guiaba. Que salvo en Dios, el buen cristiano solo debe tener fe en sí mismo. Quizá sea yo mal cristiano, pues dejé de tener fe en Dios hace tiempo y pienso que es obvio que Él lo sabe y así me devuelve mi falta. Pero creer en uno, depositar la voluntad de sí en los propios pies y manos es tan absurdo y descorazonador como pensar que la guerra tiene valor en sí misma. No... Luchamos por alcanzar objetivos superiores. Nos mueve algo más que nuestras propias tripas. Si el fin está en mí mismo ¿qué me impulsa a superarme? Ella, la utopía que representaba, lo era. Pobre Pedro. Paso a sus ojos de Alejandro a ser un hechizado por el amor imposible de una niña que ni pestañea. Tal ridiculez es la responsable que algunos de ellos vivan. Malditas las ironías. Y esa misma mujer me dice con los ojos: solo eras mi soldado.

Qué extraña sensación es la que tengo. La de no poder odiarla, aunque me apetezca. Aunque lo necesite. No he sabido ver que aquella que salió de esos aposentos oscuros vestida de negro no era la misma que entró en ellos. Mi beso no supo quedarse en sus labios, ni siquiera para procurarme otro final distinto al que estaba destinado.

Solo un poco de comprensión por ser insufriblemente humano y no saber parar mi corazón a voluntad. Si ya es mortificante alejar de mí un latido que daba sentido a todo cuanto me rodeaba, infinitamente más lo es saber que tal cosa a ella ni siquiera le importa. Ni siquiera atisba el peligro que es que me quede cerca. No atiende al monstruo que puedo llegar a ser si dejo que el veneno me posea, porque ¡por Dios Todopoderoso! Ojalá pudiese mirarla sin temblar.

Está hecho, y ya soy preso de mis palabras, pues también yo he respondido con veneno al suyo. Tengo la sensación que en la vorágine de acontecimientos que van a discurrir en su vida y en su corazón a partir de hoy mismo, me olvidará pronto.

Quizá sí, quizá esperaba, en el fondo, trompetas clamando himnos de dolor y sus lágrimas de despedida. No he debido merecerlas.

El amor es cruel cuando muere en un corazón y deja que el otro siga respirando. Entender que nunca pudo ser es mi culpa. Ella, inteligente, lo entendió mucho antes.

Soy un soldado, después de todo. Se supone que he de reconocer una batalla imposible de vencer y retirarme del campo. Ella tiene derecho a ser feliz y mi actitud solo agriaría ese momento. Sé que Pedro la cuidará bien. Espero que ese conde la ame o aquel que al final consiga mantener en sus labios los besos que yo había guardado a lo largo de una vida engañándome a mí mismo.

El resto de una vida, que ni siquiera parece mía, me espera. Me llevaré mis secretos conmigo y trataré de olvidarla en los brazos de la primera que no me pida permiso para llamar a su puerta».

PERDIDO EN LA MEMORIA

Irene se concedió de duelo apenas aquel día. A la mañana siguiente reaparecía digna y repuesta de nuevo al mando de su hacienda. Dar la apariencia de normalidad le resultaba algo imprescindible, necesario. Sin embargo, el incidente con Ana de Saro ya había recorrido boca a boca a todo el servicio de la hacienda, igual que las especulaciones de que algo personal le había ocurrido a la señora. Aquellas especulaciones, como sucede con las gentes sencillas, resultaron de toda índole y suerte, hasta que la noticia del relevo del Caballero Tristán Márquez de Ulloa se hizo efectiva días más tarde.

Hasta los mismos caballeros, muchos ya en sus propios destinos, encontraron extraña la repentina decisión de su capitán de abandonar la primera línea. La comidilla ocasional entre ellos sobre la singular relación del capitán con la señora cobró entonces, y más que nunca, visos de certeza. A nadie había pasado desapercibido tampoco el acercamiento más que personal de Irene con el conde Duriakov, aunque pocos podían imaginar realmente hasta qué punto era próximo tal acercamiento. Con todo, las abundantes salidas a caballo de Irene, su negativa a ir acompañada de escolta y el progresivo distanciamiento con su Primera Lanza hizo componer, en la cabeza y opinión de todos cuantos habitaban la hacienda, una idea de aquella situación, desvirtuada pero muy próxima a la verdad. Delante de los protagonistas, todo el mundo callaba, pero en su ausencia, resultaba el tema predilecto de comadreo.

Irene lo sabía, al menos intuía, que su vida privada estaba en boca de toda la hacienda, y aunque siempre fue consciente de que el servicio solía hablar de la vida íntima de sus señores, en aquel contexto y en sus ánimos actuales, todo aquello la enfurecía. La enfurecía de tal manera que incluso lo pagaba con sus damas, a quienes, habitualmente hacía las únicas confidentes de algunos aspectos de su vida privada. Solo Ana sabía toda la verdad y precisamente desde el incidente en las escaleras su relación se había enfriado. Dudaba si ahora su dama, quizá por despecho, podría ir revelando ciertos aspectos delicados de todo aquel complejo asunto a damas mucho menos discretas, y que, pronto, todos los pormenores fuesen de dominio público.

Siendo así, su discurso fue el de negar la evidencia y mostrarse con una absoluta —y fingida— normalidad que no hacía sino alimentar nuevas sospechas. Solo Pedro se mostraba cauto. En sus ojos se advertía que era perfectamente conocedor de todos los matices de esta triste historia; aspectos que Tristán probablemente le confiaría en privado, imaginaba Irene, y de los que ni siquiera ella habría de ser consciente en su conjunto.

Era obvio que se sentía incómodo en su nueva posición. Sentirse el relevo del Capitán era una presión poco grata, no tanto por los hombres, que siempre le habían visto su relevo natural, sino por tener que tratar a Irene Manrique de manera tan directa. Ella mantenía con él una cordialidad que le resultaba ajena, como si no encontrase el menor impedimento en el cambio de mando, como si la ausencia de la antigua Primera Lanza no resultase motivo de alteración de la cotidianidad. Ella reaccionó minimizando aquel hecho, dando a entender, incluso, que encontraba agradable y oportuno tal cambio. En todos sus gestos públicos y privados había una intencionalidad manifiesta por restar importancia no solo a la sustitución del Caballero Tristán del lugar más cercano a su persona, sino incluso de minimizar su labor previa. Aquello enfurecía a Pedro, hombre pasional, que encontraba en aquella actitud, propia casi de una mujer despechada, una nueva razón para corroborar todas las críticas, que en lo personal, tenía de su señora. Por eso, la situación le incomodaba especialmente. Tristán la amaba, nadie jamás podía haber igualado la entrega de aquel hombre en la seguridad y el desvelo por las atenciones de aquella señora, caprichosa y cruel a sus ojos, que además se permitía el lujo de desmerecer todos aquellos desvelos con la indiferencia más sangrante.

Pedro tenía, como todos, una visión sesgada. La cercanía con su capitán, a quien siempre había admirado como modelo de la fidelidad y el honor, resultaba vital para entender la posición de aquel soldado. Para él, Tristán Márquez de Ulloa, su capitán, ese hombre inspirador, resultaba la única víctima del drama. Su error era evidente y ni aún hoy era capaz de comprender por qué un hombre así se cegaba de tal forma con una mujer como Irene, capaz de escupir en una impecable labor de años más allá del deber por un arrebato de orgullo herido. Que despreciara de manera tan explícita tan nobles sentimientos y la razón profunda de aquel abandono doloroso, le resultaba inadmisible incluso como parapeto de defensa. Aunque Tristán era prisionero de un amor absurdo, abnegado, insostenible y probablemente no hubiera existido otro final para esos sentimientos, aquello no dejaba de ser sino otro motivo de admiración hacia la nobleza de corazón de su capitán. Le criticaba haberse dejado abandonar a una idea solo posible en los libros de caballería, pero incluso eso lo encontraba de una hondura indescriptible, precisamente porque él jamás sería capaz de llegar a tal entrega, nunca. Tristán merecía la crítica. Le resultaba más que natural que Irene no correspondiese los sentimientos de aquel soldado borracho de una utopía inexistente. Merecía la crítica pero nunca la indiferencia ni el desprecio, y menos aún de ella. Eso hacía que la relación con su señora fuese eficiente y profesional, pero extremadamente fría. Con cada encuentro, cada vez que ella le profesaba la desmedida valoración de sus atribuciones, algo le hería en lo profundo y lo apartaba de ella. Le resultaba rabiosamente injusto que Irene no valorase que quien había sido hasta aquel momento su primera espada hubiese muerto por ella sin dudarlo, sin el menor asomo de tibieza, por algo mucho, muchísimo más poderoso que el sentido del deber. Ella no volvería a tener jamás, probablemente, a nadie así junto a su lado. Al día de hoy no lo tenía, al menos, resultaba obvio: Él no era Tristán.

Si ella fuera consciente de aquel hecho, de cuánto en realidad perdía…

Quizá, en su fondo, Pedro esperaba que lo fuese, en verdad; y que toda aquella actitud no resultase más que una extraña y arrebatadora manera de negar cuánto en realidad le echaba de menos.

Ante quien no pudo esconderse por mucho tiempo aquella resurgida Irene de Manrique fue de Aya Sagrario. La vieja yaya mantuvo distancia prudencial los primeros días y con la distancia, un silencio tenso. Pero una tarde… una tarde se arremangó las enaguas y entró en los aposentos privados de la señora de la hacienda.

—¡Aya! Qué hace Vuestra Merced en…

Sagrario cerró la puerta tras ella sin atender a la exclamación de sorpresa inicial. La contundencia de tal gesto dejó mudas las palabras en la boca de Irene que observó absorta cómo su aya, renqueante pero enérgica, se apoderaba de una silla y se acomodaba en ella.

—Vas a contarme qué ocurre —le anunció con solidez mientras miraba a su joven ahijada directamente a los ojos. Irene volvió a ver en sus rasgos severos a la vieja aya de siempre, que en los últimos años parecía haberse ablandado. Y tales recuerdos eran aún demasiado recientes como para no resultar efectivos. Con todo, se sentía mucho más adulta de lo que esa mirada la hacía creer y trató de sobreponerse.

—No pasa nada, Aya. No entiendo vuestra preocupación y menos aún…

—No era una pregunta, pequeña Irene, era un hecho: vamos a hablar— aseguró la yaya volviendo a cortar la frase de excusa que se formulaba en los labios de Irene. —Así que os conmino a poneros cómoda porque no pienso marcharme de esta silla hasta que quede satisfecha. Si no os gusta la idea, ya podéis andar llamando a vuestro nuevo capitán para que intente sacar a esta vieja a punta de espada.

Irene quedó congelada. Yaya no bromeaba. Hubo un silencio explícito pero acabó sentada en uno de los lados de la cama, aún a cierta distancia de esa mujer de mirada penetrante. Con todo, no encontró el ánimo suficiente para admitir que realmente fuese una conversación que tal vez debiera producirse. Sagrario supo leerlo en sus ojos, como tantas otras cosas.

Y se adelantó.

—Llevas una semana siendo inusualmente huraña con el servicio, los mozos, incluso con tus damas. Te encierras, apenas comes…

—He sido siempre de poco comer, aya —trató Irene de ir desmontando los argumentos de la anciana conforme aparecían, pero se encontró con la rocosa mirada de desaprobación de su madrina hasta que bajó la mirada y la dejó continuar.

—No me tomes por ciega o loca, Irene. Te he visto nacer y te conozco mejor de lo que tú te conoces, hija. Me tomas por una anciana inválida, sorda y ciega cuando sé perfectamente lo que ocurre en esta casa, hasta el menor de sus detalles. ¿O crees que no supe en su momento del complot de tus damas para hacerte salir en plena noche a no sé qué celebración con ese conde? ¿Crees que no supe leer tus azoros aquella tarde en misa? ¿Que no me he percatado de tu repentino interés por volver a pasear a caballo a pesar del infernal tiempo de este sombrío reino? Si piensas que soy ciega y sorda a tus citas en secreto con ese noble a pesar de tus lutos, aunque hayas decidido ocultarlos, es que me crees tan ingenua como esas doncellas que tienes por damas. Estas arrugas, hija mía, guardan demasiados inviernos y secretos como para que puedas esconderte de mí. Así que… cuéntame qué ha pasado.

Irene tragó saliva.

Aquella encerrona no tenía visos de resolverse de otra manera que no implicase una confesión.

Cerró los ojos.

Agachó la frente.

—Es cierto que me cito con el conde, aya. No me ha parecido prudente hacerlo público por la posición de él y… porque aún es solo una proximidad en nuestro afecto. Entre Iván y yo ha surgido algo que quiero explorar sin la presión de nadie. Sé que el modo en que lo hago no lo aprobáis.

La anciana aguardó un instante antes de responder.

—No he aprobado la mitad de las cosas que has hecho en estos meses y sin embargo es de admirar los logros que has conseguido gracias a ello en esta hacienda. No estoy aquí para juzgarte, Irene. Ahora eres la Señora y debes de ser la responsable de tus propias acciones y decisiones. Esta vieja podrá aconsejarte desde su punto de vista, si se lo pides. Si me empeño en que guardes tus formas y te cuides de presentarte al mundo como una mujer decente es porque las arpías de este reino, que las hay, como en todos, aprovecharán cualquier excusa para devorarte. Acabas de salir a este mundo de lobos y eres demasiado joven incluso para ser consciente de ello. Te sientes llena de poder porque te estás descubriendo a ti misma y esa es tu máxima debilidad, cielo; porque solo quien es consciente de sus debilidades las protege. Esa… *aproximación* con ese conde al que ya llamas con la familiaridad por su nombre, sin más título ni protocolo, me da a entender que ha traspasado ya umbrales que prefiero no pensar, por dignidad. Apruebo que busquéis apoyo en esa Casa, pero no que lo hagáis cegada por los impulsos, descuidando vuestra imagen pública y a los ojos de Dios. No basta con ser noble. En esta vida, además, hay que parecerlo. Son esas las armas que quien quiera destruirte, y apuesto mis arrugas que ya lo hay, usará en tu contra. En tu mano está facilitarle o no la tarea. Con todo, tesoro, esta vieja ya no tiene autoridad frente a la señora de la casa. Dios ha querido para ti este camino y has de ser quien lo camine por su propio pie. Decidme, pues… ¿qué asunto con ese conde que os corteja es el que provoca vuestro duelo que anda envenenando esta casa?

Irene seguía huyendo de la mirada de Sagrario. Se frotaba los dedos nerviosa y se mordía el labio inferior en un gesto casi compulsivo, pero esta vez tardó menos en contestar.

—Se marcha, aya. Revueltas en sus campos de frontera lo alejarán en tiempo indefinido —Irene levantó la mirada y su gesto se volvió de una blandura y fragilidad conmovedora. —Supongo que no lo esperaba. Supongo que me hallaba tan cómoda siendo yo quien le hacía esperar que no he sabido encajar este repentino cambio en la situación que se torna hacia las antípodas. Quizá, por mucho que haya pretendido que mis sentimientos hacia él fuesen distantes no he conseguido engañar a mi corazón. Quizá toda esta actitud solo sea mi única rebeldía contra mi propio fracaso, haciéndoselo pagar al mundo y a quienes me rodean. Quizá, simplemente, me resisto a pensar que mis sentimientos hacia ese hombre sean más poderosos y fuertes de lo que he querido admitir—. Los ojos de Irene se volvieron vidriosos de repente y su barbilla comenzó a temblar de manera incontrolada mientras ella castigaba el llanto mordiéndose los labios. —Lo siento, aya. Todo lo hago mal. Quiero hacer las cosas bien, lo juro, pero todo lo hago mal.

Sagrario contempló con emoción a aquella niña que seguía siendo. Era como si el tiempo no hubiese transcurrido. Se sintió tan conmovida que se contagió de aquel emotivo gesto y le abrió los brazos.

—Ven aquí, mi pequeña.

Irene recibió aquel gesto como la tabla de salvación de un náufrago y se enterró en el cuerpo venerable de aquella mujer sin pensarlo. En aquellos brazos que llevaban una vida arropándola quiso quedarse para siempre y en ellos ahogó sus primeras lágrimas. Por un instante, regresó a la calma de la niñez. Todos sus pesares se diluyeron al calor de aquellos brazos maternales.

—Oh, mi niña, mi pobre niña —decía la yaya mientras acariciaba su pelo con dulzura—, qué pronto te ha tocado descubrir los sinsabores de la vida. Los hombres son a la guerra lo que las raíces al árbol. Tendrás que acostumbrarte a las distancias y ausencias como parte natural de la vida, acabes con el hombre que acabes, mi pequeña.

Sagrario mantuvo la cabeza de Irene pegada a su pecho por unos momentos, recreándose en la cercanía emocional que ello le brindaba. Esperó hasta que los sentimientos de su joven protegida disminuyeron de intensidad. Le permitió desahogarse con tranquilidad. Cuando la encontró más repuesta fue cuando le lanzó el órdago que ella no esperaba.

—Y ahora, mi Cielo, ¿me contarás el verdadero motivo que te tiene devorando las entrañas?

Irene dejó de sollozar de inmediato, como si no hubiese escuchado bien el requerimiento de su vieja yaya; o mejor expresado aún: estuviese cavilando que realmente había preguntado aquello. Sagrario también había dejado de acariciarla. Era perfectamente consciente de lo que había provocado en su pupila.

—Acabo de hacerlo —confesó Irene con la voz amortiguada por la presión de su boca contra el cuerpo de la anciana.

—Me refiero al asunto con el Caballero Tristán.

Irene se sintió por un instante totalmente desnuda. Levantó la cabeza con los ojos como vidrieras de catedral por la sorpresa.

—¿Tristán? —fingió sorpresa. El rostro de Sagrario estaba en calma, casi se diría que sonreía ligeramente. —¿Qué tiene que ver él en este asunto?

—Eso es lo que espero oírte confesar. Supongo que es simple coincidencia que haya renunciado a su capitanía y a la promesa de protegerte que le hizo a tu padre, precisamente ahora.

Irene se recompuso y trató de adoptar la postura más serena posible despegándose del abrazo de su aya y regresando al borde de la cama. Casi aclaró la garganta con un carraspeo antes de contestar.

—Ofrecí lotes de tierra a mis caballeros, incluido al caballero Tristán. Solo ha aceptado retirarse a lo que por derecho le pertenece. No entiendo por qué habría de provocar eso tanto revuelo y, mucho menos, tanto revuelo en mí.

Sagrario guardó silencio. Trataba de buscar las palabras correctas, pero eso Irene no lo sabía. Solo sentía el peso de aquella mirada que parecía tener la virtud de desnudarle las emociones, de conocer el pliegue último que anidaba en su pensamiento. Sagrario plegó sus labios ajados en una tierna sonrisa. Y empezó a hablar de este modo:

—Si sobrevivo al condenado frío de este reino, mis ojos habrán visto setenta inviernos. Son demasiados inviernos como para que ciertas cosas me pasen desapercibidas. De esos setenta, los últimos treinta los he contemplado en Castilla, cuidando de la familia Hidalgo de Alvarado. Tu madre apenas era mayor que tú la primera vez que nos vimos, y tu padre un apuesto y gentil noble profundamente enamorado de ella. Sé cómo miran los ojos de un hombre verdaderamente enamorado porque no son habituales. Conozco al caballero Tristán desde que no era más que un joven mozo, más o menos de tu edad y acompañaba a tu padre en calidad de escudero a las cacerías de venado. Le he visto hacerse el hombre que es, tan despacio, que casi podría decir que le conozco tanto o mejor que a cualquier miembro de tu familia. Yo estaba presente cuando tu padre le hizo prometer que cuidaría de ti por encima de su propia vida y contemplé la solidez de aquella promesa en sus labios. Tristán Márquez de Ulloa no es el tipo de hombre que se aparta de una promesa así… especialmente si esa promesa os implica a vos, Irene.

Irene tenía un nudo en la garganta. Solo atisbar esa conversación ya se lo producía, pero aquella última frase de su yaya parecía habérsele clavado en las entrañas y le provocaba un desconsuelo sin nombre. Responder a esa frase era profundamente doloroso para ella. Su labio inferior volvía a palpitar sin su consentimiento y las lágrimas empezaban de nuevo a humedecer sus ojos tierra.

—Ya veis que sí, yaya —Y la boca de Irene se apretó con fuerza para aguantarse el llanto. —Ya veis que no tiembla al marcharse—. Sus ojos enrojecieron de súbito y se perlaron de lágrimas. La primera de ellas rodó con evidencia por aquella mejilla tersa de niña.

Sagrario se concedió un instante para observar el lento recorrido despeñado y descubrir lo que aquellos ojos decían a gritos. Había tristeza en esa lágrima y el gesto mordido en el rostro de Irene, pero no menos rabia, no menos frustración y desengaño.

—No, mi querida Irene, mi pequeña —le susurró acercándose despacio y recogiendo con una delicadeza que parecía imposible en aquellas arrugadas manos esa lágrima precipitada y delatora. Luego las bajó para prender con ellas las manos de aquella niña rota frente a sí. —He conocido a muchos hombres en todo este tiempo que Dios me ha permitido vivir y puedo asegurarte que un hombre como Tristán nunca hubiera roto su promesa… a menos que con esa ruptura la mantenga de algún modo.

Irene fue a replicar pero un gesto de la anciana la silenció.

—La primera vez que Tristán os sostuvo en brazos apenas tendríais dos años y él quizá no era mucho más mozo o adulto de lo que vos lo sois ahora. Vi sus ojos al mirarte. En aquel instante tuve un sentimiento contradictorio, desazonador y al tiempo muy reconfortante. Supe, por extraño que pareciese que había sido testigo de un encuentro mágico, vital. Que ambos seríais para el otro personas imprescindibles en vuestras respectivas vidas. Como si aquel primer contacto fuese el inicio de un vínculo propiciado por los Cielos—. Irene comenzó a emocionarse. No sabía si quería escuchar aquello. —También observé su mirada cuando apenas sabíais hablar o andar. Cuando comenzasteis a pedirle que os contara fábulas de caballeros y princesas. Contemplaba tus ojos al escucharlas y los suyos al contarlas. Luego creciste y empezaste a convertirte en la hermosura que eres hoy… y su mirada cambió. También la tuya. Entonces comencé a preocuparme, especialmente por él. Que Tristán os ama es algo que sé desde hace mucho tiempo. Que tus ojos le han mirado con amor, es algo que también supe ver en su momento. Así que no me hagas creer que no hay relación alguna entre estos hechos y tu tristeza, que viene cargada de tus uñas y desaires.

La joven permaneció un instante en silencio y acabó suspirando profundamente. El discurso de Sagrario parecía basarse en demasiados aciertos como para resultar simple especulación.

—Reconozco, aya, que la niña que fui una vez le amó con pasión. Una pasión ingenua pero intensa. La niña que fui vio en él ese hombre capaz de entenderme y comprenderme con una sola mirada. Ese hombre fascinante en presencia y palabra que creaba alrededor de mí un hechizo demasiado poderoso como para obviarlo, a unos ojos ávidos de fascinación. Ese amor era un amor hermoso pero profundamente imposible—. Volvió a callar y a suspirar al rememorar con dulzura aquel tiempo amable y aquellos impulsos que parecían de otro tiempo. —En mi encierro, aya, entendí que habitábamos mundos antagónicos. Que nuestros destinos, en apariencia tan próximos, estaban separados por océanos de tiempo, espacio y motivos. Por eso, aquella ficción hermosa de amor perfecto en los ojos y el corazón de una niña simplemente desapareció. Se quedó en las grietas de un camino imposible, se perdió entre ese bosque de dudas de futuro, de senderos en direcciones paralelas, pero nunca fundidos en uno. Pero eso no implicaba que Tristán dejase de ser una persona imprescindible en mi vida. De hecho, apenas había muchas más personas tan importantes como él. Eso es lo que me duele. Que no lo entendiese, que no entendiese que mi alma había cambiado y que aunque no puede abrirse a él en ese modo, no significa que…

Irene quiso controlar el desborde de emoción llevándose la mano a su boca para hacerla parar de temblar. Sagrario aprovechó ese silencio forzado para abrazarla. Sintió su pecho agitado. Era consciente que andaba removiendo sus entrañas con aquella confesión.

—No puedo decir que no sepa reconocer que tus sentimientos son correctos, mi Cielo. Aferrarte a un amor con ese muchacho, a pesar de los inmensos sentimientos que le unen a ti, hubiese sido un error. Has crecido y has visto con transparencia que la vida suele matar la mayoría de las cosas que cuando somos niños creemos posibles. No puedo censurarte, es más, aplaudo tu sensatez, pero a mi edad, viendo las cosas que he visto, creo que mereces saber algo, aunque solo sea por que conozcas y entiendas por qué ese caballero actúa de tal manera. Hace unos años me hubiese guardado este secreto y los sentimientos que con él se mezclan, pero hoy ya no me siento tan segura de que el silencio sea lo mejor para ellos. No pretendo, en absoluto otra cosa que confesarte un hecho, un hecho que es tan real como la madurez que te ha llevado a comprender que nuestros sentimientos cambian y a veces lo hacen sin pedirnos explicación.

Irene se incorporó con el ceño entrecerrado, intrigada por las palabras de su aya. Jamás se había mostrado tan confidente.

—Ahora te parecerá poco probable de creer, mi cielo, viéndome arrugada y vieja, pero una vez tuve tu edad. Era joven, bonita e ingenua. Eran otros tiempos. Crecí en una pequeña aldea de costa. Mi padre era comerciante. Estaba la mayor parte del tiempo fuera y yo era la menor de seis hermanos, por lo que tuve mayor libertad que el resto de ellos. Aquellos años de niñez fueron muy felices para mí. Los recuerdo con mucho cariño. En casa teníamos más de holgura en la bolsa que la mayor parte de los vecinos y eso facilitó las cosas. Había un jovencito, poco más o menos de mi edad. Se llamaba Lyán. Era hijo de pescador. Éramos dos niños que crecieron juntos. Quizá demasiado juntos. Él era especial, diferente al resto. En aquel momento no era consciente de los sentimientos cruzados que durante años nos dedicamos. No era más que un juego. Pero algo fue creciendo.

«Yo no lo sabía, pero mi padre tenía planes para mí. A mi edad muchas de mis hermanas estaban ya casadas o comprometidas, y mis hermanos ayudaban a mi padre como aprendices en el negocio de venta. Durante mucho tiempo parecía que nadie se fijaba en aquella jovencita en la que me estaba convirtiendo, despertando a la vida. Eso promovió de alguna manera que mi relación con Lyán no fuese vista con mayores riesgos. Pero un verano mi padre anunció una noticia que cambiaría mi vida: había estado buscando contactos y socios comerciales en Toledo. Había logrado posicionarse y estableció un buen puerto de partida para nuestra familia allí, así que debíamos trasladarnos. En ese instante yo podía tener unos catorce años. Aquel cambio supuso un duro golpe al principio. Quebraba hasta los cimientos todo lo que suponía la rutina de mi vida. No lo acepté en un principio porque suponía separarme de aquel muchacho y de nuestra amistad, forjada durante años de pequeños detalles y guiños. Un amor joven e ingenuo que ni siquiera sabíamos que era amor. Sin embargo, pronto mis hermanos me hicieron ver todas las oportunidades que se abrían ante nosotros en la capital. Estar cerca de la corte, codearnos con personas distinguidas, una ciudad donde todo podía ser posible. Te mentiría si te dijese que a mis catorce años, la idea de vivir en una gran ciudad, conocer a personas de familias influyentes, poder aspirar a cosas que en aquella pequeña aldea solo eran sueños para la mayor parte de quienes vivían, no hizo mella en mí. Mi ánimo entró en un grave conflicto. Tenía ante mi mano la oportunidad de vivir lo que para otros era simplemente imposible. Para ello solo tenía que dejar a un lado una sola cosa: a Lyán».

«No es que fuera una decisión en la que yo pudiese tomar parte. Fue un hecho, una decisión tomada que no podía alterar. Solo me quedaba aceptarla o no. Y costó, porque no fue fácil de aceptar. Yo amaba a aquel joven muchacho más de lo que incluso yo misma quería reconocer. Alejarme de él, me partía el alma… Entonces comprendí algo, algo que he oído de tus propios labios: pertenecíamos a mundos distintos. Mi padre jamás aceptaría una relación con aquel hijo de pescadores anclado a una barca y a unas redes de por vida… y yo, que ni por ventura podía pensar en rebelarme ante mi familia sin traerme la desgracia y traérsela a él, entendí que ni aun armándome de valor y enfrentándome a todo, que no podía, me aseguraba la felicidad. Empecé a tener pensamientos oscuros ¿qué pasaría si aquel chico alguna vez dejaba de ser ese muchacho tierno y especial? ¿Dejaría pasar la oportunidad ante mí por un amor de niños? Entonces mi visión de él se oscureció de repente. ¿En qué me convertiría si pudiese quedarme? En la esposa de un humilde pescador, que nacería y moriría en aquella diminuta aldea, que jamás vería otra cosa salvo aquellas montañas del cantábrico, aquellas calas y esos bosques. La vida pasaría ante mí y algún día le reprocharía haberme quedado a su lado. Tenía suficiente energía de juventud, expectativas y sueños que deseaba realizar más allá de aquel horizonte azul. No quise convertirme en el mismo tipo de mujer que veía en la aldea, sin más historia que aquellas calles empedradas. Me di cuenta que amaba más la idea de un futuro desconocido y lleno de posibilidades que a aquel chico. Y Lyán se convirtió de súbito en un lastre en mi vida. Me tranquilicé pensando que en realidad no podía hacer nada por evitarlo».

—Te fuiste. —Irene seguía ávida la confesión. Sagrario la miró a los ojos con una amarga serenidad.

—Eso era algo que no podía detener. Pero mi espíritu necesitaba irse de allí dejando todas las puertas cerradas. El tremendo desgarro de los primeros días se pasó. Lyán me buscaba y yo le evitaba porque no estaba preparada aún para confesárselo a la cara. Sin embargo, el rumor de que mi familia se trasladaba comenzó a circular por las calles. Pronto dejó de ser rumor. Mi familia hablaba de ello con total libertad como buena noticia que era. Yo sabía que Lyán tendría que haberse enterado de alguna forma. Con todo, seguí sin ser capaz de verlo hasta la tarde antes de nuestra partida. Me encontré con él en una pequeña cala en la que solíamos vernos. Era un lugar muy especial para nosotros, muy ligado a nuestra pequeña e imposible historia. Él estaba consternado, pero fue valiente y trató de disimularlo. Le conté todos mis pensamientos, empezando por advertirle lo duro que era para mí, pero no le oculté el resto. Quise hacerle entender que aunque la marcha era imposible de detener, en realidad yo quería volar más allá de aquel lugar. Con los ojos humedecidos me agarró las manos y me dijo unas palabras: Vuela tan alto y tan lejos como tus alas te lleven. Desde allí arriba mira de cuando en cuando a esta playa a la que yo saldré con mi barca a verte volar. Y si alguna vez, desde ese cielo azul me ves echar las redes, piensa que trato de pescar el reflejo de la luna, por si un día decides volver pueda tener un regalo que darte de bienvenida.

«Me partía el corazón tener que dejarle. Me tragué tantas lágrimas esa tarde que de haberlas dejado salir, hubiese subido la marea. Pero quise ser honesta con él. No se merecía menos: *No volveré, Lyán.* Le aseguré con todo el dolor de mi alma. No me esperes. Él me miró con esos ojos profundos que tenía. Apretando los labios y con la voz rota me dijo: Marcharte no es tu decisión. Esperarte tampoco es la mía. Tú no puedes ni debes hacer otra cosa. Yo tampoco».

—Nos abrazamos entre lágrimas —aseguró la vieja aya que empezaba a humedecer sus ojos por culpa de aquellos recuerdos. —Fue duro. Al separarnos me quité un pequeño camafeo que llevaba al cuello y se lo entregué. *Algo de mí siempre estará contigo, Lyán.* Le dije. Y esas fueron nuestras últimas palabras. Me marché, despacio, con el corazón destrozado, pero no volví la mirada. Nunca volví la mirada.

Irene se enjugó las lágrimas rebeldes.

—Entonces me entendéis, aya.

—Nunca dije que no lo hiciera… pero la historia continúa.

—¿Volviste a verle?

Sagrario tuvo un silencio profundo, quizá el silencio más intenso que jamás se había producido en los labios de aquella anciana.

—Lo cierto es que le olvidé pronto. Al principio no, fue duro estar separados, pero Toledo se abrió ante una jovencita de catorce años con todo su esplendor. Dije que mi padre tenía planes para mí y me exhibía en muchas de sus celebraciones. Buscaba encontrarme un marido acorde a la nueva posición que adquiríamos. Yo por entonces era muy bonita, está mal que lo diga. Quizá no tan bonita como lo sois vos, mi niña, pero muchos hombres me cortejaron y me pretendieron. Mi padre me guardó como un tesoro, pero en ese tiempo sentí la fascinación de hombres muy diversos. Aquellos años evaporaron todo recuerdo de aquel joven pescador. En ocasiones le recordaba, pero solo era ese recuerdo amable de unos años inolvidables de la más tierna juventud. A veces se colaba un pequeño pensamiento, una malsana curiosidad por saber qué habría sido de aquel muchacho. Probablemente él también casaría y seguiría pescando en aquella misma barca donde en ocasiones me llevaba a remar por la orilla de nuestra cala donde me despedí de él. Yo no tenía veinte años cuando se concertó mi matrimonio. Era mucho mayor que yo, y él estaba vinculado a tu familia. Tuve una buena vida, le di tres hijos y enviudé a los veinte años de matrimonio. Entonces entré en tu casa, como dama de tu madre, muy joven por aquel entonces. Es cierto que mi vida no fue exactamente tan emocionante como la imaginé en su momento, pero valió la pena. Pero entonces, un día, sin que tenga una explicación para ello sentí un deseo irrefrenable de regresar a mi antiguo hogar. Supongo que a cierta edad una añora sus raíces. Quise explicarlo de esa manera aunque sé que había algo dentro de mí que me pedía saber qué había sido de su vida. Sé que me esforcé por cerrar esa puerta antes de abandonar mi pasado. Sé que durante la mayor parte de mi vida, aquel muchacho apenas si fue un recuerdo pasajero. La vida casi se había pasado. Todo lo que había de hacer en ella, estaba hecho. Mis hijos se valían por sí mismos, mi marido había muerto casi hacía una década. Yo ya había perdido la mayoría de las cosas que tenía cuando salí de allí: mi juventud, mis ganas de experimentar la vida… supuse que podía ser un buen momento para echar la vista atrás y ver cómo había tratado el tiempo a todos aquellos que dejé en el camino. Especialmente a él.

Irene estaba totalmente atrapada en el gesto pensativo de Sagrario. Pocas veces aquella mujer se había mostrado tan próxima y explícita en cuanto a su propia vida.

—No quise reconocerlo, ni siquiera mientras la carroza me llevaba de vuelta a mi viejo hogar, pero de todo lo que esperaba poder encontrar allí, casi detenido en el tiempo, volver a tener delante a Lyán era lo que me había impulsado a viajar. Tenía miedo, algo de desazón. Ignoraba qué me encontraría. Aquél muchacho ¿aún me recordaría? Tenía su imagen grabada en mi mente. En ella seguía siendo aún un muchacho de apenas quince años. Ahora debía ser un hombre mucho mayor de lo que mi propio padre era por entonces. ¿Se habría casado? ¿Tendría hijos? ¿Qué habría sido de él en aquel remoto pueblecito cántabro? Una parte de mí tenía una enorme inquietud por saberlo. A otra le aterraba volver a tenerlo en carne y hueso ante mí. Para mi desgracia, no pudo ser. El pueblo seguía igual, como si los años apenas hubieran pasado por él. Pero pronto percibí una clara distancia con aquel lugar. Los niños de entonces eran ahora casi sus ancianos. Supongo que ellos veían en mí el mismo cambio dramático que yo en ellos. Enseguida tuve un corrillo de curiosos. Les dejé contarme sus historias antes de preguntar por Lyán. Creo que tuve miedo de hacerlo demasiado pronto, por si alguien aún recordaba nuestra peculiar relación y encontraran mi pregunta algo incómoda. Cuando lo hice, no supe encajar la respuesta.

—¿Qué pasó?

—La pregunta fue incómoda, en cualquier caso y noté que aquellos antiguos viejos amigos bajaron sus cabezas y dibujaron expresiones de tristeza. ¡Cómo le hubiera gustado volver a verte! Me dijeron. Me invitaron a hablar con Teresa, su hermana pequeña, que aún vivía en la vieja casa de sus padres, que heredaron. Al verme llegar me reconoció al instante y se llevó las manos a la boca silenciando un sollozo. Ella era unos años menor que yo. La recordaba correteando entre nosotros en algunos de nuestros juegos y aventuras por la playa y los bosques cercanos. La creímos lo bastante pequeña como para resultar inocente a nuestros sentimientos. Y, sin embargo, fue la única persona con la que realmente se confesaba. Me contó que Lyán pasó un año muy extraño. Perdió toda su vitalidad y aquella sonrisa que de jovencita me hechizaba. Hablaba poco y estuvo muy sombrío. Tenía por costumbre volver a aquella playa donde nos separamos y pasaba largas horas en ella, o tomaba su barca y se adentraba en el mar "a pescar el reflejo de la luna" según me aseguraba Teresa. Luego se recuperó y volvió a ser más o menos el mismo, aunque jamás recobró del todo aquella sonrisa de niño. Nunca se casó. Y nunca dejó de visitar aquella playa. Teresa me aseguró que jamás creyó en realidad que yo volviese algún día. Sabía que nunca más volveríamos a vernos. Me reveló una conversación que tengo clavada al corazón, mi pequeña Irene. Teresa sabía que Lyán no me había olvidado y un día le animó a marcharse y buscarme. Dice que él la miró fijamente y le dijo: *Sagrario ya me ha olvidado. Su padre la casaría con alguien importante de Toledo. Tendrá hijos, una vida a la que yo no pertenezco. Buscarla solo me traerá dolor y solo podría llevarle angustia a su existencia.* Entonces, le dijo Teresa para consolarle, *¿Por qué no la olvidas tú también, buscas a una buena esposa y le das hijos a ella?* Dice que por primera vez en mucho tiempo Lyán sonrió con aquella misma sonrisa de antaño y le dijo que a veces pasa una persona por tu vida a quien le entregas el corazón y, desde entonces, ese corazón deja de pertenecerte. Si esa entrega es honesta dejas de tener corazón para entregar a nadie más, no importa lo que aquella persona hiciera con el tuyo. Eso pasó con Lyán. Me dio su corazón. Yo creí que fue un amor infantil, algo efímero, fruto de la inocencia y del ardor de la edad… pero no, Lyán me había entregado generosamente su corazón.

A Sagrario le costaba tragar. Irene cubrió con su mano la arrugada mano de la anciana.

—Pero vos no lo pedisteis. No podéis culparos de que él decidiese daros tanto. Vivisteis vuestra vida.

Sagrario la miró con sus ojos profundos y húmedos

—Así lo pensé una vez, pero lo cierto es que en ese mismo instante comprendí que jamás había vuelto a sentir algo así por un hombre, ni siquiera por mi difunto y padre de mis hijos, algo tan puro, tan intenso y tan hermoso como lo que sentía por aquel muchacho. Jamás encontré un amor así, Irene.

—¿Qué fue de él?

La vieja aya escondió su mueca de dolor con dignidad.

—Lyán estuvo visitando aquella playa durante cuarenta años. Dicen que no me esperaba, pero lo hacía, o solo iba allí para que yo no desapareciese de su memoria, no lo sé. Mientras yo le olvidé en apenas dos años, él me siguió recordando más de casi cuarenta. Dicen que una noche salió en su barca y no regresó. Se desató una tormenta, o eso creí entender. Dos días después su cuerpo apareció en nuestra cala, casi como una mala broma de la vida. Me contó Teresa que llevaba algo en la mano, algo que en la rigidez de la muerte tenía tan fuertemente cerrada que resultó imposible quitárselo y decidieron enterrarlo con él. Solo podía apreciarse una delicada cadenita plateada…

Irene se llevó las manos a la boca.

—¡El camafeo!

Aya dejó esta vez rodar por primera vez una lágrima que inundó sus muchas arrugas. Con voz temblorosa y un leve movimiento de cabeza confirmó la sospecha.

—El camafeo.

Sagrario trató de aclararse la garganta y regresar a la compostura.

—Hay hombres, Irene, que no saben o no pueden olvidar a esa persona que les roba el corazón. Hay hombres y son muy pocos, pero existen, que cuando se cruzan con esa persona en sus vidas quedan irremisiblemente prisioneros. No importa el tiempo que transcurra, no saben olvidar, por eso deben permanecer lejos, por eso se marchan o dejan que te marches. Esos hombres mueren solos, Cielo. Quizá ninguna mujer los merece, incluida nosotras, por eso Dios los hace desaparecer de nuestras vidas o a nosotras de las suyas. Tu caballero Tristán es como Lyán, lo vi en sus ojos, en su forma de mirarte; por eso siempre temí por él. Tú también le olvidarás. Sustituirás su nombre por el de otros hombres. Reemplazarás aquello que imaginabas sentir por él por otros de los muchos que se acercarán atraídos por tu luz. Otras almas serán las que ocupen tu pensamiento y probablemente tus quebrantos. Tristán se aleja, porque él es perfectamente consciente de que tú y solo tú eres dueña de su alma.

—Pero yo no se la pedí.

—Oh, no, Cielo, eso no. No hagas como yo y tardes una vida en ser consciente. Lo hiciste, lo hiciste en un momento en el que todo era distinto y le amabas. En ese momento deseabas esa entrega y tú estabas dispuesta a entregar también, pero nunca lo hiciste. Le pedías su alma con tus propias miradas, con tus palabras y encuentros, con tus gestos… porque yo también lo hice una vez y ellos, entregados y ciegos, nos la dieron realmente. Pero luego la vida giró en mil vueltas y todo cambió; y aquellos sentimientos quedaron justificados a los ojos de Dios como ensoñaciones fugaces de la juventud, para nosotras. Pero ellos nos entregaron sus almas con todas las consecuencias, aunque ahora a nosotras nos resulte un lastre saberlo. Vives con el alma de un hombre. Sé consciente de ello, valóralo, aunque no le ames. No a todas las mujeres se les otorga tal regalo nunca. Muchas pasan su vida deseando lo que nosotras decidimos olvidar.

—No quiero sentirme responsable de la suerte de Tristán. Quiero pensar que encontrará una buena mujer, que le dé aquello que no puedo darle, que tendrá una buena vida y que yo desapareceré de la herida de su corazón.

Sagrario le apretó las manos y bajó su mirada.

—Te diré lo mismo que aquel jovencito me dijo una vez a mí: Tú no puedes hacer otra cosa. Él, probablemente, tampoco.

Aquel augurio dejó una sombra perpetua en el horizonte.

TENDENCIAS QUE ROMPER

Iván levantó la vista hacia el cielo plomizo sobre su cabeza. Una muralla oscura de nubes cubría por entero la cúpula celeste. La lluvia de la madrugada había empezado a convertirse en una ligera nevada. Aquel era el habitual tiempo invernal de este reino, pero ese año, como si aquella joven dama de Castilla hubiese traído el sol con ella, había tardado en aparecer. Su aliento se condensaba en vapor y el propio ambiente parecía cristalizarse. Aquella atmósfera gris tenía un tono brillante y casi azulado. Se frotó las manos en sus guantes de piel y se acomodó en su grueso gabán de oso. Frente a él estaban formados los cuadros de jinetes de su escolta personal. Había concentrado una pequeña fuerza de unos seiscientos soldados a las afueras del castillo y había mandado partir mensajeros antes del amanecer hacia las alcazabas próximas. Esperaba sumar unos dos mil hombres antes de llegar a las aldeas fronterizas.

—Son muchos —le diría su hermano, aquella misma noche mientras repasaban los planes de actuación.

—Quiero terminar de una vez por todas con estas oleadas de insurrección y llegar hasta el final.

Aleksei le había sonreído complacido. Esa era la actitud de león que esperaba de él y, no lo confesaba abiertamente, pero también resultaba esa la fuerza que parecía estar durmiendo mientras su hermano se encontraba con la mente puesta en las faldas y arrumacos de aquella niña castellana. Sacarlo de allí era hacerle un favor. Alejarlo de ella le alejaba de ese estado cataléptico.

Iván recordaba a su hermano despidiéndose sobriamente de su esposa que había salido con medio cuerpo de criados a despedir a los hombres de la casa. Lo hacía con la entereza de una mujer polaca que no se esconde ante el frío. Poco antes, aún al abrigo de los muros de palacio, lo había hecho él.

—Siente que es vuestra propia casa, Anzhelika. Harold, mi senescal, está a vuestra completa disposición. Con todo, será una buena señal si regresamos pronto.

Ella le tomó las manos con gesto cercano. Él miró aquellos dedos delicados enguantados en terciopelo verde posarse con delicadeza sobre sus rudos guantes de cuero. La miró a los ojos.

—Si… os encontrarais ociosa y el tiempo se abriese como para no resultar una aventura, podríais hacerle una visita a Doña Irene en su hacienda… o tal vez podéis invitarla a casa, como gustéis. Tiene grata conversación y así os sentiréis en compañía de mujer, que entre estos muros no es que vayáis a encontrar mucha —añadió con un suspiro.

Ella le sonrió con aire malicioso.

—Agradezco vuestras atenciones, Iván, pero no escondáis que tanto desvelo es por mi bien.

El conde se sintió cazado y volvió a suspirar.

—Tenéis toda la razón —admitió. —Todo ha sido con tanta urgencia que no he podido despedirme de ella como se merecía. Ayer apenas si encontré un hueco para apuntarle unas líneas que le hice llegar por mensajero. Me quedaría más tranquilo si sé que vos…

Ella evitó con un gesto condescendiente que fuese necesario acabar aquella frase.

—Perded cuidado. Vos os lleváis a mi esposo, así que haremos un trato. Tened ojos en él y yo pondré los míos y mis atenciones en vuestra noble vecina, que temo que Aleksei necesitará más de vuestro desvelo que ella los míos.

Iván apretó las manos de su cuñada.

—Aleksei no entrará en batalla ni correrá el menor riesgo, os lo prometo.

—Y yo os prometo atender la soledad en la que dejáis a vuestras damas —añadió ella sonriendo. —Marchad sin tormento, mi buen conde. Todo queda en buenas manos.

Iván volvió a suspirar. Lanzó una mirada furibunda al portón de salida del castillo y la regresó sombría a su cuñada.

—No es grato marcharse del hogar para llenar las manos de sangre. Empiezo a hacerme viejo para esto, Anzhelika.

La rubia dama le lanzó una comprensiva mirada a los ojos.

—Marcháis a protegernos. Ella es la primera en saberlo, pero si no lo sabe, yo se lo recordaré. No os hacéis viejo para esto, Iván. Lo que os duele es la distancia que habréis de poner ahora que vuestro corazón ha encontrado un lugar donde quedarse.

Iván tragó saliva. Aquella mujer parecía poder leerle el alma. Al otro lado del salón el jefe de su guardia personal le advertía con un gesto que todo estaba preparado.

—Despídeme de Anuska.

—Así lo haré. Marchad con Dios, mi conde.

—Iván… ¡Iván! Los hombres… al frente.

La voz de su hermano rompió la ensoñación. Parpadeó para encontrarse de nuevo a lomos de su caballo, rodeado de sus hombres de armas en aquella brumosa y gélida tarde de invierno. Se aproximaban despacio y entre una ligera niebla a un pequeño fortín defensivo que servía de punto administrativo y control estratégico cerca de Postolin, desde donde podía controlarse buena parte del valle que domina Milicz. Allí aguardaban otros doscientos hombres congregados bajo lacre y que era el destacamento del valle que había sufrido las agresiones e insurrecciones más notables.

Iván no tardó en ponerse al corriente de toda la situación en la zona, mucho más compleja de lo que imaginaba al principio. Sus oficiales destacados en las diferentes administraciones del valle de Milicz ofrecieron sus informes. La insurrección había empezado al detectar señales de supuestas prácticas de rituales paganos. Cuando los soldados iniciaron la investigación fueron atacados. La respuesta violenta de las tropas animó a otros lugares y aldeas a tomar armas.

—Las prácticas paganas no están prohibidas. No constituyen un delito civil. En todo caso deberían responder ante una autoridad de Fe, pero no ante mí ni ante ningún señor de feudo.

Iván cruzó despacio de un lado a otro de la sala donde se reunía con sus oficiales. Todos le miraban con atención. Su hermano calentaba sus manos en uno de los braseros dispuestos para caldear los fríos muros de piedra. Iván se detuvo junto a él, cavilando algo.

—Las cosechas no han sido abundantes, pero estamos gozando de un invierno muy benigno —el conde levantó la mirada. Los fulgores anaranjados que despedía el brasero de metal pulsaron sombras en su rostro. —¿Se ha repartido grano de los silos comunales?

—Se hizo, Señor —contestó uno de los oficiales. —También una cuota de harina por familia.

—No entiendo la agitación, entonces. ¿Los soldados se están excediendo en sus funciones? —La mirada de Iván fue penetrante. Los hombres reunidos se miraron unos a otros. Parecieron no terminar de animarse a dar una respuesta concreta.

—¿Se están extralimitando? —reiteró agravando el tono. Uno de los oficiales dio un paso al frente.

—Señor, los campesinos siempre protestan por dos razones. Los impuestos y la guardia—. Iván le miró con semblante pétreo.

—Pues no deberían. Soy consciente de que la tributación es costosa, especialmente en momentos de carestía. Ellos me pagan a mí y yo a su vez a mi señor. Ese es el vínculo que nos une. Pero a cambio, el Señor debe proveer seguridad y ahí es donde entra el cuerpo de guardia. Todos vosotros sois de mi entera confianza, confío en que los hombres no abusen de su posición o tendré que tomar medidas severas, especialmente con los oficiales permisivos.

Un nuevo oficial se adelantó. Era un buen veterano. Iván confiaba en él.

—Señor, no respondo de los motivos concretos de vuestro campesinado. Nuestras aldeas no han sido problemáticas más allá de casos aislados, pero respondimos con dureza a los ataques en los campos, he de ser honesto. Fueron injustificados. Varios de mis hombres resultaron heridos de gravedad y solo hubo heridos porque reaccionamos firmes y con dureza. Parecían poseídos, señor.

—¿Poseídos? —Aleksei arqueó una ceja.

—O demasiado asustados como para permitirnos descubrir qué estaba pasando en realidad. Hicimos prisioneros y les interrogamos. No fuimos precisamente amables… y no dijeron nada. O han perdido la razón o temen a algo mucho más que a nosotros.

—¿Y a qué pueden temerle?

El silencio dejó suspendida la pregunta durante unos tensos segundos.

—Quizá a lo que tememos todos, señor.

En el otro extremo de Europa, Sir Jack Siward se encontraba solo en su tienda privada. El campamento se levantaba entre los bosques de la Armórica, oculto entre farallones de montaña. El acceso era dificultoso incluso con buen tiempo y conociendo el camino. Una legión consumida de hombres de Francia se ocultaba entre sus empalizadas. Los restos de cuerpos de ejércitos señoriales, renegados, desterrados de sus propias heredades, víctimas del azote del Águila y fieles vasallos; hombres, en definitiva, que no tenían nada salvo aquel agujero. Algunos, sus propios hombres. En su tierra también estaban perseguidos, estigmatizados por haber declarado su lealtad al pretendiente equivocado.

Vencidos en batalla, acosados y huidos.

Jack Siward había estado meses preocupándose por la suerte de esos hombres durante su estancia en Kildare. Pensaba todas las noches en el desamparo en las que aquellos hijos de Inglaterra se sumirían en tierra extranjera, luchando por otro rey y otra corona, ya que habían perdido la guerra por la suya. Llegar de nuevo a tierras armóricas y descubrir que su legión seguía todo lo entera que la tragedia le permitía le trajo nueva paz. Sin embargo, al verles ahora, muy lejos de la disciplina y pulcritud con las que los abandonó le arañaba el corazón. Se diseminaban en un gran campamento empalizado que ocupaba buena parte de las encrespadas laderas de los montes. Quedaban así abrigados por el denso bosque y a cubierto de las rapaces del Águila. El bosque suministraba sustento que completaban con botines de rapiña a aldeas y feudos cercanos dominados por la cadena de vasallaje del emperador pagano. Eran especialmente hostiles con quienes habían cambiado su lealtad en los últimos compases de la defenestración del Rey Louis. Se habían convertido en poco más que un enorme ejército de bandidos saqueadores sin más armas que el bandidaje y la sorpresa. Sumaban a filas a cualquier desheredado de la tierra, desde grupos de asaltantes de caminos a restos de escuadras diezmadas de casas nobles ligadas al viejo rey o a alguno de los líderes de la "Francia Libre". Sin embargo, solo en número podrían llamarse ejército. El eclecticismo de sus filas lo alejaba del orden y disciplina habitual en una legión. Si las deserciones no eran más masivas no era por lealtad a una causa que cada vez parecía más perdida, ni por afinidad a ese modo de vida clandestino. Lo era porque para la mayor parte de aquellos soldados resultaba simplemente imposible llegar a sus hogares, sobrevivir fuera de la protección del grupo y porque los mandos habían endurecido con severidad los intentos de deserción y muchas de las penas comunes. Con todo, la indisciplina era constante. Los tumultos entre tropas experimentadas y bandoleros sumados a filas resultaban diarios y no había jornada en la que no se colgase al menos a un hombre. Siward era plenamente consciente de que aquello era una muerte silenciosa.

Muchos de los que intentaban desertar lo hacían con la esperanza de sumarse a los ejércitos de los reyes destronados conocidos por el Águila y sus vasallos como "Reyes Saqueadores". No todos eran reyes pero ninguno tenía ahora reino. Despojados de todo, su medio había sido lanzarse a los campos o, especialmente, al mar. Reunir los despojos de los despojos y lanzar grandes ofensivas de saqueo a las tierras gobernadas por los vasallos del emperador. Al estar oficialmente fuera de la cadena de vasallaje no podía considerarse a estos reyes que estuviesen quebrantando la tregua y eran los únicos con flotas o ejércitos lo bastante numerosos como para poner en jaque los movimientos de Morgoth y quienes le rendían tributo. Sin embargo, la Liga de Albión había rehusado formar parte de aquellas huestes o convertirse en una más en el pasado, quizá por esa razón más que por ninguna otra a Jack Siward no le gustaba lo que veía en aquel campamento.

La Liga la componían fundamentalmente nobles irlandeses, escoceses y británicos en su inicio, que en su momento mostraron sus uñas contra la amenaza en sus tierras del Emperador Pagano durante la pasada guerra. Luego fueron los primeros en denunciar las argucias escondidas de Morgoth y sus principales valederos durante el periodo de tregua. A ese espíritu noble y caballeresco se sumaron por simpatía otras coronas, como la de la Francia de Louis, ahora depuesto, o la de Nápoles del Montforte.

Con la caída de Lorenzzo de Montforte ante sus críticas descarnadas al ascenso de poder del brazo de Morgoth en el papado, el Cardenal Urquiza, el destierro de Ricardo de Cornualles en su apoyo al bando regente en la contienda civil que asolaba Inglaterra y la defenestración de Louis en Francia, Albión se había convertido en una Liga clandestina.

Se negaron a sumarse a las filas de los saqueadores por principios. Aunque la fuerza de estos reyes era notable, sus incursiones dejaban millares de muertos no entre las filas de los ejércitos señoriales, sino en campos de labranza, rutas de comercio y familias cuyo pecado resultaba habitar los campos y ser el suministro a filas de los nobles adversarios. Los saqueadores atacaban la base económica, buscando desgastar y crear un clima de inseguridad en puertos y feudos, pero no conseguían ir más allá de sembrar el terror y castigar a poblaciones enteras del campesinado.

La nobleza de la Liga estaba siendo, también, la fosa de su tumba. Solo la amenaza de Serbia sobre el protectorado turco en Grecia inquietaba al gran califato musulmán. De hecho, por eso parecía haber tanta expectación en la reunión secreta propiciada por Abdallah en la frontera polaca con buena parte de la Liga en el exilio. El mundo musulmán, de nuevo, parecía ser el único capaz de presentar una seria amenaza a los intereses germanos del Emperador Morgoth, pero muchos reinos cristianos no veían con buenos ojos la intervención de las huestes de Allah en la vieja Europa. Acosados y siendo poco a poco desmembrados por la política de alianzas del Águila, por un lado, y con la única protección ante el extermino de la mano de una intervención musulmana, los príncipes cristianos se sentían acorralados y diezmados. Dios parecía haberles abandonado y la virulenta enfermedad del Emperador Vladislav solo era una prueba más. Al menos, esa era la sensación que Jack Siward tenía, enterrado en aquel agujero de los bosques de la Armórica, con una hueste que se descomponía y la certeza, cada vez más firme, de que nada parecía moverse ya a su favor.

Villa de Milicz, Reino de Polonia.

12 de Diciembre de 1390

La niebla, el frío y un manto de nieve se adueñaba de aquella mañana ártica de Diciembre a las puertas de la villa de Milicz. Esperaban el ataque y habían colocado barricadas con carros y barriles a las entradas de las calles principales. La villa estaba en pie de guerra, pero no eran soldados profesionales quienes la defendían, ni esperaban un ataque tan temprano en la mañana.

Iván consultó con sus oficiales y decidieron aprovechar la sorpresa y el endurecimiento del tiempo a mediados de Diciembre. La estrategia era dar un golpe rotundo en el corazón de la revuelta para, tras ello, enviar lacres al resto de villas en rebeldía y forzar la rendición de las armas. Se envió una pequeña patrulla de exploración que informó de las defensas, pertrechos y moral en la villa de Milicz. Los aldeanos esperarían un ataque inminente e Iván dejó que gastaran sus esfuerzos en prepararse para él, pero también dilató la angustia de sus habitantes que, para asegurar su defensa, mantenían dotaciones al raso en perpetua vigilancia. Les dejó en esa tensa espera, desgastando su moral y fuerzas. El 10 de diciembre desembarcaba con sus tropas en Trzebnica, donde alzaron campamento y descansaron durante todo un día.

El tiempo había empeorado los días precedentes e Iván se cuidó de que las tropas estuviesen bien alimentadas, descansadas y secas. La madrugada del 11 levantó campamento e hizo avanzar a sus hombres en marcha forzada durante la noche. La niebla del amanecer se alió con las tropas de la Casa Duriakov y ocultaron su proximidad apenas el velo del sol se dejaba ver por el horizonte. Avanzaron por el camino de Trzebnica. Cazaron a los defensores entumecidos y adormilados. La infantería entró a degüello con el efecto sorpresa.

Cuando la caballería hizo su aparición, los habitantes de Milicz dieron por perdida la villa. Los que huyeron por los campos fueron cazados a galope. El resto buscó refugiarse en las casas, pero fueron sacados uno a uno de ellas y llevados a la plaza mayor. No era medio día cuando Iván cruzaba la calle empedrada que se abría a la gran plaza, a lomos de su caballo, seguido de su hermano y dos oficiales de rango. Hombres, mujeres y niños; todo Milicz se apiñaba en el centro. Una columna de lanceros evitaba que se dispersaran. Recios hombres de armas custodiaban las salidas. El frío y el miedo castigaban los rostros deshechos de los campesinos amotinados.

Iván estaba serio, pensativo.

Tenía la mirada clavada en aquella plaza atestada de familias enteras. Las partículas de nieve suspendidas en la atmósfera se adherían a su rostro, cabellos y barba como amantes. Aleksei cabalgaba junto a él y contemplaba el reguero de cuerpos que había dejado la escaramuza. Por los preparativos y quebraderos que había dado la planificación de aquel ataque esperaba mucha más carnicería y encono. Ahora comprendía que gracias a tales dispendios las defensas se habían ablandado casi sin esfuerzo. Él no sabía nada de guerra y le horrorizaba aquel escenario de miedo y muerte alrededor. Su hermano se crecía allí. Estaba hecho para él y allí mostraba la faz de león que tanto le había costado convencerle de que sacara.

Los soldados hicieron un pasillo en sus filas para permitir a los jinetes avanzar sin oposición hasta el perímetro donde los lanceros concentraban a toda una villa prisionera. Iván se adelantó unos pasos y encaró con la mirada severa a aquella población. El viento helado traía los llantos de algunos niños y el quejido de heridos. Żywy, el gallardo semental del conde piafó sonoramente levantando ecos en aquella mañana aterradora. Iván mantenía una mirada tan congelada como el aire sobre aquella agrupación de hombres y mujeres desarmados. Mantuvo su silencio con dramatismo.

—Habitantes de Milicz —les llamó a pleno pulmón. —Estoy profundamente decepcionado. Apenas hace dos estaciones, estos mismos hombres fueron obligados a entrar en estas calles con acero en la mano. No hace ni dos estaciones, en este mismo lugar, esta misma plaza, fueron colgados dieciséis de vuestros compatriotas acusados de desobediencia, deslealtad y alentar la revuelta contra mi Casa. Fui clemente con esta villa. Pudieron ser veintiséis o incluso treinta y seis los ajusticiados; razones de sobra pude haber tenido, pero quise ser clemente. ¿Y qué me encuentro? Aún no concluye este año y henos aquí, de nuevo, por las mismas razones. Las mismas crueles razones. ¿Cómo se supone que he de actuar con vosotros esta vez?

Hizo una pausa y movió su caballo para pasearse frente a todas aquellas miradas temblorosas que se reunían frente él. Iván pareció suspirar sobre la silla. El vaho condesado se escapó de su garganta y se fundió con el que despedía el pelaje de su bella montura.

—No atravesamos tiempos fáciles. Si no son fáciles para vosotros no lo son tampoco para mí. Hemos dispuesto de todas las medidas a nuestro alcance para paliar la escasez de las cosechas, pero en lugar de eso ¡henos aquí! Vosotros tras las lanzas y yo con la duda de no saber si un nuevo acto de clemencia será la solución para este conflicto—. Iván volvió a suspirar mientras movía la cabeza en una reiterada negativa de incomprensión. —¡Los clavos! —gritó a sus soldados.

Pronto, de entre las filas de lanceros a su espalda surgieron dos de ellos que cargaban un hondo canasto de mimbre lleno de clavos de carpintero, gruesos y largos clavos que se utilizan para fijar las robustas vigas de madera de las construcciones. Soltaron la pesada carga a unos metros del jinete, frente a la concurrencia, que clavó sus pupilas en la cesta y su afilada carga con temor. Los murmullos asustados y los giros de cabeza no tardaron en sucederse entre los amotinados.

—Lo preguntaré ahora y lo preguntaré una vez. Quiero los nombres de los cabecillas y los motivos reales de esta insurrección. Consideraré cómplice cualquier silencio.

Hubo más murmullos, más movimientos nerviosos entre las filas de campesinos, más miradas aterradas, pero ni una sola palabra. Iván se mordió los labios con rabia y dio la orden.

—¡Soldados! Cinco hombres. Al azar.

La tropa sacó entre protestas a cinco de aquellos lugareños de distintas edades de la primera de las filas de insubordinados. Protestaron, pero la amenaza de las puntas de las lanzas de infantería evitó que la resistencia fuese a mayores.

Dos soldados por cada reo. Cuando los mostraron frente al conde preguntaron qué hacer con ellos.

—Crucificadles… en el suelo —dijo Iván con temple sólido.

Aquella palabra heló a los presentes que se miraron aterrados. Sus cuerpos se agitaron y tras ellos la masa se movió presa del pánico. Muchas de las mujeres, quizá las esposas, madres, hermanas de los infortunados, comenzaron a gritar desesperadas. La línea de lanceros que los custodiaba tuvo que esforzarse en apretar su presa. Algunos, en los extremos de la plaza, se volvieron con intención de correr hacia las salidas pero se tropezaron con los hombres de armas, embutidos en malla y coraza que no dudaron en empuñar sus pesadas espadas, deteniendo su ímpetu.

A un gesto del conde varias líneas de lanceros tras él abandonaron sus armas y se aprestaron a ayudar en la macabra tarea. Seis soldados fueron necesarios para tumbar y sujetar a cada reo que era postrado en cruz sobre el pavimento nevado de piedra entre gritos y súplicas. Pronto llegaron las mazas y los clavos.

Iván cerró los ojos.

Sabía perfectamente lo que acababa de ordenar. Al suplicio de la cruz se sumaba el tormento añadido de clavar sobre piedra. Atravesar carne con suficiente fuerza para clavar en la piedra del pavimento requería una mazada mucho más fuerte. La vibración del clavo ante tan dura resistencia hacía estragos en la herida, sin contar con que en numerosas ocasiones la punta resbalaba sobre el suelo, una vez atravesada la carne, desgarrando y abriéndola sin pudor, aumentando el dolor hasta niveles inconcebibles. Si esto ocurría, el verdugo debía posicionar de nuevo el clavo.

Pronto, a los gritos de protesta y súplicas se sumaron aullidos de un dolor inhumano. Muchas mujeres taparon los ojos y oídos de los pequeños. Iván seguía con los ojos cerrados. Los soldados tras él enmudecían. Aleksei echó la mirada hacia atrás.

—¡¡Quiero nombres!! ¡¡Quiero motivos!!

Solo gritos, solo llantos, solo desgarro y suplicio y el martillear metálico sobre aquellos clavos asesinos. Ni una sola palabra. Los minutos en aquel infierno parecieron décadas. Iván seguía con los ojos cerrados y la mandíbula apretada tan férrea que parecía querer quebrarse los dientes.

Conforme terminaban, los soldados dejaban a aquellos pobres aullantes y se aproximaban al conde. Ni siquiera habían acudido todos cuando Iván abrió los ojos con violencia. Y gritó a los habitantes de nuevo.

—¡¡Aún quedan muchas horas y muchos clavos!! ¡¡Es mi paciencia lo que se agota!! ¿Vuestro silencio vale la sangre de vuestros hombres?

Gritos, dolor, súplicas, pero ni un solo nombre, ni un solo motivo. Así que decidió jugar a la desesperada. Iván miró a su hermano. Solo Aleksei pudo leer en aquellas pupilas. Tragó saliva.

—¡Soldados! Cinco niños. Al azar

Un centenar de soldados quedó en campamento en las inmediaciones de Milicz apoyados por una dotación de caballería para evitar posibles alteraciones tras los hechos acaecidos en aquella villa insurrecta. El resto había regresado a Trzebnica al atardecer. Iván repartió las órdenes pertinentes y se encerró en su pequeña casa urbana en esa población. Allí montó el despacho general mientras durase la campaña contra los sublevados. Confiaba en que las medidas tomadas en Milicz bastasen para contener los ánimos de los más resueltos a proseguir la insurrección. Tal y como tenía en mente, mandó correos con mensajes de advertencia a las poblaciones rebeldes con los hechos e información obtenidos en Milicz y la noticia de la rendición incondicional de esa plaza.

Al escuchar al último de los mensajeros dejar atrás la habitación de despacho, dejó caer su frente apesadumbrada sobre la palma de su mano. Se sentía sucio y repugnante. Ya se había lavado las manos tres veces, pero aquella sensación asqueante no desaparecía. Aún resonaban en su mente los gritos de dolor, los llantos de las mujeres. Tenía el corazón encogido en un puño y no se atrevía a mirarse a un espejo. Allí estaba el guerrero que era. El hombre que había tenido que enfrentarse a aquella suerte de decisiones durante dos décadas. El hombre que la guerra había forjado y que aquella niña de Castilla hacía desaparecer. Lo más duro de tragar fue que durante aquella infernal jornada pasada el nombre de Irene había estado martilleando su pecho y sus manos en todo momento. El rostro de aquella dama castellana había presidido en cada uno de los atroces instantes. Quería pensar que ella entendería sus actos, que solo de esa manera se ganaban batallas, se protegía a quienes se quiere. Que solo así se evitaban más muertes en uno y otro bando. Si no se acorta con todos los medios posibles, una rebelión se está alentando, recordaba las palabras de su hermano en un contexto muy distinto, pero no menos falto de razón.

Escuchó unos pasos amortiguados al otro lado de la puerta y eso le hizo levantar apesadumbrado la mirada. La figura de Aleksei se apoyaba en el quicio de la entrada con una botella de licor en la mano y dos gruesas copas. Le miraba con una extraña mezcla de admiración, comprensión y temor.

—¿Un trago? —ofreció alzando sus presentes en cuanto Iván cruzó la mirada con él. —Ha sido una jornada muy dura.

Su primera intención fue rechazar la oferta. Estaba cansado, avergonzado de sí. No quería ver ni hablar con nadie. Pero acabó inclinando con levedad la cabeza, lo que dio a entender a su hermano que podía aproximarse a la mesa, cosa que hizo. Colocó los vasos sobre la madera del escritorio y sirvió el licor dorado lentamente.

—La jornada ha sido ruda —repitió Aleksei para romper el hielo, consciente de lo que torturaba a su hermano. —Una copa te vendrá bien.

Iván aceptó la oferta sin protestar. Alzó su copa sin mucho protocolo y la vació de un trago antes de que su hermano ni siquiera se llevase la suya a los labios. De un golpe plantó de nuevo el vaso en la mesa con un gesto claro de que fuese rellenado de nuevo.

—La jornada ha sido ruda —repitió tajante mientras Aleksei volvía a verter licor en su copa sin cuestionar. Los ojos de ambos hermanos se encontraron. Había dolor en la mirada de Iván. Comprensión en la de Aleksei.

—No soy el más indicado para decirte que has hecho lo correcto, hermano. Tú tienes mucha más experiencia que yo gestionando este tipo de situaciones. Te admiro por la entereza. Tu plan dio resultado, después de todo. No han sido sacrificios en vano.

La mano del hermano pequeño acabó en el hombro del mayor mientras aquel volvía a alzar y beber de su vaso. En esta ocasión no lo apuró del primer golpe.

—No hay tal entereza, hermano, si lo que te llama a emprender una acción hostil no es un odio profundo hacia el enemigo. Esa gente es mi pueblo. Es mi deber protegerles, no castigarles.

—Un pueblo que se ha revelado en armas, que no reconoce tu autoridad y que ha puesto en riesgo sus propias vidas y las de muchos otros.

Iván miró de soslayo a su hermano que tomaba asiento frente a él. Sus palabras trataban de minimizar el amargor del trago, pero resultaban insuficientes.

—Si el campesinado se alza contra sus señores, puede que la falta sea de esos mismos señores. Puede que algo no estemos haciendo bien, Aleksei. El sacrificio de hoy puede que acabe momentáneamente con los ánimos de rebelión. Acallamos sus bocas con una mordaza de miedo, pero es una solución temporal. Un hombre al que cortas una mano no puede empuñar una espada, pero habrás alimentado más que nunca su deseo a hacerlo y puede conseguir que sean otros quienes la levanten por él. Hoy hemos sembrado semilla de odio entre nuestra gente, no hemos curado ningún mal: hemos cortado una mano. No estoy satisfecho.

Iván tuvo un gesto de desacuerdo evidente en su rostro. Se inclinó para quedar más cerca de su hermano.

—Eres demasiado duro contigo, Iván. Tu estrategia dio resultado. Ahora sabemos cuáles han sido las causas del levantamiento. Y tu gestión como señor no tiene nada que ver.

—El precio a pagar por esa información ha sido muy alto y la secuela no desaparecerá en una estación. He demostrado a mis campesinos hasta dónde estoy dispuesto a llegar para conseguir los fines que persigo, qué tipo de señor puedo llegar a ser. El fin era noble; los medios no lo han sido.

Aleksei se revolvió.

—Los medios han sido los acostumbrados, los únicos, Iván. ¿Hay otros? Un señor debe ser señor siempre. Debe ejercer su autoridad, mandar un mensaje claro y evidente cueste lo que cueste cuando las cosas amenazan con destruir lo conseguido. La mano no debe temblar a la hora de ejercer ese poder, porque ese poder asegura las cosas en su lugar, impide que cualquiera pueda alterar el orden de las cosas y usarlo en su favor, para su propio beneficio. Eso me lo enseñaste tú, Iván. Hoy has mandado un mensaje claro a cuantos piensen que pueden alterar la vida de estos campos, la vida pacífica. Hoy has dado un paso a favor de mantener la paz y la seguridad de estas tierras y esos campesinos deberían ser los primeros en entenderlo.

—¿Metiéndoles tanto miedo en el cuerpo que obedezcan por simple terror?

Aleksei inspiró sonoramente para reforzar la convicción de sus palabras.

—Si es necesario, sí. Si no queda otra opción, es legítimo.

Iván quedó callado y le miró con fuerza con el gesto apretado.

—Eso es lo que hoy he dudado. Tan acostumbrado al terror impuesto en la guerra, a que no parezca haber más camino que la fuerza de la espada, hoy me he decidido por el recurso rápido, el que siempre ha funcionado: Coacciona, infunde miedo en lugar de respeto. Que te odien, mientras te teman; el clásico lema del tirano. Sabía que funcionaría, son demasiados años de terror y sangre como para dudar de qué gesto resulta tan aterrador como para no motivar una respuesta. Pero ahora esas madres saben en propia carne que su señor no vacila en ordenar crucificar a sus hijos. Saben del monstruo que puedo llegar a ser. Nadie defiende a un monstruo.

—No eres mayor monstruo que el resto.

—Eso no me convierte tampoco en alguien mejor.

—¿Acaso lo necesitas?

Iván quedó pensativo.

—Sí—. Iván quedó a la espera de algo más de información. —He visto que hay otro modo posible. Quizá no es tan rápido. Quizá no tiene el efecto devastador de sembrar el miedo, pero existe.

—Dime cual, Iván. Dime qué señor es tan magnánimo.

Iván le mantuvo la mirada. Sabía de antemano que no aceptaría su respuesta.

—Irene de Manrique.

Como esperaba, el gesto de su hermano fue explícito al escucharle nombrarla.

—Esa muchacha te ha lavado el cerebro con sus besos y arrumacos, Iván. ¿Vas a decirme que una niña apenas mujer recién llegada a esta tierra va a enseñarte a manejar a los hombres? Esa cría no es nadie para enseñarle nada al León de los Duriakov. Tenías haciendas a tu cargo y legiones de soldados mucho antes de que sus padres la engendraran, por el amor de Dios —dijo no falto de razón y tono enervado.

—Lo cual no es óbice alguno para creerme mejor, Aleksei—. Hubo un cortante silencio. El rostro fruncido del pequeño de los Duriakov advertía que no compartía aquellas observaciones.

—Relató delante de ti cómo se hizo con aquellos baldíos —recordó Iván muy despacio. —Esas tierras eran suyas por derecho. Tenía la legitimidad y la legalidad por su parte para forzar a sus campesinos a obedecerla, cuanto menos para acatar su mandato. También gozaba de la lealtad inquebrantable de sus caballeros castellanos. Cincuenta hombres, no son muchos, pero es una fuerza impresionante en este caso. Caballería pesada y experimentada, era más que suficiente. Yo mismo había descartado en su momento apropiarme de esos lotes perdidos. Con problemas en mis tierras de derecho, ¿para qué buscar el enfrentamiento con aquellos aldeanos que se decían libres? ¿Para qué gastar esfuerzos en enderezar ese pequeño árbol torcido en una tierra dura? No ejercí mi autoridad de facto por no abrir otro frente más de conflicto. Porque yo hubiese entrado espada en mano, con mi título de conde; reclamando, no pidiendo. Así es como las cosas se han hecho y se hacen en esta tierra. Así es como los señores ejercemos nuestro poder. Sin embargo, ella no hizo tal cosa y nada se lo impedía. Ella se los ganó. Los ganó de tal manera que fueron esos mismos campesinos quienes convencieron a otros para sumarse a su autoridad. Tanto es así que algunos de los míos la prefirieron a ella, a la niña extranjera, sin señor ni protección y a sus cincuenta caballeros de Castilla en lugar de seguir bajo mi escudo. ¿Por qué crees que le concedí aquellos lotes en lugar de demandárselos o arrebatárselos por fuerza? Porque a mis años, aquella niña me impresionó con su actitud conciliadora, me enseñó que es mejor que te amen a que te teman. Que tiene mucho más mérito y resulta mucho más costoso alimentar el respeto y admiración que el temor, pero más agradecido a la larga.

Aleksei resopló.

—Ingenuidades de juventud, Iván y lo sabes bien. El campesinado es muy voluble en sus gestos y devociones. Esos mismos campesinos que la adoran se echarán sobre ella en cuanto aparezca la primera sombra de amenaza que ella no sea capaz de desterrar. Esos mismos campesinos, como los tuyos, se olvidarán de todo gesto amable del pasado en cuanto tengan el menor conflicto de intereses. Y, realmente Iván, me gustaría ver lo que hace tu pequeña niña de Castilla cuando tenga a un millar de aldeanos furiosos reclamando algo que no pueda darles. Me gustaría ver dónde están sus buenas palabras y sus gestos maternales cuando se vuelvan contra ella, si lo hacen. Veremos entonces si hace uso de sus caballeros o no.

—Puede —contestó el conde. —Puede que entonces ordene cargar a sus hombres… o puede que no, porque eso aún no ha pasado, te recuerdo, Aleksei. Las cosechas han sido malas para todos. La mitad del campesinado de este reino anda revuelto, cuanto menos, inquieto… salvo el suyo. Su pequeña isla de poder es un manantial de tranquilidad. Puede que esos mismos campesinos valoren que esa niña castellana, como la llamas, vendiera su ajuar por construir molinos, casi se arruinara por levantar talleres y dar empleo a muchos de ellos. Puede, incluso, que quizá precisamente por eso, la carestía en sus aldeas sea menor. Yo no he hecho tal cosa y no me tengo por el peor de los señores de estas tierras. Yo, cuando ha habido el menor asomo de descontento he entrado en las aldeas a punta de lanza y he colgado o decapitado a sus cabecillas.

Aleksei quedó por un instante pensativo. Al menos los argumentos de su hermano no encontraron argumentos de respuesta inmediatos. Eso animó a Iván a seguir en su confesión.

—Ayer, mientras buscaba arrancar la mala hierba, mientras ordenaba sacrificar niños en Milicz solo la tenía a ella en mente. Pensaba que, de saberlo, se apartaría de mí como del diablo. Cada grito de dolor se convertía en un reproche en sus labios, en una arruga de asco en su rostro. Renegaría de alumbrar sentimientos hacia un hombre capaz de permitir lo que yo permitía, estoy seguro.

—¿Ese es tu problema, Iván? ¿Qué ella deje de verte como el amable conde que la arropa en sus brazos? ¿El amoroso hombre que le susurra palabras al oído? —reaccionó Aleksei al creer entender el foco último de los lamentos de su hermano. —¡Santo Cristo! ¡Que despierte de una vez! ¡Esto es el mundo! El ser humano aplasta al ser humano. Golpeamos para evitarnos los golpes. Quien tiene poder lo ejerce y lo mantiene, y si otros se lo arrebataran usarían esa misma fuerza. Iván, así es el mundo. Tú no eres más monstruo que ningún otro.

—Este no es el mundo en el que ella cree y yo no quiero ser cómplice de lo contrario.

—El mundo en el que ella cree es un cuento. No existe.

—Quizá porque el mundo está lleno de personas como tú y como yo que creemos que este orden que tenemos y construimos empuñando lanzas es el único posible, que no hacemos nada por cambiarlo, que justificamos que las cosas han de ser así simplemente porque siempre han sido así. Su ingenuidad merece una oportunidad para dejar de serlo. Merece que le demos una oportunidad de demostrar si ese mundo en el que cree puede ser posible.

—Te ha hechizado, Iván. El mundo no va a cambiar. Y el mundo la acabará cambiando a ella. Solo te pido que tengas cuidado con lo que pienses arriesgar en esta fantasía, hermano.

Aquellas palabras de Aleksei reavivaron viejos miedos. Iván supo entonces que su fe iba a ser puesta a prueba a partir de ahora. Debía creer en un imposible, como creía ella.

SOLEDAD Y REFUGIO

Diario de Irene Manrique.

11 de Diciembre del año de Nuestro Señor de 1390

Un día antes de los sucesos en Milicz

«Fingir se está empezando a convertir en una costumbre, casi en un arte de la mentira. Fingir que nada ocurre, que todo sigue el curso acordado y nada lo altera.

Que nada me altera.

Tornar mi rostro impávido ante las inclemencias que abaten mi ánimo. Sonreír cuando todo me duele por dentro. Pisar en firme cuando camino sobre abismo.

Qué pronto han llegado estos fríos vientos del invierno. Cuán rápidos se han tornado desapacibles. Cuánta nube se encara frente a mi horizonte. Ese horizonte que resultaba tan amable y cálido a mediados de otoño.

Ocultarse en cada máscara, en cada gesto por no admitir que la realidad me duele. Engañarme a mí misma, la primera, para tener la falsa seguridad de que domino unos sentimientos que huyen despavoridos. Convencerme, la primera, de que sigo siendo yo y que domino, controlo cada quiebro del camino.

Soy dama que finge por orgullo, que no se inmuta porque eche de menos aquella sonrisa primera desde mi ventana. Que cada vez que el Caballero Pedro de Leza cruza mi frente o alza una voz de mando a sus hombres, algo me recuerda que Tristán se ha ido. Que su ausencia se clava en lo profundo. Que cada vez que alzo la barbilla no es más que una defensa ante la añoranza. Que esta hacienda sin Tristán no parece mía y que me abrasa las entrañas perderle de una vida que tampoco parece mía sin su presencia.

Que por fingir, finjo que no me importa, aunque su imagen en aquella misma caballa teñida de otros recuerdos, empañados ahora, se repita en mi memoria como un redoble de tambor en la lejanía. Miento a esa niña que le amaba y que de alguna manera le sigue amando, enterrada en otro tiempo, emparedada en aquella alcoba solitaria de mis lutos. Por mentir, miento cuando finjo que sus palabras no se clavan, no duelen, no importan... que su adiós no me ha sido doloroso y que va a resultar sencillo reemplazarle.

Miento con la misma villanía cuando me digo que me aprisiona no saber nada de Iván, que temo por su suerte. Que se pasan los días sin una pequeña nota, sin unas líneas que tranquilicen mi alma, que me acerquen a él en la distancia. Que me sigan uniendo poco a poco. Sigo mintiendo cuando hago creer que no tengo dudas sobre si le importo más allá de los gestos mantenidos hasta ahora; si no he valido unas últimas palabras, una última caricia. Si regresará, si piensa en mí cuando cabalga. Miento cuando niego estos sentimientos, cuando aparento no necesitar lo que en estas líneas confieso. Miento descaradamente cuando aseguro que soy tan fuerte como para no necesitar nada; y que mi corazón, inalterable y espinoso, no sufre por hombre alguno ni jamás lo hará.

Mi contradicción es mi defensa. Mi orgullo es mi parapeto y mi muralla. Huyo de cualquier tímida semejanza a la dependencia. Pisoteo mi dolor y le desprecio en público, solo para mirarme al espejo y sentirme sola en mi derrota.

Pero si fingir me da fuerza, si mentirme con tanto descaro me sostiene de alguna manera, mentiré el resto de mi vida si es necesario...

Ante quien no pude fingir fue ante Anzhelika.

La baronesa, esposa de Aleksei Duriakov, hermano de Iván, tuvo la gentileza de venir a visitarme; un detalle en su gesto que llegaba cuando más falta me hacía. Tuvo el acierto de imaginar que me encontraría sola. No sé cómo supo adivinar, por sí, tal hecho o cuánto fue capaz de descubrir de mí durante mi visita al casillo del Oder sin que yo me percatase, y que lo propiciara. Lo cierto es que tal grado de agudeza le bastó para que muy pronto me sintiese con total comodidad ante ella.

Tan alta y hermosa, tan elegante y reservada. Antes de poder darme cuenta le enseñaba la hacienda y, poco a poco, el trato, primero frío y cortés, daba paso a pequeñas confesiones. Su discreción hizo que, suavemente, como el remanso de agua de la orilla de los riachuelos, la conversación entrase con naturalidad en todos aquellos aspectos que me cuidé de ocultar bien cuando nos conocimos.

Ella parecía haberse dado cuenta de ello, y creo que su visita solo estuvo en su ánimo como una discreta muestra de apoyo a mi situación. No me equivoqué en mi juicio hacia tal mujer y pronto me encontraba confesando hasta los mínimos detalles de nuestros encuentros furtivos.

Necesitaba poder contar con alguien así, alguien que no fuese a juzgarme como la mayoría, de inmoral ni indecente, por tal atrevimiento del corazón. Enseguida encontré en ella la comprensión y cercanía que necesitaba y que no encuentro en su totalidad en ninguna otra persona que me rodea. Me abandoné por ello a confesarle mis miedos sobre Iván, a despejarle cualquier duda sobre mi aún incipiente sentimiento, incluso hablarle de pasada del incidente con Tristán, aunque no le mencionara nada de nuestro pasado en Castilla ni el motivo último de su marcha; aunque alguien habilidosa como ella, por cuanto lo social, temo que pueda sospechar que haya más que lo que le confieso.

Anzhelika se mostró cercana y abierta, y me aconsejó guardarme para mí tales debilidades y no mostrarlas; puesto una dama ha de ser digna siempre ante los ojos del mundo, que ya en intimidad puede y debe dar rienda suelta a su deseo sin reparo ni reproche. Tal concepto me asombró en una dama de su porte, por cuantos muchos considerarían irreverente, pero que en sus labios sonaba como lo único con verdadera decencia y juicio. Y me reconfortó saber que hay dama así, con tales pensamientos. Me sorprendió saber por su boca lo dispuesta que estaba a apoyarme en esta tarea, lo cercana que, en el fondo, su palpitar de mujer está del mío. Saber que entiende y aprueba mi empeño de ser dueña de mí a pesar de tener al frente una sociedad que, cuanto menos, recela de las mujeres que no se someten a hombre resulta un regalo inesperado y reconfortante.

Me advierte, y en este punto me siembra duda, que Iván es hombre bueno, pero hombre a fin de cuentas; y que dejarle con prontitud evidencias de mi debilidad de sentimiento ante él no es la mejor de las opciones. En esto refuerza mi propio criterio y me advierte que mi juego ha sido bueno: que me tenga sin tenerme. Sus palabras me tranquilizaron y consiguieron dotarme de la seguridad y fuerza necesaria para encarar mi día a día sin sentirme flaquear. En ella encuentro no solo a una buena amiga, sino también una aliada y maestra, pues su experiencia es amplia.

Me llena de gozo saberla cerca y, ahora, más cerca aún después de liberar mis propios fantasmas. Dice que tengo mucha suerte de haber podido acercarme despacio a un hombre por el que mi corazón late y que puede ayudarme en la receta de hacer que ese latido perdure con llama viva. Que un poco de castigo y silencio no es mala cosa si sabe hacerse con habilidad, y en esto solo vuelve a corroborar mi propia estrategia. Aún no sé a dónde me llevará el camino que comienzo con Iván pero en cualquier caso debo andarlo sin perderme por él. Así, me aseguraré de caminar entera todo el tramo, sin grietas ni fisuras.

Me encuentro un poco más firme y sólida después de tratar todo este asunto con ella. Más segura de mi trayecto y actitud, aplaudida, de alguna manera; recompensada por mantenerme firme en mi convicción. Creo que su presencia en mi vida no es fortuita y solo puedo agradecer a quien haya tenido la enorme gracia de enviármela. Buena parte del aliento perdido se recupera. Buena parte de las grietas que comenzaban a amenazarme se estrechan y solapan. En este incierto camino que es el corazón, esta dama agradece poder tener ante si a alguien capaz de entenderla. Alguien, al fin y al cabo, que tenga la habilidad para asistirme en la tarea de desatar mis nudos.

Solo puedo alegrarme por ello, aunque todo lo demás siga como estaba.

En este orden de cosas, no fui la única en desvelar secretos. Nuestras conversaciones han dado motivos de acercamientos para ambas y Anzhelika también ha demostrado ser una mujer preocupada y concienciada de los problemas que asolan estas tierras. Yo que pensaba que su visita a Wroclaw no tenía mayor razón de ser que el acercamiento familiar para estas festividades del Nacimiento, me encuentro de lleno con su tragedia: ¡Los Barones de Koszalin y Señores de Darlowo se han visto obligados a dejar sus tierras en Pomerania!

Me puso bien al corriente de los sucesivos ataques piratas a las costas y cómo sus sospechas, y las de todos, hacen pensar que no son ataques corrientes. Parece ser que creen, sin pruebas tácitas, claro, que puedan estar promovidos de alguna manera por las coronas Noruega y Sueca, especialmente la segunda, que siempre tuvo apetencias por extenderse por territorios pomeranos y lituanos. Abundamos largamente en estas cuestiones, que algunos llamarían de "hombres", como si a las mujeres no nos afectasen dichos males, y pude ser partícipe del dolor de una esposa que debe verse obligada por seguridad a dejar cuanto ha sido el esfuerzo de una vida a la suerte. Insistí en conocer los problemas y acabó confesándome de mala gana, merced a no contagiarme de su mal ánimo, que Aleksei esperaba apoyo militar de su hermano, que hasta la fecha solo ha podido brindar con cuentagotas. Se mostraba Anzhelika muy comprensiva, no obstante con su cuñado, ya que era consciente de los tiempos inquietos que se viven en todo el reino y lo agitados que andan los campos en estas estaciones. Con todo, sus palabras me hicieron reflexionar sobre si yo podría de alguna manera ayudar a aliviar parte de los males que oscurecían los pensamientos de esta noble dama que tanta comprensión y tiempo invertía en mitigar los míos, de naturaleza mucho más blanda. Me sentí por un instante muy descorazonada: yo mostrando mis debilidades de orden sentimental, haciendo desventura de nimiedades comparadas con su silencio, que escondía una verdadera tragedia. Aquí, perdida entre latidos de amor, preocupada por respuestas que no llegan y gestos de desdicha amorosa a los que ella atiende con serenidad y nobleza, cuando la tierra que cosecha sufre el saqueo y la muerte.

No pude soportarlo y recordé que Iván me había dotado entre sus dádivas de un buen lote de soldados bien entrenados y dispuestos que en mis tierras solo andan acumulando óxido en sus espadas y somnolencia en la actitud. Estas tierras que administro son seguras, merced al trabajo de mis caballeros y comunes. Las levas entrenadas han demostrado ser eficientes en la seguridad de caminos y pasos; y no podría esta dama seguir dando cobijo a unos buenos soldados que aquí ofrecen poco cuando pudieran estar defendiendo lo que ha quedado indefenso. Dado que el propio Iván me dispuso de autoridad para manejarlos a mi antojo, lo vi claro; así que se los ofrecí.

Anzhelika, que parecía desconocer tal detalle, quedó por un instante perpleja ante mi reacción, solo para rechazarla de inmediato en cuanto fue consciente de lo que le ofrecía. Hube de insistirle con arrojo y decisión, casi hasta el punto de la descortesía para conseguir, al menos, que tales soldados abandonasen su puesto y regresaran al Castillo del Oder desde donde se consultaría con Iván para asignarles nuevo destino. Confío que tal destino sea el que pretendo con este gesto. Tal punto no es que fuese una concesión por su parte, se limitaba a aceptar lo inevitable, puesto mi potestad hacía perfectamente posible y sin necesidad de permiso que yo, en el momento que así lo dispusiese, prescindiera de tales hombres, y tal cosa fue la que hice.

Quise dejarle muy claro a Anzhelika que estaba dispuesta a escribir a Iván y sumar peso con mi argumento para que dichos hombres fuesen destinados a Pomerania, como deseo expreso; pero ella, diplomática, me pidió que no hiciese tal cosa, puesto no quería que el conde malinterpretara que tal decisión pudiese estar condicionada por sus palabras. No quería yo, en tal caso, que Iván pensara así en modo alguno, más por mi propio orgullo, si he de ser honesta; puesto eso sería como restar valor a mis decisiones y hacer creer poco probable que esta dama pudiese sentirse realmente cercana al drama de su cuñada y haber obrado, por sí, para aliviarlo.

Estando en estos términos, sí quise dejarle claro a Anzhelika que podía dejar constancia sin miedo a Iván que bajo ningún concepto esos hombres volverían a mis tierras y que le dejaba a su criterio qué hacer con ellos: igual posición en la que él me dejó la suerte de los lotes de tierra en su momento.

No escondo que devolverle el golpe, aún ahora y con todo lo pasado, me resulta agradable, no solo por conseguir hacerle pagar de algún modo aquella vieja afrenta que en su momento me obligó a aceptar, importa poco lo útil y provechosa que al final se descubriese ser. Reconozco que lo es también como pago a su indolente actitud estos días, como venganza a su ausencia, a su silencio...

Algo de rencor hacia él no escondo que hay.

Pero... ¿en qué pensaría Iván, en cualquier caso, para negar a su propio hermano una ayuda que me termina brindando a mí sin necesidad? Son estas cuestiones precisamente las que me enervan, y aunque agradecida, me resulta de mucha infelicidad saber que he estado disfrutando de un privilegio que podría haber sido invertido con mucha más cabeza en otro lugar, haber salvado vidas, o cuanto menos, haber menguado dolores innecesarios.

Este gesto que hago con todo corazón, además, no solo apacigua mi alma sabiendo que obro para un bien mayor, que cedo lo que para mí es innecesario y lo invierto en una empresa mucho más noble; también, no oculto, es mi manera de agradecer las atenciones que, sin esperarlo y con seguridad sin merecerlo, Anzhelika ha tenido a bien concederme.

Las amigas deben apoyarse entre ellas».

Hogar del Caballero Tristán

6 de diciembre de 1390

Pedro entró apenas sin llamar en la casa que el caballero Tristán había tomado en aquella cercana aldea de nombre impronunciable. No había tardado mucho en trasladar sus escasas pertenencias a una rústica casona, nada asombrosa, dado que los lotes de Tristán habían sido los más próximos a la Casa Solariega. Irene quería haberlo tenido cerca, en cualquier caso, y se cuidó de no alejar mucho al que fuera su primera espada. Durante aquella primera semana de Diciembre, Pedro de Leza solía invertir cualquier hueco en sus deberes para hacer una visita a su capitán. En esta ocasión le encontró en la sala principal, lustrando sus armas.

El tiempo había vuelto a empeorar y apetecía estar cerca de una buena lumbre. Era la primera vez que veía a Tristán empleando su tiempo en algo "útil" desde que se instalase allí.

—Os encuentro animado esta mañana, Capitán. ¿Algo con lo que llenar el estómago?

El visitante traía unas hogazas y algo de fruta y fiambre, que levantaba como si fuese una pieza cobrada de caza. Tristán le hizo gesto para que avanzara pero también arrugó la expresión ante la oferta de comida.

—Con tan poco que hacer, mi estómago no anda bien dispuesto aún para aceptar comida, Pedro. Pero comed vos, que con seguridad llevaréis sobre el caballo toda la mañana. ¿Qué tal los hombres?

Tristán le haría una señal con la mano para que se aproximase a la mesa que Pedro no tardó en atender.

—¿Los hombres? Bien, poca novedad. Tampoco lleváis tanto tiempo apartado del servicio como para notar diferencias —le decía mientras colocaba la comida sobre la tabla y buscaba algo con lo que diezmar el pan y la longaniza. —Estoy hambriento.

El gesto de complacencia de Tristán le invitó a dejar de guardar formas y atacar la comida.

—A mí me parece que llevara un año retirado, Pedro —suspiró.

—Sois un hombre activo, Tristán —decía el otro ya con el primer bocado entre los dientes. Volvió a ofrecer a su amigo, que continuaba afilando el acero de su espada y aquel volvió a negarse. —¿Seguro que habéis obrado con juicio? No os imagino labrando la tierra el resto de vuestros días.

Tristán se detuvo y quedó pensativo. Se diría que recreaba esa misma e improbable imagen mental de sí mismo.

—¿Han acabado ya la remesa de lanzas? —cambió radicalmente de tercio.

Pedro alzó las cejas como si hubiese olvidado contarle algo importante.

—Ayer se repartieron entre la leva. También los arcos. El primer centenar de ballestas estará listo para primeros de año, asegura el maestro herrero—. Tristán parecía complacido con la noticia. —Seguí tu idea de dispersar a los milicianos. Cada caballero lleva un lote a razón de la gente de lugar que habite sus aldeas y tiene permiso para formar a cuantos milicianos más crea conveniente. Pertrecharlos será otro cantar. Es fácil hacer lanzas y arcos, y formarles en su empleo; pero las espadas que salen de la forja son aún muy quebradizas. Ha pedido modelos de nuestras corazas y tiene a dos aprendices trenzando malla. Con todo, los pertrechos serán lentos y caros.

—Ese herrero aprende rápido. Hay motivos para andar esperanzado.

—Los polacos son un pueblo recio y admirable. Estamos usando a los soldados del conde para formar infantes de milicia y hombres de armas tal como propusiste.

—Si se consigue formar en la disciplina de las armas a los hombres de aldea se sentirán más seguros ante posibles amenazas y serán una adiestrada fuerza en caso de necesitar un reclutamiento masivo. Pronto no necesitaremos a los hombres de Wroclaw.

Pedro gesticuló un mohín.

—Si seguimos formando en la guerra a los campesinos, tampoco nos necesitarán a nosotros. Un aldeano que sabe defenderse también sabe atacar. ¿Por qué crees que los nobles no instruyen a los comunes? Para no tener que defenderse de ellos si en algún momento deciden levantarse en armas contra su señor… y por las noticias que me llegan de los campos polacos, parece que este pueblo es dado a las insurrecciones, al menos en las últimas estaciones. El dominio del arte de la guerra y la defensa es lo que justifica que unos sean señores y los demás campesinos.

—No sugerí tal cosa al azar, Pedro. Si dije que formar a los campesinos en la defensa básica era buena estrategia, tenía mis motivos. El viejo Imperio Romano daba tierras de frontera a sus veteranos. Aprender de los grandes del pasado no es mala enseñanza, creo. Tener las lindes en manos de campesinos armados y diestros no debería preocupar a un buen señor. Defender es algo más que disponer de unas líneas de hombres delante del enemigo. Doña Irene es diferente, se preocupa por ellos, les forma y da seguridad. Es un mensaje generoso con sus protegidos. Esas armas no se volverán contra ella mientras mantenga esa actitud.

—Sí —admitió Pedro volviendo los ojos hacia atrás —Doña Irene es diferente.

Mencionarla había creado un ligero clima de tensión. Durante unos segundos ambos se observaron en silencio. Se cruzaron miradas incómodas.

—¿Cómo está… ella?

Pedro le dedicó una mirada de extrañeza.

—¿Qué cómo está? ¿Y lo preguntas tú?

—¿Por qué no habría de hacerlo?

Pedro arrugó la frente.

—¿Y cómo estás tú? Tú eres el que ha estado todos estos días como un muerto en vida. ¿Ella? Bien, no sé qué puedes esperar de mi respuesta, Tristán. ¿Que te diga que anda encerrada en sus aposentos? ¿Que llora por los rincones la ausencia de su fiel espada? ¿Que pregunta por ti? No, Tristán nada de eso. Estuvo huraña un tiempo, es cierto, pero ya sabes que las mujeres ni siquiera necesitan motivos para eso. Hace su vida, como si nada hubiese pasado. Como si no existieseis. De hecho, como si nunca hubieseis existido.

Tristán arrugó la frente.

—¿A qué te refieres?

—Se muestra especialmente dadivosa conmigo. Aplaude cualquiera de mis pasos. Yo solo he seguido las mismas líneas que vos trazasteis. Hago exactamente las mismas tareas y obligaciones que empezasteis… pero, sin embargo, parece que ahora todo lo que se hace en este negocio merece alguna alabanza extraordinaria, aunque siempre fuese hecho así. Eso me enferma, Capitán.

Iván quedó pensativo un momento, tratando de encontrar coherencia a aquellas palabras.

—Solo trata de hacerte sentir cómodo en tu nuevo rango —dijo al fin—. No le busques mayor dilema. Sabe perfectamente que la idea de sustituirme no os complace.

—A mí y a nadie, Capitán. Si queréis verlo de modo tan amable, adelante. Yo creo que en su empeño hay una extraña necesidad por aparentar públicamente que Tristán Márquez era perfectamente sustituible en su cargo… y en su vida. Que cualquiera, cosa que me incluye, podía desempeñar vuestro papel y que por tanto, nada se ha alterado en la hacienda más allá de un cambio de hombres.

—En cierto modo le doy la razón. Así debería de ser.

—¿En cierto modo? Os conozco, amigo mío. La amáis. Su indiferencia os mata. Es lo que más os duele. Más incluso que el rechazo.

Tristán dejó su espada sobre la mesa y agachó la cabeza.

—Admito… que no es fácil de encajar. Pero es lo que he cosechado, Pedro, al abandonar mis obligaciones, mi promesa y a ella.

—Vos no la abandonáis, Tristán. Solo os protegéis. Hay un límite humano y razonable ¡por el Cielo! La amáis y es humano que os afecte su rechazo y verla en brazos de otro hombre. Incluso, al encontraros mermado en vuestra razón y juicio por ello, es incluso sensato y cabal abandonar las responsabilidades de vuestro cargo, al menos hasta que pase la tormenta. No es juicioso tener al responsable de la seguridad con la cabeza ocupada en asuntos de amor y celos.

—El pecado es mío, Pedro. No debía haber dejado que ocurriese. No debí. He dejado que traspasara un umbral que no me correspondía y ante el que ahora me hallo sin defensa ni excusa. Solo pago mi culpa. Ahora vos tenéis el deber de protegerla. Ahora ella, su seguridad, su bienestar, depende de vuestra mano y vuestra lealtad. Os elegí porque sois el más capaz de los hombres, Pedro de Leza, y el más leal. Escasa muestra de lealtad me estáis demostrando esta mañana.

—Soy leal a vos —afirmó rotundo el caballero a su frente. Iván le replicó con energía.

—No Pedro, sois leal a vuestra señora y vuestra señora se llama Irene de Manrique. Juradme que la defenderéis, a toda costa, con vuestra vida, incluso de mí.

Pedro apretó los dientes y le evitó la mirada.

—Hacedlo, Pedro. Jurádmelo o no os perdonaré jamás esta afrenta. La defenderéis, de todo, ante todo, con vuestra vida, incluso de mí.

El caballero respiró sonoramente y exhaló el aire en un fuerte suspiro.

—Lo juro, señor. Ante vos y ante Dios.

Tristán posó su mano en el hombro de su segundo y le sonrió con tristeza.

—Así me gusta, Pedro. Haz lo que yo no supe hacer: Mantén tu palabra.

NUDOS

Carta de Anzhelika al Conde Iván Duriakov.

Madrugada del 12 de Diciembre de 1390

«Mi querido Iván,

Me permito toda familiaridad en forma y modo al haceros llegar estas letras por más de una razón que espero entendáis. Sabed de antemano que las escribo de puño y letra y sin mediar escribano para que os quede la tranquilidad de que, cuanto os refiero, queda solo a discreción de Vuestra Merced y la mía.

Aprovecho para introduciros en el más urgente de mis motivos por el que irrumpo en vuestras ocupaciones, que imagino de mucha más caladura de lo que yo pueda contaros en este pliego. Como habréis observado, si vuestro mensajero ha sido firme en su labor, a estas líneas acompaña un lacre cerrado con sello Imperial que hice entrega de inmediato a vuestros hombres de Secretaría. Estos, sin más demora, acordaron hacérosla llegar de inmediato. Aprovechó la esposa de vuestro hermano, entonces, para adjuntar en tal envío unas letras que he ido componiendo en mi cabeza estos días y que mi atrevimiento, y el conoceros como os conozco, me hacen pensar que agradeceréis, pues os hablarán de cierta dama que de seguro ocupa vuestra cabeza en más medida de la que estaréis dispuesto a confesar.

Hice cual me pedisteis y visité a vuestra noble vecina a poco que el tiempo lo permitió. Debo advertiros, en honor a la verdad, que lo hubiese hecho de cualquier modo y buena gana; ya que me agradó mucho su peculiar espíritu e intuí que quizá alguna compañía de mujer distinta a las acostumbradas le sería de agrado. No me equivoqué. Desde aquel día, debo deciros, que las visitas a su hacienda o ella a las vuestras han sido habituales y entre ambas ha surgido confianza y apego suficiente como para confesarnos algunas cuestiones de mujer.

No quisiera ocultaros de ningún modo, especialmente, que una de ellas ha sido desvelarme de su propia voz y boca el secreto de vuestros encuentros, en cuyos detalles, por pudor, os antecedo que no entró. Tan solo me confiesa tal asunto: encuentros. Encuentros privados que, a riesgo de parecerme indecorosos y que por ellos yo creara mala imagen de ella, suavizó hasta el extremo de convertirlos en simples anécdotas. Parece una muchacha más preocupada por la repercusión pública en vuestra imagen que por ella misma, cosa que en fuero interno agradecí, pues habla de la nobleza de su corazón.

Aunque bien podría darle la razón y pensar de ella cualquier indecoro, el hecho de que vuestra confesión primera ya me pusiera en antecedentes hizo que la noticia llegase a mí de modo menos dramático al que ella esperaba. Su confianza a la hora de desvelarme estos asuntos delicados y mi comprensión hacia su juventud también ejercieron en mí cierta suerte de influencia maternal y atendí a su necesidad de confesión con toda la discreción que puedo permitirme.

Quedamos, pues, como confidentes y en promesa de guardarnos los secretos. Promesa que, como veis, incumplo deliberadamente pues entiendo que agradeceréis noticias de ella, aunque lleguen por mi mano. Este papel de tercera entre mi noble cuñado y esta joven castellana me remueve tanto por dentro en sentimientos tan inspiradores que no puedo por menos que alterar mi palabra y acercaros posturas. Tal acercamiento lo excuso en algunos detalles, que me permito desvelaros, no tanto por sumar preocupación como para advertiros de ellos y que podáis, si vuestros asuntos os permiten, enderezar lo que creáis torcido.

En sus palabras noté el reproche de marchar sin despediros y a riesgo de ser malmetida, creo que su ánimo se halla un tanto indispuesto por ello. A tal cosa he de sumarle su intención de no hacer pasar vuestros encuentros y vuestra secreta relación por nada más allá de lo esporádico y puntual. Vuestra Irene se sigue esforzando en mantener su discurso libre y vanagloriarse de que vos no significáis nada más real que un buen vecino con el que en ocasiones comparte la afición de cabalgar.

Si os he de ser sincera, creo que solo se muestra aún cauta conmigo y que le cuesta revelarse, pese a la cordialidad inicial que la lleva a su confesión. Creo, además, que finge cuando asegura que Vuestro nombre no la altera más allá de otros nombres. En este peculiar, creo que es del todo fingido el sentimiento de apego y añoranza hacia su primer caballero, Tristán Márquez, creo que dijo llamarse, del cual hemos hablado mucho en estos días y con el que debe tener ahora alguna desavenencia. Más, creo, que es por seguir firme en el ánimo de desdibujaros a vos de la conversación y con ello reforzarme la idea de que entre vecinos no hay mayor misterio que la estrechez de una recién encontrada amistad, que bien pocos entenderían como tal. Esto se me hace mucho más llevadero que imaginar que Dama alguna, y menos ella, haya tenido vínculos más allá de los debidos con su capitán de caballeros. Aquí sería yo la ingenua si pensase lo contrario. No creo que debáis preocuparos por ello.

Con todo, el ánimo hacia vos debe andar algo herido puesto me hizo constancia de un hecho singular que os comento y ante el que no tuve mayor voz ni voto que aceptarlo. Al parecer pusisteis bajo mando de sus caballeros a una notable dotación de soldados que, agradecida, os devuelve. De hecho, tengo la obligación de deciros que ya andan asignados de nuevo a vuestras tierras, aunque ociosos, y aguardan órdenes vuestras. Os remito tal asunto puesto, aunque esta dama poco sabe de las necesidades de guerra, no quisiera que mi señor conde estuviese hambriento de soldadesca y aquí hubiera buenos hombres que emplear sin empleo alguno. Tal gesto, creo, es la manera de reprocharos alguna falta de la que sin duda os acusa, probablemente, la ausencia de vuestras noticias más allá de aquella carta de despedida. Con todo, si queréis sinceridad, veo tal gesto como una inocente chiquillada, una pataleta de alguien que os demanda, con tal movimiento de orgullo, un poco de vuestra atención, puesto está claro que no va a pedirla de viva voz. Como tal, supongo, debéis entender su gesto aunque ella se esfuerce en que tales hombres ya le son innecesarios, agradece vuestra generosidad en su momento de concederle su mando y os los devuelve añadiendo que en modo alguno volverá a tomarlos.

Siendo todo esto que os cuento lo más notable, no quisiera robaros más tiempo con pequeñas cuestiones que a nadie interesan y sabed que tanto ella como esta dama que os escribe y vuestra sobrina se encuentran bien y os añoran. Que todo en vuestra hacienda y la suya continúa su ordinario devenir y para nada debe de alteraros la conciencia. Haced y cumplid con vuestros altos compromisos sin que nada os lo impida y quedo con los míos de hacer llegar cuantas noticias crea oportuna que debáis saber para vuestra tranquilidad. Cuidad de vuestro hermano, mi marido, con el mismo cariño que yo os cuido los tesoros que os esperan a vuestro regreso.

A vuestros pies, siempre

Vuestra, Anzhelika

—Habéis palidecido, hermano —dijo Aleksei, rescatando al conde del ensimismamiento en el que había quedado prisionero al leer la última línea de la carta. —¿Tan graves son las noticias que os hacen llegar? Debéis saber —añadió en tono de broma— que esa palidez debería de corresponderme, dado que ante mis narices, mi amada esposa prefiere escribiros a vos antes que a su marido.

Iván levantó la mirada del pliego mientras arqueaba una ceja en señal de sorpresa.

—¿Turbado de celos a estas alturas, hermano? ¿De mí con vuestra propia esposa? —también había una media sonrisa en la boca del conde. —La última línea es vuestra. Me recuerda que no os deje entrar en batalla.

Aleksei suspiró resignado.

—Bien me conoce, es cierto… pero mirad ¿tres pliegos para preocuparse por mí? Anzhelika y yo no nos amamos lo bastante para justificar tanta línea en mi caso —añadió con ironía. —Pareces preocupado. ¿Qué os cuenta?

Iván guardaba con escrúpulo aquella carta mientras volvía a dejar su mirada perdida en el vacío. Aleksei fue paciente durante ese tiempo. Iván se mesó su rubia barba y, cuando a punto estuvo su hermano de insistirle de nuevo, desveló el secreto.

—En realidad me habla de sus encuentros con doña Irene.

—¿Doña Irene? ¿Tu vecina? ¿Con mi Anzhelika? —La expresión de estupor en el rostro de Aleksei era indiscutible pero como todas sus preguntas parecían retóricas, Iván continuó con su cadena de pensamientos.

—Yo mismo le animé a que la visitara. Así lo hizo, según me cuenta. Me hace partícipe de algunas confidencias—. Aleksei abrió aún más su expresión de asombro.

—¿Y cuánto sabe Anzhelika de este asunto?

—Todo —confesó aquél. —Yo mismo me sinceré ante ella antes de partir del castillo. Ahora parece que también lo sabe por propia confesión de Irene. Tienes una mujer, hermano, que invita a confiarse a ella.

Aleksei sonrió para sí. Las habilidades de Anzhelika volvían a sorprenderle para bien mucho más rápido y certeras que nunca.

—Pero las noticias no parecen ser del todo de tu agrado —dedujo con habilidad.

Iván volvió a pasarse la mano por el rostro y suspiró antes de contestar.

—Lo que me cuenta me deja un extraño sabor en la boca. Irene tiene carácter y no se ha tomado demasiado bien que me fuese sin despedirme de ella.

—Mal camino llevas si con tan poco esa chiquilla ya viene con semejantes exigencias.

Iván pasó por alto el comentario.

—Anzhelika dice que le ha confesado nuestros encuentros, pero no su naturaleza.

—Al menos tiene el decoro de no ir contando por doquier que te calienta el lecho, Iván. Es de agradecer.

Iván estaba demasiado metido en sus cábalas como para atender al improperio de su hermano. Aquél parecía olvidar que por mucho menos había recibido una bofetada de ese mismo hombre en el pasado.

—Dice que apenas confiesa mayor confianza entre nosotros que algunos encuentros para cabalgar—. Aleksei se llevó una mano a la boca para evitar mostrar la sonrisa que se le antojaba ante la curiosa comparación. —Según ella no es más que una treta para no confesarle, aún con todo, toda nuestra verdad. Quizá es solo pudor hacia lo que vuestra esposa pueda aún pensar de ella. Pero me deja un cuerpo incómodo. Por un lado, me conmueve su discreción, saberla ante todo elegante y reservada... por otro, no puedo acallar esa sombra que me susurra si hay más verdad en sus palabras de las que me gustaría creer. En las líneas de esa carta parece decirme que resta demasiada importancia a nuestro... trato. Quizá sea una fachada, muy propio de Irene, pero me sorprende que mencione a su caballero en todo este asunto.

—¿Qué caballero? —Aleksei se incorporó en su asiento. Aquel era un dato que desconocía, un ingrediente nuevo en la contienda. —¿De qué habláis, hermano?

Iván contempló por un instante la expresión alterada de su hermano y se sintió por un instante ridículo solo por pensar en ello. ¿Qué podría tener Irene con su capitán? ¿Habría cosa más absurda? ¿Irene, su Irene? ¿La misma Irene que se erizaba ante sus dedos, aquella que bajaba la mirada con fingida inocencia ante sus miradas, la que buscaba sus besos como si se alimentara de ellos? ¿Irene, fingiendo? Los sentimientos que fingía Irene no eran esos... Irene solo esconde los sentimientos que creen que la hacen débil, no es ese tipo de mujer que finge un beso; no cuando lo entrega, no cuando se rinde a dejar de seguir escondiendo lo que siente... ¿qué absurdo pensamiento era aquél? ¿Irene jugando con el corazón de dos hombres? Imposible.

—¿Qué caballero? —insistió Aleksei. —¿El que la llevó a la recepción del Barón?

Iván sacudió la cabeza tratando de sacudir con ella cualquier otro absurdo pensamiento.

—Es ridículo que piense siquiera en tal posibilidad.

—Vi algo extraño en ese hombre —aseguró muy serio el pequeño de los Duriakov. —Tú estabas demasiado ocupado atendiendo a tus vasallos, Iván. Tan ocupado que casi te olvidas de tu propia acompañante... pero yo no—. Iván arrugó la frente pero le dejó continuar. —No os quitaba ojo de encima; ni a ella ni a vos, hermano. Había algo más que preocupación en su mirada. Aquella era la mirada de un hombre, no la de un soldado.

—¿Qué quieres decir? —Iván también se incorporó.

Aleksei le miró como si realmente no hubiese preguntado aquello.

—Sabes perfectamente lo que quiero decir, Iván.

Ambos se mantuvieron los ojos clavados durante un instante, casi como un duelo en el que el León acabó derrotado. En esa batalla andaba desarmado y sin protección. En el terreno del amor y los celos era un auténtico aprendiz inexperto.

—Es cierto que yo también percibí algo inusual en aquel soldado. Luego les encontré juntos en el aterrazado. Dijo algo al cruzarse conmigo, algo que me incomodó un instante, pero que he olvidado. No le di mayor importancia, entonces. Pero fue un gesto extraño. No obstante, hermano, Irene es…

—Irene es joven —interrumpió Aleksei cansado de condescendencias. —Es lo único que trato de advertirte, Iván. Que tengas cuidado con esa niña porque tu mayor preocupación no debía de encontrarse en ella, en sus reproches o actitudes, ni siquiera, y perdona la franqueza, en su ausencia ni arrumacos, sino en los sucesos de estos días y en ese lacre con sello imperial que aún ni has tocado.

De un golpe, Iván recordó aquella carta misteriosa que le habían hecho llegar junto con las líneas de su cuñada. Recordó el emblema imperial y el sello de la Senescalía. Y tuvo que dar en silencio la razón a su hermano: olvidado, completamente olvidado. Enterrado entre las sombras que las confidencias de Anzhelika dibujaban de sus recientes tratos con Irene. Su gesto evidenció aquella derrota. Sus pensamientos seguían anclados en aquella dama castellana en lugar de en sus responsabilidades. Y en aquellos pensamientos se sentía débil.

Prendió con decisión el mensaje a solo un palmo de su mano y rompió con firmeza el lacre, como si con ello quisiera demostrar algo a su hermano. Extrajo el pliego y comenzó a leer su contenido. El gesto en su rostro debió ser explícito pero Aleksei no dijo nada hasta que su hermano concluyó la lectura y le vio perderse ensombrecido como si él no existiese a su lado.

—Si el Emperador también os habla de vuestra Irene voy a empezar a preocuparme de verdad.

Iván dejó la carta sobre la mesa y tornó sus ojos verdes despacio hacia él.

—No lo hace, pero tenías razón en algo que dijiste a tu regreso de Kiev. No puedo creerlo. El rumor era cierto: el Emperador Vladislav me nombra Duque de la Pomerania. Me cita en Kiev.

Aquella noticia lo alteraba todo.

CON EL TIEMPO EN CONTRA

22 de Diciembre de 1390
Hacienda de Irene de Manrique

Atardecía. Aquellos días cortos de diciembre se agotaban en un suspiro. Tristán alcanzó la hacienda a galope. Parecía que hubiesen pasado mil años desde que la pisó por última vez. Nada había cambiado pero, ante sí, su imagen parecía siniestra y muda ahora. Tan vacía de todo. Tan vacía de él y de ella.

Se cruzó con algunos mozos que le reconocieron con sorpresa pero no prestó mayor atención a ellos. No sabía por qué sus pasos desesperados le habían llevado hasta allí. No iba a encontrar nada en aquel lugar, a nadie que realmente pudiese ayudarle. Pero un pálpito extraño le había pulsado hacia aquella casa.

Detuvo de un duro golpe de riendas a *Crisante* que casi se clava en el sitio. Bajó de la silla con la angustia arremetida en todos los pliegues del corazón y cambió dos o tres veces de dirección antes de quedarse parado en el lugar que ocupaba. ¿Por qué haber vuelto? ¿Dónde ir? ¿Qué hacía exactamente allí? Su extraño comportamiento comenzaba a congregar miradas y a detener el normal trasiego de la hacienda. Su rostro estaba desencajado y parecía buscar algo o alguien con desesperación. ¿La buscaría a ella? ¿Lo que se contaba sería cierto? ¿Aquel soldado se había marchado por ella? ¿Dolido de celos ante la supuesta relación de la Señora con el conde? ¿Realmente podía ser posible que el caballero amase a la Señora?

Nadie encontraba ánimos para dirigirle la palabra y menos en aquella alterada actitud… pero cada vez había más curiosos allí. El errático y extraño comportamiento del caballero empezó a intranquilizarles y alguien mandó a un mozo a buscar a algún miembro de la casa.

El latido en el corazón de Tristán enloquecía. Todo lugar, toda esquina, toda sombra le recordaba a ella o tenía una imagen de ella alojada en su recuerdo.

Había tratado de mantenerse en su sitio, quedarse en el lugar que él mismo se había reservado. Ahora era tarea de otros, se decía. Pero llevaba una vida, una vida pensando en ella, con aquel nombre de mujer clavado en las entrañas. Uno no podía simplemente volver la mirada. Uno no podía simplemente arrancarse el corazón y pensar que ya no era problema suyo. Nunca había sido solo un trabajo. Desde que subió a su caballo aquella jornada en Castilla asumió que Irene de Manrique no solo era su protegida, su responsabilidad. Era la mujer que, quisiera o no, le había robado el corazón.

Un dolor terrible le laceró el costado. Aquella herida de flecha volvía a recordarle que existía. Tantos años en silencio…

Apretó los dientes. Miró a los campos donde entrenaba a los hombres, hacía solo unas jornadas: parecían un recuerdo lejano. Recuerdos de mañanas que tenían sentido cuando ella se asomaba a la ventana, apenas despertaba y él quería imaginar que le buscaba con la mirada para regalarle la primera de sus sonrisas. Cuánta ingenuidad.

La ventana de su alcoba, aquel lugar prohibido. Aquel lugar que velaba el lecho imposible, el lugar que jamás compartiría con la mujer que amaba. Reservado a otro, a otros, a quién sabe quién o cuántos nombres en la vida incipiente de aquella dama.

Como si importara.

Era el lugar que jamás habitaría, junto a su corazón, donde una vez estuvo, solo de visita, solo en un fugaz sueño de verano que murió tan pronto.

Sus ojos se fueron de inmediato hacia ella. Hacia aquel umbral donde cada mañana esperaba el ritual, donde hacía llevar a aquellos hombres de leva solo porque desde allí podía verla asomar, porque el regalo de aquella sonrisa iluminaba el resto del día. Estaba entreabierta. Un leve soplo de viento hacía mecer las cortinas. Un hueco sin nadie. Solo una ventana vacía…

Entonces, como si el cielo quisiera darle una señal, un mensaje, vio cómo una paloma se posaba en el alfeizar. Quedaba allí quieta, como si ella también la esperase.

Y todo cobró sentido de repente. Todo apareció claro en su mente. Qué hacer, el motivo último por el que su corazón le había llevado hasta allí sin saberlo. El motivo por el que él había conseguido encontrar las fuerzas, vencer sus prejuicios, su orgullo y todo lo que pudiese ser derrotado y encontrarse allí en aquel preciso instante, bajo aquella ventana.

Su movimiento alteró a los curiosos que rondaban que se sobresaltaron al verle enfilar con decisión la entrada de la hacienda. Un poco antes de que el caballero alcanzase la puerta, ésta se abrió y del otro lado apareció Ordoño, con el gesto intranquilo. Se apuró para alcanzar al soldado.

—Tristán ¿buscáis a alguien? ¿Puedo ayudaros?

El capitán llegó a su altura sin detener la inercia de su avance.

—Ordoño, qué oportuna vuestra llegada —dijo prácticamente a su frente, pero el gesto del soldado no fue detenerse sino apartarle y continuar a paso presuroso hacia el interior de la hacienda —Necesito entrar en los aposentos de Doña Irene.

Ordoño no tenía cuerpo suficiente para frenar a aquel recio hombre de armas y apenas fue un obstáculo que salvar. Se apresuró a caminar tras él, apurado. Dentro, en el salón distribuidor donde se alzaba la escalinata regia se dejaron ver Yelena y algunas de las criadas. Arriba asomó Lucía, una de las damas, con gesto turbado. Tristán ya iniciaba el ascenso de los primeros escalones.

—Doña Irene no se encuentra en casa. Salió hace horas con Pedro y Berem…

—Lo sé. Debo entrar en sus aposentos.

Yelena cruzó una mirada precavida con el secretario que le hizo un gesto con la cabeza para que buscase a algunos hombres. La actitud de Tristán era tan sospechosa como inusual y los rumores habían corrido como la pólvora. Incluso Ordoño sabía de ellos.

—No creo que sea prudente, Tristán; si me decís qué necesitáis, tal vez…

—Ya os lo he dicho —volvió a cortar el soldado —necesito entrar en los aposentos de la Dama.

Habían alcanzado la cima de la escalinata. Lucía se aproximó con cautela siendo consciente de que la situación era, cuanto menos, extraña. Un gesto disimulado de Ordoño la hizo retenerse a cierta distancia. El caballero Tristán pasó junto a ella y se digirió con apremio hasta la puerta de la alcoba de Irene. Ordoño, nervioso, le seguía.

—Tristán. ¿Os encontráis bien? ¿Hay algo que debáis contarme?

—No hay mucho tiempo para explicaciones, Ordoño. Mejor será que todo quede entre nosotros.

La mano del caballero aferró el pomo y trató de abrir el picaporte encontrándose los aposentos cerrados.

—Las estancias privadas de doña Irene se cierran mientras ella…

—¿Tenéis la llave? —le interrumpió cortante. —Debo entrar ahora.

Ordoño estaba turbado y comenzaba a sudar. Enfrentarse a Tristán no había estado nunca entre sus planes.

—Tristán estáis actuado de manera muy extraña. Será más oportuno que aguardéis tranquilamente a que Doña Irene…

—Irene no va a venir, Ordoño —sentenció Tristán. —Y es mejor para todos que no os cuente los motivos de mi turbación. Os he preguntado ¿tenéis la llave? Hay que abrir esta puerta, ahora.

El secretario estaba visiblemente nervioso ante una situación que le sobrepasaba ampliamente. Miró hacia todos los lados mientras hablaba.

—La llave, Tristán, la tiene Yelena. Ella es la jefa de camareras y quien…

Como si nombrarla hubiese sido una suerte de sortilegio mágico que la invocase, la ama de llaves cruzó el salón recibidor acompañada de dos fornidos mozos. Un tercero entraba por una de las puertas que daban a la zona de servicio. Todos quedaban por un instante parados en el centro, mirando hacia el piso superior donde Tristán y Ordoño se encontraban frente a la puerta de la habitación privada de Irene. Apenas un instante de silencio después, en el que la indecisión pareció contagiar a todos cuantos allí se cruzaban miradas, aquellos mozos polacos se apresuraron a subir con rapidez las escaleras. Yelena aguardaba con gesto preocupado abajo. Tristán miró a los ojos de Ordoño y vio un atisbo de culpabilidad en ellos.

Y encajó todas las piezas. Entendió lo que estaba pasando.

—¿Una semana de ausencia y ya soy alguien de quien tener recelo, Ordoño? No esperaba tanta desconfianza de vos.

El secretario levantó sus manos mostrando las palmas como si pudiese protegerse tras ellas.

—Tristán debéis entender…

El capitán apretó los dientes y los ojos con furia.

—¡He dicho que se abra esa maldita puerta! —bramó congelando a todos ante el bronco gesto. Se tornó sobre sí y arremetió una violenta patada de sus piernas acorazadas a la altura del picaporte que destrozó el pestillo y abrió de par en par la estancia.

—¡Tristán! ¡Por el Cielo!

Sin dar un segundo más de tregua, el caballero penetró en los aposentos sin que nadie pudiese detenerlo.

En la inercia de la acción Tristán casi no fue consciente de haber invadido el lugar más íntimo, pero la imagen se coló de golpe en su mente como una lanzada de torneo…

La cama con dosel donde dormía, el lugar reservado a sus sueños, de entre los cuales, su nombre jamás se encontraría. El cielo prohibido para un amor insolente e inoportuno. El hermoso campo de batalla para dos cuerpos enamorados, el lugar donde morir sería tan dulce…

Frente, el tocador donde cada mañana hacía palidecer a todas las diosas de la belleza a sus ojos. La silla donde se sentaba a leer. El espejo donde se reflejaba… pero sobre todo, ante todo, aquello que le hizo detenerse donde nadie hasta el momento lo había conseguido: su olor. Aquella fragancia a jazmín y flores de lavanda suspendida en el aire, el olor de aquella dama invadiendo sus fosas nasales, perfumando toda la habitación, haciéndola presente y reavivando de un solo golpe una vida de recuerdos. Aquel olor que era ella.

El corazón le dio un vuelco y sus ojos se le llenaron sin permiso de lágrimas que no llegarían a rebosar. Podría haberse dejado morir allí mismo, embargado del dulce y cálido aroma depositado en cada rincón de esa luminosa estancia. Todo en aquel lugar tenía su nombre… su estela, su ausente presencia que le vivificaba y mortificaba a un tiempo.

Solo fueron dos segundos que parecieron dilatarse como ondas sobre un lago. Dos segundos cuyo hechizo murió al escuchar el gorgoteo de una paloma en el alfeizar que le devolvió a la cordura.

Allí estaba el animal. Manso, sin alterarse por la ruidosa bienvenida del capitán de caballeros. Continuaba allí, paseándose de un lado al otro del estrecho alfeizar, como si aquel lugar fuese el único donde aquella paloma podría estar. Como si fuese una obligación impuesta. Como si hubiese recorrido millas de vuelo solo para llegar a ese mismo rincón de la Hacienda.

Y eso era exactamente lo que Tristán sospechaba.

Se aproximó con vivacidad pero cuidadoso de no ser brusco. Alzó las manos para penderla y aquella ave blanca apenas protestó cuando las manos del caballero la rodearon.

—Un ave mensajera.

Ordoño no había pasado el umbral, pero dedujo lo obvio al ver volverse al caballero con la paloma en sus manos. De pronto, entraron los dos mozos que volvieron a dudar por unos instantes si enfrentarse al recio capitán. Aquel leyó sus intenciones en el rostro y también su miedo.

—Si alguien da un paso más, Ordoño, no respondo de mí.

El secretario hizo un gesto para que concedieran a Tristán un poco de tiempo. Los mozos lo agradecieron en su fuero. La tensión se alivió, pero no desapareció del todo. Se limitaron a ver cómo Tristán desliaba el pliego del mensaje.

Aquél comenzaba de esta manera:

«Mi Muy Estimada Dama, Doña Irene de Manrique».

«Me es grato poder anunciarle mi llegada muy cerca de las lindes de su frontera hacia el sur…».

Aquel mensaje no podía llegar en mejor momento. La noticia que contaba no podía ser más oportuna. Tristán cerró los ojos y alzó la frente como queriendo dar gracias silenciosas al Cielo.

Entonces se volvió a aquellos hombres.

—Ordoño, pronto. Tinta y pliego. Debemos mandar un mensaje urgente. La vida de Irene puede depender de ello.

22 de Diciembre de 1390

Hogar del Caballero Tristán

Una hora antes.

—¡Tristán. Tristán. Abrid! —Los golpes eran insistentes—. No tengo mucho tiempo, Capitán.

Parecía la voz de Pedro, se decía Tristán, que había abandonado un buen tazón de caldo caliente con el que saciar apetito y darse algo de calor. Asombrosamente, había descubierto que la inactividad que su renuncia le imponía despertaba su apetito a todas horas.

Avanzó hasta la puerta y la abrió con pesadez. Resultaba ya algo tarde para que Pedro le echase una visita, aunque tratándose de él, nunca se sabía. Efectivamente, aquel joven bien empacado de oscuros cabellos se plantaba ante él al otro lado.

—¿A qué tanta premura, soldado? — el tono amable de Tristán pronto cayó en el olvido al ver un rostro descompuesto que ni trataba de ser escondido—. ¿Qué ocurre, Pedro?

Pedro de Leza avanzó por inercia y se coló en la casa.

—Se trata de Irene, Tristán. Se la han llevado.

El capitán de caballeros abrió los ojos exageradamente y su rostro mostró la turbación. Por unos instantes apenas hubo reacción. La noticia que recibía no parecía ser posible de encajar al instante. Sus primeras palabras fueron simples balbuceos.

—Cómo… cómo que se la han llevado. ¿Quién? ¿Qué ha pasado?

—En las arboledas, cerca de la aldea de Piersno. Varios hombres, con hábitos de monje. Hará unas horas. Nos desmontaron y se llevaron los caballos. Fue todo muy rápido e inesperado. La llevan hacia el sur. Temo por ella, Tristán. Ha sido mi culpa.

Tristán seguía descolocado. Aquella información apenas si aportaba datos inconexos.

—Un momento, un momento… —Tristán levantaba los brazos en señal de tregua, tratando de asimilar lo ocurrido. —¿Tú estabas allí?

—No hay mucho tiempo, Tristán. He venido a contártelo porque no quería que lo supieses por boca de otro. Ya he convocado a los caballeros más próximos a Piersno. Traerán arcos y leva. Les seguimos la pista. La traeremos de vuelta intacta, tienes mi palabra, capitán.

Pedro en ningún momento le pidió mantenerse al margen pero en el tono de sus palabras Tristán si creyó escuchar silenciosamente esa petición. Su ímpetu se amansó un poco ante ella, no por voluntad. Toda una losa le golpeó en el rostro. La losa de la realidad. Ya no era su tarea. Ya no era su responsabilidad. Si se ponía al frente de la búsqueda eso dañaría la imagen de su diestra al mando. Le restaría capacidad ante sus hombres. Él había decidido dar un paso atrás y ese era el precio. Quedar de brazos cruzados y dejar a sus hombres gestionar el problema, aunque aquello le partiese en dos el alma.

—Entiendo Pedro, debes hacer lo que creas conveniente para asegurar su vida. Ahora tú estás al mando. Confío plenamente en ti —añadió tratando de aparentar firmeza, posando su mano recia sobre el hombro del que había sido su diestra. —Y sé que ella también.

Pedro le sostuvo la mirada. No quiso mencionarle que hubiera preferido que él siguiese al mando. Que esta amarga eventualidad estaría mucho más próxima a resolverse en sus manos. Pedro solo suspiró y cabeceó con decisión.

—Parece que los problemas solo estaban esperando a que te dieses la vuelta, capitán. Solo quería que lo supieras—. Se dirigió de nuevo a la puerta y se colocó el yelmo apenas regresó al exterior. Desde dentro de sus formas metálicas pudo apreciar el rostro abatido del capitán que salía tras él. —Gracias por la confianza, mi capitán. Era muy importante para mí.

—Ahora el capitán eres tú. Tráela de vuelta, Pedro.

Pedro subió a la grupa de su caballo y le hizo girar para encararlo al camino de regreso. Se perdía en la lejanía y Tristán no se había movido del sitio. El corazón le arañaba, apretaba los dientes, nervioso, sintiéndose desplazado. Era lo que había elegido. No quería tener esa responsabilidad, aunque la deseaba, aunque su vida entera perdiese sentido sin ella. No podía estar cerca. Ya no era él quien debía de cuidar de ella. Ya no era él…

Entró en la casa y las paredes se le desplomaban encima. Dentro no fue más que un león enjaulado.

22 de Diciembre de 1390
Claro de bosque cercano a Piersno
Dos horas antes del encuentro entre Pedro y Tristán

Los brazos son más firmes de lo que aparentaban. La arrastran. La presa en el cuello es asfixiante y la sangre empieza a agolparse en la cabeza. El peso de Irene, menuda y liviana, no es rival para el hombre que la apresa y la retira de la protección de sus soldados con la hoja mohosa de un cuchillo de desollar amenazante sobre su mejilla.

—¡¡Atrás, atrás o le corto la cara a la princesa!! Le sacaré los ojos aquí mismo, lo juro, al menor movimiento.

Su opresor huele a animal y sudor. Una mezcla fuerte que casi marea. Irene se resiste pero sin mucha fortuna. Son los pataleos inofensivos de una niña. Por qué no escuchó a Pedro. Tantas ganas había de llevarle la contraria…

El resto de aquellos hombres de hábito se han colocado en tensión y están atentos a la escena. No son rivales para los hombres frente a sí, pero tienen una buena presa entre sus manos. Irene mira a los ojos hirvientes de Pedro, aún sobre su caballo, que ha desnudado su espada, pero cuya iniciativa está coartada por el temor a que aquel agresor cumpla su palabra. Ve la duda en sus ojos. Es una duda legítima. Siente la hoja del cuchillo sobre su rostro. Es fría y rugosa, pero está afilada. Un mal movimiento y le abrirá la carne hasta el hueso.

—¡Desmontad! ¡Vamos! ¡Todos al suelo!

—Estáis cavando vuestra fosa con esto —advierte Pedro de Leza apuntando con su normanda desenvainada al grupo.

—Si no quieres ser responsable de una fosa más…

El cuchillo se mueve muy rápido de la cara de Irene a la garganta. Comprime justo por debajo de la mandíbula de la joven y le atora la tráquea. El brazo que rodea hombros y cuello de la dama sube hasta aferrarla del nacimiento de los cabellos de la frente para obligarla dolorosamente a mostrar toda la piel de aquella delicada garganta. La dureza del trato le arranca un quejido.

—Pedro… —Hay súplica velada en aquel gesto. Pedro le admira la entereza, con todo. Se muerde los labios por no demostrar lo que le duele ser arrastrada de los cabellos, ser humillada de aquel modo ante sus hombres. La ira del caballero castellano se asoma a sus labios firmemente apretados y a esa mirada de halcón que le recuerda a Tristán.

Tristán también está en ese momento en la mente de Pedro. Tristán, maldito seas. ¿Qué haría él en su lugar? ¿Qué orden sería la adecuada? Íñigo y Vasco tienen las manos sobre las riendas. Dispuestos a espolear montura y no dejar títere con cabeza. Los hombres de leva les rodearían con poco esfuerzo… pero ese puñal está muy cerca, muy cerca y un desesperado morirá matando.

—Baja del caballo, soldadito.

Solo se puede ganar tiempo. Mientras ella esté en sus manos hay demasiado que arriesgar. Pedro mira a sus hombres. Aquellos le entienden. La sonrisa en los rostros de los captores no se disimula cuando los caballeros empiezan a descender de las monturas.

—Las armas también. Todas fuera.

Pedro, de mala gana ordena a sus hombres desarmarse. El que mantiene prisionera a Irene indica con un gesto a sus secuaces que acerquen los caballos. La estrategia era huir en ellos. A Pedro se le cuela por la mente la idea de atrapar a uno de aquellos monjes y negociar un intercambio, pero el instinto le dice que no serían piezas del mismo valor que Irene, así que se contiene. Dejó que tomasen los tres caballos de guerra y la yegua de Irene. Iban a tener un problema.

—Todos quietos. Todos quietos —seguía amenazando el que parecía el cabecilla.

Cuando los caballos están a la altura, los primeros monjes suben a ellos. Dos a cada corcel de guerra. El cabecilla coloca a Irene pegada al costado de su propia yegua, así la retuviese contra un muro. El puñal lo sitúa en su cuello desde atrás. Con ello da tiempo a otro de los suyos a que se coloque al flanco y sacase un arma con la que continuar amenazando a la chica una vez suba a la grupa. Pedro se muerde las ganas de lanzarse a por ellos.

—Si te mueves o intentas algo —susurra el agresor desde su espalda, pegando su boca al cuello de Irene—, te rajo como a un animal, princesa. Sube al caballo.

Irene está temblando, pero lo disimula con entereza. Sube a la grupa de *Rebecca* y pronto encuentra otro cuchillo en las costillas que reemplaza al anterior.

—Solo hay cuatro caballos. Somos nueve con la niña... —advierte uno de los monjes que aún no ha montado en ninguno de los corceles— ¿Cómo vamos a hacerlo. —El jefe se vuelve hacia él y su rostro se arruga ante la contrariedad.

—Tienes razón —finge que piensa. —Te quedas —sentencia al fin. Y antes de terminar la frase hunde el puñal en el pecho de su aliado. Esa es la prueba definitiva para Pedro de que Irene se encuentra en verdadero peligro mortal. Con rapidez el monje monta la yegua y golpea las riendas. —Vámonos.

El cuerpo apuñalado no ha doblado las rodillas cuando el resto de caballos se pone en movimiento. Apenas se han separado a trote, los caballeros y los hombres de leva corren diestros a orden de Pedro de Leza. Recuperan sus armas y avanzan hasta el caído. Pedro es el primero en llegar a su altura, enfurecido, gritando blasfemias mientras los agresores escapaban a galope ante sus narices. El cuerpo aún se retuerce, pero la estocada ha sido mortal. Ni siquiera podrán sacarle información. Furioso y sintiéndose responsable de la situación deja escapar toda su ira en un solo golpe. Su pesada bota acorazada aplasta de un pisotón el cuello de aquel moribundo que cruje como rama seca.

Se vuelve a sus hombres.

—Vasco. Toma a los hombres de leva y síguelos. No les perdáis la pista.

El caballero asiente y no tarda en dar la orden a la infantería de milicia.

—Íñigo, vuelve a la aldea, usa a los correos a pie. Convoca a los caballeros más próximos y a sus dotaciones. Alcanzad a Vasco en cuanto podáis.

—Así será, Capitán.

—Berem, vuelves a la hacienda conmigo. Necesitamos más caballos.

Suspira.

Tristán, maldito seas. Maldito, maldito seas.

Mañana del 22 de Diciembre de 1390
Hacienda de Irene de Manrique
Aquella mañana

Irene despachaba asuntos de trámite con Ordoño en el pequeño despacho de secretaría cuando Pedro llamó a la puerta y pidió permiso para hablar con la señora.

—Está bien, Ordoño. Todo en orden. Podéis dejadme a solas con mi capitán.

El secretario hizo un gesto de complacencia y recogió los legajos de cuentas y otros documentos que había esparcido sobre la mesa y se marchó obediente. Pedro le saludó con la cabeza al pasar. Irene le hizo un ademán para que cruzara el umbral del despacho.

—Mi secretario me pone al día de los gastos y cuentas que la festividad del Nacimiento va a costar a nuestras arcas. Pensé que iba a ser mucho peor —Irene quedó mirando a Pedro que se había aproximado diligente a la mesa del despacho pero había quedado en pie con rígida actitud marcial—. Tomad asiento.

En lugar de ello, Pedro infló su pecho y se colocó aún más firme en su postura.

—Señora…

Irene supo enseguida que Pedro de Leza no venía con buenas noticias.

—Contadme.

—Mi señora… Debo haceros una pregunta.

—Hacedla —Irene también se irguió en su asiento y mostró la misma postura fría y altiva que su ahora capitán.

—¿Es cierto que habéis… licenciado a los soldados polacos? ¿Qué regresan a Wroclaw?

—Cierto —dijo ella sin pestañear.

Pedro se mordió los labios.

—¿Y podéis compartir el motivo de tal decisión con vuestro capitán?

Irene arqueó una ceja. No le gustaba el tono de aquel soldado.

—Esos hombres fueron una dotación temporal. He considerado que ya no son necesarios aquí.

—¿Vos habéis conside…? —trató de morderse la lengua. —¿Y puedo saber qué argumentos sostienen esa… consideración, Señora?

—¿Debo dároslos, Capitán?

—Con sinceridad, creo que en asuntos de orden militar debería ser vuestro capitán quien estableciera qué soldado es prescindible y cual no. Ni siquiera me habéis consultado esa orden.

—Esos hombres no eran nuestros, sino del Conde Duriakov.

—Que puso a nuestro completo servicio, señora —interrumpió Pedro que no disimulaba su enfado.

—Que puso a MI servicio, capitán —espetó ella alzando igualmente la voz, aunque se recompuso pronto. —Tenemos hombres suficientes.

—Con el debido respeto, señora, esos hombres resultaban muy valiosos. No solo por cuanto al número de efectivos diestros y entrenados, que eran muchos, sino en las rutinas de entrenamiento a las levas ordinarias. Tristán tenía en mente…

—El caballero Tristán ya no está, por si necesitáis que os lo recuerde, Don Pedro —le interrumpió en esta ocasión ella. —Así que lo programado por él puede alterarse. Ahora vos sois el capitán y tendréis que seguir las rutinas sin esos hombres ¿Queda claro?

Pedro apretó los labios en gesto de contención.

—Va a ser muy complicado, mi señora, mantener la seguridad si vais haciendo cambios en la guardia a espaldas de vuestro capitán.

—Esa es vuestra tarea, Pedro. Asumir el mando tiene esas complicaciones, deberíais saberlo.

—Dudo que estas complicaciones fueran las que hicieran marcharse al Capitán. Y si él aún estuviera aquí…

Irene reaccionó de un salto.

—Pedro, no os consiento… —tenía su dedo índice crispado ante sí. Pedro reconoció haberse excedido del límite. Tenía demasiado rencor guardado hacia aquella dama y cualquier excusa era buena para dejar salir un poco. —No tenéis ni idea, ni la menor idea de la mitad de las cosas que decís o creéis saber de mí y no pienso tolerar semejante actitud en ninguno de mis hombres.

—Mis disculpas—. Aquella niña tenía mirada de hielo cuando se enfurecía. Eso lo había sacado de su padre, probablemente.

—Que no vuelva a repetirse, Pedro de Leza, o seréis el capitán de paso más breve de esta hacienda.

Pedro bajó la mirada. Era su deber obedecer. Se lo debía a Tristán.

—Lo entiendo. Me he excedido, pero debéis entender que no puedo hacer mi trabajo si no se me consulta ante cuestiones como estas. Hemos perdido quinientos hombres diestros en un pestañeo. Berem me informaba de algo extraño en las aldeas próximas a Piersno. Le mandé allí esta mañana y tenía intención de usar a algunos de los soldados polacos. Ellos conocen mejor la zona y tienen experiencia. Sin embargo, parece que sea el último en enterarme de que han sido licenciados.

—¿Qué pasa en Piersno? —Irene cambiaba el sentido de la conversación. Estaba claro que no iba a reconocer mucho más en el asunto del licenciamiento de los soldados polacos.

—Es lo que tratamos de averiguar. Uno de los mozos de los correos se tropezó con unos monjes errantes.

—¿Y cuál es el problema?

—Al parecer ninguno, pero Berem lleva unos días notando algo extraño en la población de Piersno.

—¿Extraño como qué? —Aquella situación comenzó a despertarle las sospechas a la dama.

—No me especificó. Le mandé allí para encontrarme con él cuando regresara con los soldados polacos. Si hay problemas, la presencia de buenos hombres de armas suele templar mucho los ánimos. Ahora eso no será posible.

Irene caviló un instante.

—¿Qué caballero tiene el lote de Piersno?

—Vasco Hernán, señora. Es de los lotes donados por vuestro conde… quiero decir, por el Conde Duriakov —rectificó raudo el soldado.

—Sé lo que has querido decir, Pedro—. Estaba claro que a Doña Irene le disgustaba especialmente aquellos deslices y Pedro de Leza los cometía a menudo.

—¿Habéis contado con él?

—Entre otras cuestiones, eso es a lo que envié hacer a Berem.

—Perfecto —dijo ella incorporándose. —No quisiera dejarle al margen de este asunto. Sería bueno que hablásemos con él.

Pedro adivinó las intenciones de Irene… y no le gustaban.

—¿Hablásemos?

—Por supuesto, Pedro. Voy con vos.

—Mi señora, esto es un asunto menor. La guardia puede encargarse de ello sin necesidad de crearle mayores molestias.

Ella le sonrió abiertamente, pero en su sonrisa había un pequeño punto de venganza.

—No es molestia, Pedro, es responsabilidad. Estaré preparada enseguida. Id ordenando que preparen a *Rebecca*.

Pedro suspiró. Lo tenía merecido, por bocazas.

Hacienda del conde Duriakov
Aquella misma mañana
Castillo del Oder, Wroclaw

Anzhelika recibía la noticia de la llegada de su esposo en sus aposentos. Cuando alcanzó el salón, él ya había entrado. El servicio le comunicó que se había acomodado en la cálida cámara de la chimenea del piso alto. Y allí fue donde le encontró; sentado en una de las cómodas butacas al pie de la chimenea y disfrutando de un vaso de licor.

Ella sonrió al verle.

Tenerle tan pronto de vuelta y sin presencia de su hermano era indicio de buenas noticias. Él también sonrió de manera provocadora al descubrir aquel matiz en los labios de ella; pero ante todo se maravilló de la extraordinaria belleza de su mujer. Alta, luciendo ese cabello rubio y largo que hoy no había recogido por encontrase en la intimidad de su casa, pero siempre elegante, siempre morbosamente elegante. Si no supiese que tenía mordedura de áspid y temperamento de chacal, incluso podría decir que tuvo mucha suerte al casarse con ella.

—Regresas pronto, pero en lugar de echar de menos a tu esposa corres al calor de la chimenea y el licor.

Podría haber parecido un reproche pero había tornado su voz altamente seductora y caminaba hacia él como una gata que busca compañía. Aleksei leyó enseguida las señales de su esposa y se levantó del asiento. Dejó su copa en la mesa próxima. Ella llegó despacio. Y pasó con delectación de fiera su dedo sobre el pecho de su esposo.

—Estás bellísima. A veces se me olvida lo irresistiblemente bella que es mi esposa—. No pudo contenerse y comenzó a besarla en el cuello. —Hueles deliciosa. No sabes lo que te he echado de menos.

Ella le dejó hacer.

—¿Y tu hermano? —preguntó con fingido descuido.

—Camino de Kiev—. Ella se apartó sorprendida y con una grata expresión de sorpresa en el rostro —pero es mejor que lo sepas por él mismo —dijo Aleksei que mostró una carta sellada para ella. —Te ha escrito.

Anzhelika con los ojos brillantes de emoción recogió la carta presa de la sorpresa. La miró como si se tratara de una obra de arte. Aleksei supo que era una mirada de victoria y a ella no había nada que la excitara más que la victoria. Con todo, la obligó despacio a soltarla sobre la mesa mientras continuaba besándola.

—Tus habilidades son espectaculares —le confesaba mientras la devoraba despacio.

—Te dije que te conseguiría esos hombres—. Ella se mostraba ufana entre gemidos.

—Y yo no debí haber dudado de ello.

Aleksei se abandonó al deseo y arrastró a su mujer hasta la alfombra de león.

—Quiero hacértelo aquí mismo—. A ella pareció encantarle la idea y le miró con lascivia. Por primera vez ella tomó la iniciativa mientras Aleksei se peleaba por desanudarle la ropa. A él le encantaba cuando su mujer se convertía en fiera. El vestido acabó en el suelo y Anzhelika, húmeda como las tardes de noviembre, desnuda frente a la chimenea, se mordía el labio adelantando en su mente el placer.

22 de Diciembre de 1390
Aldea de Piersno

La reunión la tuvieron en la casa del Caballero Vasco Hernán.

Berem sostenía que le habían llegado rumores de que algunos lugareños de la villa habían faltado a la labor de los campos y que habían agriado el carácter al trato con la gente de paso. En principio, tal asunto no pareció nada por lo que preocuparse hasta que algunos comentaron que habían visto a algunos convecinos salir en plena noche de sus casas y dirigirse a las arboledas próximas. Este asunto coincidía en tiempo y espacio con las noticias del joven Pan, uno de los muchachos del correo, que aseguró tropezarse con un pequeño grupo de monjes flagelantes por los caminos menos transitados de la zona por los que él trochaba para ganar algo de tiempo en sus carreras.

Sin embargo, a pesar de lo extraordinariamente vistoso que supone ver a una comitiva de monjes de tal guisa, ninguna ronda y ningún caballero había tenido noticia alguna ni encuentros parecidos. Quizá era este punto el que hizo que Irene se presentara resuelta a encontrar a esos errantes, ya fuera porque andaban de paso, ya porque hubiesen instalado algún tipo de ermita o claustro por las inmediaciones. Los monjes peregrinos, incluso en comunidad, no es que fueran extraños en los caminos, pero si aquella comunidad realmente existía y tenía alguna intención de quedarse allí, Irene quería saberlo. Su ánimo no era necesariamente hostil, sino precavido. En la conversación quedó claro que incluso se sentía reconfortada que almas pías decidieran instalarse en sus heredades, si es que ese era su ánimo. Solo quería saber de sus intenciones, conocer su regla, si es que alguna tenían. Andaba incluso dispuesta a atender sus necesidades. Los monjes eremitas suelen aportar trabajo a las comunidades, aparte de oficios y misas. Suelen ser buenos artesanos. En definitiva, había buenas razones para encontrarlos.

Convocaron a los hombres de leva de Vasco e hicieron llamar al caballero Íñigo Cortés, el más cercano con lotes a Piersno, y que dispusiese también de sus hombres. En total unos 30 hombres de leva, en su mayoría lanceros, contando las dotaciones de ambos oficiales.

Preguntaron entre la población local, que aunque reservada, no supo mantenerse en silencio en cuanto supieron que la misma Doña Irene —su joven y bella Señora de la que tanto y tan bien habían oído hablar— preguntaba en persona.

Curiosamente, las indicaciones que les dieron coincidían con la zona donde otros aseguraban haber visto a sus vecinos perderse por las noches. El lugar en concreto era una pequeña, pero densa arboleda algo al sur de Piersno y a pesar de batir con minuciosidad la zona tardaron en hallar el claro donde parecían acampar austeramente lo que no llegaba a una docena de monjes de hábito.

—Parece que los hemos encontrado, al fin.

—Mi señora, el hábito no hace al monje.

—¿De todo dudáis con el mismo encono, Pedro?

—Yo solo os recomiendo ser juiciosa.

Aquellos monjes se levantaban con sorpresa y se miraban inquietos conforme tres caballeros acorazados y aquella joven dama, vestida con calzas de hombre para la monta y el cabello recogido en cola de corcel, se aproximaban a ellos seguidos de un buen puñado de milicianos lanceros pertrechados en lo básico.

—Dejadme a mí el peso de la conversación.

Pedro no tenía ganas de discutirle. Irene había tenido su dulce venganza aquella mañana. No quería seguir dándole motivos aquel día. Eran un puñado de ascetas desarrapados. Mandó detener a los milicianos y solo los caballeros acompañaron a una Irene crecida que no tardó en situarse, en contra de su consejo, demasiado cerca de aquellos hombres.

Nadie antecedió lo que ocurrió a continuación…

Castillo del Oder, Wroclaw
Hacienda del conde Duriakov

—¿No vas a leer la carta de mi hermano, Anzhelika? ¿No te corroe la curiosidad?

Ella aún desnuda sobre la piel de león le sonrió con malevolencia y le pidió el sobre con gesto inocente. Aleksei estaba loco por cumplir sus deseos.

Carta del Conde Iván Duriakov a su cuñada Anzhelika.

14 de Diciembre del año de 1390

«Querida Anzhelika.

No sé cómo agradecerte el esfuerzo y empeño que andas demostrando al tratar de hacerme conciliar el sueño, huido no solo ante los problemas que por desgracia me encomienda el Cielo a enfrentar, sino especialmente en los asuntos relacionados con mi vecina y este corazón de viejo guerrero que tanto ha comenzado a sentir por ella en tan poco tiempo.

Reconozco que tus palabras me saben a un tiempo dulces y extrañamente tristes. Se apodera de mí una desazón difícil de explicar, por cuanto me cuentas. Dios sabe que no he tenido más oportunidad, hasta ahora, de hacer las cosas tal cual las he hecho, y aun sabiéndolas insuficientes, tenía la esperanza de que ella las entendiese. Irene se ha convertido de pronto en una luz en mi vida y alejarme de ella oscurece mi alma. Tú mejor que nadie sabes hasta qué punto ha resultado difícil dar el primer paso, y, por descontado lo he hecho, a pesar de incumplir mis responsabilidades, cuando no ha existido otro camino posible.

Precisamente por tal dilación y no otra cosa es por lo que la premura de mi partida no me permitió mayor cercanía con ella que la que tuve: una fría carta a manos de un mensajero. Quizá por mi propio miedo, también. Tenía la certeza de que si la veía antes de partir, si volvía a tener ante mí esos ojos cargados de chispa, si dejaba que sus brazos me arropasen o sus labios buscasen la despedida sobre los míos, ni una tormenta llegada del mismo infierno me haría despegarme de ellos.

Quizá me excuso en la premura cuando posiblemente ha sido mi miedo el responsable.

Hecho está, debo decir y con mis hechos también el pago por ellos. Irene es mujer de carácter. Debí de haber supuesto que no se tomaría a bien mi decisión de huir, puesto reconozco que no ha sido otra cosa, aunque tras ello hubiese enmascarado mi debilidad hacia ella, precisamente. Con todo, no escondo que hay cierto tono en sus palabras, que habéis tenido el detalle de hacerme saber, que me desconcierta. Quizá sea como decís, querida Anzhelika, y entre las líneas solo deba ver el pudor de una dama en confesar más de lo razonablemente confesable. Quizá tengáis toda la razón y no deba darle mayores campos a estos temores... pero no me llegan ni mucho menos en mi mejor momento de seguridad y fuerza.

Todo lo relacionado con ella me hace sentirme pequeño y poco confiado en mí. No es mujer a la que pueda deslumbrar con regalos, palabras huecas, fortuna o título. Lo que tenemos es algo que aún creo imposible y temo que en cualquier momento pueda quebrarse como hoja seca. Aún tengo presente vuestras palabras aquella noche en la que os confesé mis temores y bien que me advertisteis de que puede ser voluble en sus sentimientos, merced a su juventud. Que bien pueda suceder en cualquier momento aquel "mal golpe de viento" que la aleje de mí en el instante menos esperado.

He reflexionado sobre ello y sobre lo de dejar que ella centre mis latidos de corazón. El que ante tan simple confesión, aún justificada por el pudor, yo me sienta desplazado de su corazón y de alguna forma inquieto, no hace más que revelarme que Irene de Manrique comienza a apoderarse despacio de todos mis rincones. Incluso la mención que hacéis de su capitán me llena de intriga, lo confieso, y no en un ánimo amable.

Quizá hablo sometido a la presión de estos días, querida Anzhelika, donde todo lo he puesto en cuestión. Han sido jornadas rudas. Jornadas que hace unos meses hubiese asumido como ineludibles y necesarias para evitar mayores males; y hoy, por ella, las tomo de forma muy diferente.

Lo que he debido de hacer para asegurar las paces en mis campos me ha dejado una profunda huella. Y no es que sea algo que no hubiera podido hacer en el pasado. Sé que contaros los hechos tal cuales fueron os provocará desazón y aún no sé si compartirlos con vuestra merced aplacará mis deudas. Me he dado cuenta de que su imagen e influencia han presidido toda mi actuación hasta el momento y que, precisamente por ello, me siento avergonzado de haber tenido que recurrir a tales desesperadas acciones. Sé que, de conocer estos detalles, se sentiría tan asqueada de mí que me repudiaría. Lo confieso abiertamente: me falta valentía para mostrarle qué tipo de hombre también he sido y, de alguna manera, sigo siendo. Temo decepcionarla y más aún temo ahuyentarla, especialmente, ahora que la confiesas molesta conmigo.

Tomamos la villa de Milicz casi sin esfuerzo. La superioridad de mis hombres no dio apenas oportunidad a los defensores. Hubo bajas, pero ordené a mis tropas que no castigaran a la población más de lo necesario para la victoria. Prefería cargar con heridos a mis espaldas que con muertos. Con todo, la sensación de que aquellos campesinos y hombres de labor ocultaban las verdaderas razones de su levantamiento me obligaba a emplear una táctica para descubrir el origen y arrancar de una vez la mala hierba. Usé lo que me enseñaron. Usé lo que hasta hoy nadie había puesto en cuestión, ni yo mismo, hasta que la conocí: usé el terror para ablandar a aquellos hombres.

Ordené crucificar a cinco varones en la plaza. Obligué al resto a contemplarlo. La cruz es un castigo terrible, pero puede ser reversible. Mi ánimo no era ajusticiar a esos hombres, sino forzar con tan terrible escena a que me revelasen la verdad. Mi intuición me golpeaba directo al sospechar que aquellos campesinos se habían visto forzados a actuar en mi contra. Que eran tan víctimas como yo, y que algún miedo horrible les enajenaba o les obligaba de algún modo a rebelarse. Se me partía el alma al saber que iba a castigar a quien, si bien era cierto que habían actuado para merecer castigo, no debían ser el objeto único de mis iras ni las de mis soldados. Creí oportuno anteponer frente a ellos un miedo aún más feroz que les delatase.

No dio resultado. Sus gargantas profirieron gritos y súplicas, pero nada de valor para mí. Así que no tuve más opción que subir un peldaño más de horror y ordené que fueran niños los siguientes en padecer el suplicio.

No me tembló la voz al hacerlo, o lo oculté muy bien.

Llevo varios días sin dormir por ello. Solo esa orden, solo dejar en la consciencia de esa gente que estaba dispuesto a sacrificar a sus hijos por ello ya me parece razón de peso para que Irene, pues la conozco, sea incapaz de perdonarme por tamaña monstruosidad. Estoy seguro que renegaría de cualquier sentimiento hacia mí si sabe que soy capaz, simplemente, de ordenar algo así.

No sé cómo enfrentarme a ese hecho. Al hecho de saber que soy tan monstruo como todos los demás. No soy nadie que merezca el amor de alguien con un corazón tan puro como el suyo.

La guerra enseña pronto que no hay mentira que pueda ocultarse a la mutilación de un niño en presencia de su madre. Esta es una verdad tan grande como que respiramos. Mi estrategia funcionó y algunas de aquellas madres se enfrentaron desesperadas a espadas y lanzas por detener mi orden. Hablaron, y ello salvó a sus hijos, que quedaron a medio camino de la cruz. Nadie les hizo mal. No fue necesario.

No puedes imaginar cuanto alivio supuso para mí. No imaginas cuán hondo sonó mi suspiro cuando no hubo ojos ante los cuales ocultarlo. Pero el hecho de que tan vil acción diese fruto, no me hace mejor ante nadie; mucho menos ante ella. Si no hubieran confesado pronto como lo hicieron, no puedo asegurar haber podido detener aquello sin procurar dolor a esos niños. Comprendí que estaba tan hecho a las atrocidades de la guerra que hubiesen sido, sin duda, el precio a pagar por corroborar mis sospechas. Si estas hubiesen sido infundadas, solo de este modo cruel podría haber tenido las certezas necesarias. Somos bestias de guerra.

Tal y como sospechaba, una garra oscura se esconde detrás de todo este complot por agitar nuestros campos. Alguien siembra a nuestros campesinos de terror y les hace ser balsas de aceite al punto del fuego. Aquellas madres hablaron de monjes en los campos. Monjes flagelantes. Aparecen en grupos pequeños o en solitario. Llevan hábitos pero no parecen de orden conocida y pregonan la inminente llegada del Apocalipsis, la destrucción de todo cuanto se conoce. Están por todos los campos. No lo hacen a vox pópuli, sino a quienes se acercan y aproximan. Se mantienen por unos días en las proximidades de las aldeas, aceptan presentes y limosnas pero rehúyen a la guardia, pues ninguno de mis hombres ha tenido la menor conciencia de la presencia de estos monjes en los caminos.

Son mucho más discretos de lo que estas líneas podrán haceros entender o tan siniestros que influyen el temor en los campesinos, que no hablan de ellos. Les instan a abandonar la labor, a desconfiar de los señores, que cegados por las posesiones terrenales que creen imperecederas les perseguirán y castigarán por atender a su salvación. Claman que la muerte y la destrucción no tienen que perseguir a todos. Al parecer, les aseguran que cuando los jinetes de la muerte y la guerra campen a su merced solo reconocerán a aquellos que hayan cumplido los preceptos, entre los que está dejar símbolos en los campos como advertencia a las huestes destructoras; ello es la aparición de los símbolos en los campos. Dicen que respetarán a cuantos abracen el abandono de las cargas materiales y el servicio a las leyes de los hombres.

Solo un miedo es tan poderoso y este es el miedo de un cristiano a la condenación de su alma. Estos monjes son peligrosos y apuesto mi propia salvación a que no son auténticos hombres de Dios, sino agentes contratados por el Emperador pagano y en ello centraré mis esfuerzos inmediatos: a descubrir la relación entre tales cuestiones. No sabemos con certeza cuántos de estos grupos campan a su merced por nuestros campos. Cuán extendido debe estar el mal.

La carta con lacre imperial que me adjuntasteis contenía mi nombramiento como Duque de la Pomerania. Nuestro Emperador recompensa una vez más al linaje de los Duriakov otorgándonos título sobre nuestra tierra de origen. Mi hermano, vuestro esposo, parte de inmediato hacia Wroclaw a poner en orden mis últimas disposiciones y alertar a nuestros hombres sobre la amenaza de los monjes perturbadores. También, con orden de enviar a la remesa de espadas que doña Irene nos devuelve a vuestras tierras de Koszalin. Yo parto de inmediato hacia Kiev. El regreso, tan esperado, volverá a dilatarse. Tengo pretensión de reunir allí a todo noble polaco con ansias de mostrar respuesta única a nuestras amenazas.

Ruega por mí, querida Anzhelika, y tened la bondad de entregad las letras que acompañan a éstas a mi querida Irene. Espero que mis líneas hagan menguar sus recelos hacia mí.

Dios nos asista a todos.

Quedad bajo su amparo y protección».

Iván

—Duque de la Pomerania —pareció paladear Anzhelika mientras miraba a su marido rebosante de autocomplacencia.

—Mi hermano camino de Kiev a punto de ser nombrado Duque, seiscientos hombres camino de nuestras costas, y esa pequeña arpía lejos de mi hermano y agradecida de tus consejos y tu amistad. Eres peor que el mismo demonio, Anzhelika, pero igual de tentadora.

Desnuda, con el rubor en las mejillas, la mirada chispeante y esa sonrisa maliciosa en sus labios Anzhelika era la viva imagen del pecado.

—Y hablando de la pequeña e inocente Eva… tu hermano insinúa en su carta que adjuntaba lacre para ella.

Aleksei no tardó en buscarlo y entregárselo. Una carta gruesa. Anzhelika la sostuvo al frente y la miró al trasluz de la fogata.

—He aquí sus confesiones. Parece extensa —decía con fascinación de niña traviesa. —¿Qué le contará? ¿Le confesará sus dudas? ¿Le mencionará al caballero del que cela? ¿Se bajará sus nobles calzones y le pedirá disculpas? ¿Le dirá que ha sido un hombre malo que ha mandado crucificar niños inocentes como un vulgar Herodes y arriesgarse a su odio?

—¿Quién sabe?

—No. —dijo ella muy segura —no lo sabremos. De hecho no lo sabrá nadie. Ni ella.

Y de un gesto desganado la lanzó al fuego. Ambos se quedaron mirando hechizados como las llamas devoraban los secretos.

—¿Qué haremos si mi hermano pregunta?

—Oh, querido, muy fácil: si pregunta, le echaré la culpa al descuidado de mi esposo.

Madrugada del 23 de Diciembre de 1390
En algún lugar al sur de Piersno

Algo salió mal. Algo no debió ocurrir de la manera en que lo hizo. Demasiado deprisa como para pensar. Demasiado inesperado como para esperarlo. Bajé del caballo para aproximarme. Me gusta acortar las distancias. Ofrece cercanía y resta la tensión. Funcionó con Yelena y su grupo cuando llegué a la hacienda. Firmeza pero cercanía. Solo eran monjes errantes, ni siquiera una docena. Había tres caballeros conmigo y una dotación de lanceros… ¿quién iba a pensar? ¡Monjes! Almas consagradas a la pobreza, al sacrificio y a la oración ¿quién hubiera pensado…?»

Es obvio que no son monjes auténticos. Solo visten y se hacen pasar por ellos. Esa idea en sí misma ya me perturba. Me hace comprender de la forma más evidente que ando aún muy inocente en el mundo exterior. Las buenas maneras en las que todo se ha ido dando forma en mi gestión, aunque dura, me ha confiado y me ha dado una seguridad que no tenía y que no es real. ¿Qué son esta gente? ¿Bandidos? ¿Captarán a sus presas por los caminos confundiéndolas con sus hábitos y disfraces? Pero entonces… ¿a qué los flagelos? ¿A qué sus espaldas surcadas por el látigo? ¿Tan veraces quieren ser en su engaño? ¿No había disfraz menos doloroso? ¿A qué esos signos de devoción? ¿O debo pensar que no se trata más que de perturbados? Que no hay nada en ese martirio de pío y elevado, sino que es muestra de una desviación en su regla… ¿pero, entonces, por qué huir de la presencia de soldados? ¿Por qué matar a un hermano ante la imposibilidad de huida? No son hombres de Dios y sólo Él sabe qué puede aguardarme en sus manos. Quizá cuando no les sea útil simplemente me dejen abandonada a mi suerte. Quizá sea más cómodo para ellos, más rápido y menos arriesgado abandonar un cuerpo sin vida.

Estoy muerta de miedo.

Hemos galopado horas. La noche ha debido ocultarles el paso y se sienten más seguros, pero sin duda no saben orientarse y eso, probablemente, les impide saber si andan fuera de peligro de mis soldados. No se han detenido salvo un pequeño alto junto a un arroyo para dar de abrevar a los caballos. Son animales pesados y hechos para la guerra. No son muy rápidos pero están acostumbrados al peso y la fatiga. Es mi pobre *Rebecca* la que anda sufriendo por este trato inhumano tanto como yo.

Está a punto de amanecer. Ojalá Tristán… rectifico, es la costumbre… ojalá… Pedro haya sido capaz de enderezar este asunto. Debí haberle hecho caso. Su actitud me había enfurecido esta mañana. Mi orgullo y altanería han vuelto a costarme caro. ¿Llegaría Pedro hasta la misma Castilla por encontrarme? ¿Lo haría? Es hombre leal.

Heme aquí, entre estos hombres que apestan a sudor y que no dudarán en despellejarme con sus cuchillos si no les ha temblado el pulso para mandar con Dios a uno de los suyos al menor contratiempo. Heme aquí, sola, como quería. Con Iván a leguas sofocando sus rebeliones, Tristán dándome la espalda con su corazón hecho pedazos y mis soldados a pie por mis errores. Quizá es cierto que Dios nos miró aquella noche y no aprueba el modo en el que hago las cosas. Puede que me advierta que si pretendo ser mujer suficiente para todo, debo serlo en esto también. ¿Es lícito temblar de miedo en una hora como esta? Eso le preguntaría a esos hombres acostumbrados a la guerra. ¿Es lícito temblar como yo tiemblo? Solo espero que este malnacido que sigue apuntándome el vientre con su cuchillo crea que solo es por el frío.

Uno de estos hombres habla y señala al frente con su brazo. Entre ellos no usan el polaco. Resulta una lengua ruda en su comparación. Miro y veo lo que parece la superficie de un lago lo que se alza a nuestra vista. Algo altera sus planes, por lo que intuyo. Es un ingrediente que no esperaba en este momento. Va a pasar algo, mi instinto me lo dice. Hay unas barcas en la orilla y nos dirigimos hacia allí. Ni siquiera sé dónde estamos, si hemos salido de mis heredades o no. No recuerdo lago entre mis tierras.

Mis agresores se enzarzan en una conversación. Puede que anden decidiendo qué hacer conmigo. Pueden que ya lo hayan decidido. Quien ocupa la silla de *Rebecca* a mi espalda también participa en esta conversación. Seguimos avanzando y parecen acalorarse un poco. Hay una voz en mi interior que me advierte de una locura. Nadie lo esperaría ahora. Conozco a mi yegua. Yo llevo las riendas. Él se sostiene al tocón de la silla y con su otro brazo no deja de amenazarme con el cuchillo. Por un instante, suelta el tocón para señalar una dirección y actúo movida por una fuerza que no conozco. Tiro de las bridas de *Rebecca* y golpeo su lomo. Me encantaban las cabriolas. Padre ponía el grito en el cielo cuando me las veía hacer… ¿y si mis juegos y desobediencias me salvaran la vida?

Rebecca fue fiel a la orden. Ni amagó ni tardó en responder, lo que hubiese sido fatal. Se alzó sobre sus cuartos traseros e Irene aprovechó para agitarse sobre la silla al mismo tiempo en el que la grupa de la yegua quedó en ángulo. La reacción de su agresor fue por segundos demasiado lenta. Le sintió tratar de equilibrarse a su espalda, pero caer, lo que era el objetivo, mientas maldecía alguna blasfemia. El resto de hombres aún no sabían muy bien qué había pasado. Escuchó sus voces de alerta, pero Irene fue rápida. Agitó las bridas de la yegua. Apenas puso sus patas en el suelo se arrancó en un trote brioso que le hizo ganar unos metros de distancia, suficientes para virar a placer en la primera dirección que la alejara de aquellos hombres. Miró atrás con el corazón en la boca sin dejar de arremeter a la yegua para que corriese cuanto pudiera. Le pareció ver que los monjes sobrantes bajaban de las monturas para permitir que sus jinetes pudieran perseguirla. El primero de los corceles salía en su busca.

El tramo ganado de ventaja era bueno. *Rebecca* era una yegua veloz y ella, una amazona experimentada. Los caballos que irían tras ella eran corceles de guerra, resistentes y duros, con una carga muy potente pero de mucho menos azogue en galopadas largas. No estaba a salvo, pero sí mucho más cerca de la libertad que hacía unos instantes. Volvió la vista al frente, a aquella noche que comenzaba a desaparecer en el horizonte… y fue en ese instante cuando sintió un escozor en el costado, pero no había tiempo de preocuparse ahora por su naturaleza.

No supo cuánto tiempo había estado galopando cuando decidió detener y dar algo de oxígeno a su yegua, que se había convertido de pronto en la más valiente de las heroínas. El sol ya despuntaba el horizonte, un horizonte que no veía por haber regresado a la cobertura de las arboledas.

Hacía tiempo que no sentía a sus perseguidores. Les perdió de vista pronto, pero tampoco tenía muy claro en qué dirección había galopado; en cuantas, sería más justo decir; y si en aquellas vueltas y quiebros había virado en redondo.

Los árboles se habían aclarado.

Se agarró al cuello de *Rebecca*, que gemía por el esfuerzo, mientras la acariciaba, aun temblando y daba las gracias, como si aquella entendiera que probablemente le había salvado la vida. A pesar del aliento perdido, aquella yegua parecía agradecida. Respondía con movimientos de su cabeza que buscaban acercarse a ella. No pudo contener por más tiempo su tensión y acabó derramando lágrimas sobre el robusto cuello del animal. Jamás había sentido tal complicidad con ella. Se cuidó de contenerse, por si alguien pudiera aún oírla. El tiempo se detuvo en aquel instante. Solo se alzó de nuevo cuando lágrimas contenidas, no solo de aquellas horas tensas, se vaciaron.

Se alzó solo para ser consciente de que estaba sola en mitad de ninguna parte. Aún ni siquiera estaba segura de andar totalmente a salvo. Le pareció encontrar una pequeña vereda que seguir y puso a *Rebecca* al paso mientras se secaba las lágrimas con el dorso de la manga de su abrigo. Al mirar hacia su costado descubrió que el abrigo estaba roto. Soltó una de las bridas para meter la mano por la rotura… al sacarla, sus dedos aparecieron manchados. El corazón le dio un vuelco y casi se marea al ver sus dedos cubiertos de sangre abundante. Se puso nerviosa. Allí, sola, temblando de frío y herida sin saber la gravedad. La aprensión no le permitió indagar mucho más. Nerviosa, se llevó las manos a la frente y manchó con ella su cara.

Llevaba a lomos de la yegua un buen rato sin haber encontrado rumbo alguno cuando sonidos cercanos en la arboleda la alertaron y se tensó de un golpe. El miedo atroz regresó de golpe. La sensación de indefensión resultaba desoladora. Olvidó todo lo demás y comenzó a andar pendiente de cualquier alteración alrededor. Eso la hizo saber que distaba aún mucho de andar a salvo… y no se equivocó.

El primero salió a unos metros a su frente pero pronto se acompañó de varios más. Tres lo hacían por uno de sus flancos, sobre un pequeño encrespamiento de la ladera. Al menos otro más surgió a su espalda.

El sonido de cascos de caballo ya le hizo saber que se trataba de jinetes. Siguieron apareciendo ante el temor de sus ojos. Pronto, casi en un parpadeo, tenía alrededor de ella a dos docenas de jinetes. No eran jinetes corrientes. Vestían ropas anchas y amplias, muy ligeras de color claro y hueso. Se protegían del frío por gruesos guardapolvos de lana gris oscura, casi negra. Llevaban largas lanzas, aunque no eran lanzas de caballería cristianas y en los cintos colgaban sables curvos cuyo diseño no era propio de aquellas tierras. Sus cabezas estaban cubiertas por casquetes de piel con orejeras, tipo estepario, de cuero crudo. Algunos portaban arcos curvos y carcajs adaptados a sus sillas de monta. Tampoco los corceles eran habituales. Se trataba de esbeltos y ágiles animales, velocistas, sin duda. Escapar de aquella agrupación de hombres armados se antojaba una empresa improbable. Estaba rodeada… y hombres montados la miraban con fijación.

Irene tragó saliva. Los rostros endurecidos de aquellos hombres tenían la piel parda y rasgos angulosos en su mayoría. Narices largas y curvas, cejas pobladas y ojos ligeramente rasgados. Todos la miraban con sus penetrantes ojos oscuros. Irene se sentía derrotada para huir. Los primeros comenzaron a estrechar el círculo sobre ella y aún seguían apareciendo jinetes. Se arrojó con valentía.

—Soy Irene de Manrique, Dama de las tierras al este de la Villa de Wroclaw —a pesar de su intento por parecer segura, ninguno de ellos detuvo su lenta aproximación. Sus ojos la seguían escrutando con firmeza. —He sido víctima de una agresión y estoy herida —añadió mostrando sus dedos aún con restos de sangre. Tampoco eso los detuvo. Ya estaban muy próximos. —No tengo nada de valor, pero os recompensaré con generosidad si me indicáis el lugar en el que estoy y me escoltáis hasta mis dominios.

Solo a unos pasos de distancia aquellos hombres se detuvieron rodeándola. Irene no sabía cuánto tiempo más podría mantener su mascarada. Algunos comenzaron a hablar entre ellos. Su idioma tampoco era el polaco. Más bandidos, pensó.

—Hay cincuenta caballeros de armas buscándome con varios centenares de hombres armados —quiso advertir al numeroso grupo que se había terminado reuniéndose allí.

Los ojos de Irene querían estar preparados ante cualquier eventualidad, aunque no sirviese para nada. Se decía a sí misma que aquellos hombres tenían capacidad para hacer con ella cuanto quisieran, de pretenderlo. Nada les detendría. Eran muchos y estaban bien preparados y armados. Si eran bandidos, eran una fuerza imposible de vencer en solitario, de la que escapar resultaba una utopía. Viéndolos tan de cerca, su aspecto resultaba impresionante y fiero. Temblaba como nunca lo había hecho. Aquellos hombres dejaban a los siniestros monjes a la altura de niños traviesos. Cerró los ojos y suplicó no morir allí. No morir así.

—¿Irene de Manrique decís que sois? —Ella abrió los ojos con sobresalto. La voz no salió de ninguno de aquellos jinetes, sino tras ellos y les hizo volver la mirada a todos.

Una de las filas se apartó para dejar paso a un caballero que al quitarse el grueso yelmo mostró claramente una faz barbada de rasgos caucásicos. Iba embutido en una afiligranada coraza de guerra y cabalgaba un soberbio caballo negro cubierto con una pesada barda bordada de vivos colores azules, verdes y granas. En la pechera lucía blasón de armas cristiano.

—Buscamos a alguien con ese nombre.

Irene quedó por un instante perpleja ante la noticia. Se le debía de notar en la cara.

—¿Me… buscáis?

—Si fuerais, Irene de Manrique… sí. —Aquel caballero dudada y con razón que aquella mujer fuese quien decía ser. Al pasar al lado de uno de los jinetes lanceros, el caballero recogió de las manos una bolsa de cuero que aquel llevaba en la mano libre de la lanza. Metió la mano en ella sin dejar de aproximarse al paso. —¿Reconocéis, quizá, a este hombre?

De la bolsa salió una cabeza recién decapitada.

Irene apartó la mirada en un acto reflejo pero los rasgos eran inequívocos. Tardó unos segundos en responder. El impacto de aquella visión hizo mella. Aquel bandido respiraba probablemente hacía menos de una hora. Sus ojos vueltos y la expresión de su boca entreabierta le ofrecían un rostro dantesco, pero reconocible. El muñón de su cuello seccionado seguía goteando sangre.

—Es uno de los hombres que me secuestraron —reveló con el dorso de su mano tapando su boca y los ojos entrecerrados en gesto de repugnancia. —¿Quién sois y cómo decís que me buscáis?

El caballero volvió a colocar la cabeza en el saco y la entregó a los jinetes lanceros.

—Mi nombre es Marek y soy señor de las tierras de Klodzko. En la tarde de ayer recibimos noticias de que la Dama Irene de Manrique, vecina de mis tierras al norte, había sido raptada por un número sin determinar de asaltantes disfrazados con hábitos de monje y que huyeron hacia el sur. Este hombre vestía hábito de monje y vos decís ser Irene de Manrique —añadió con un elocuente gesto— Si pudierais decirnos el número exacto de ellos…

Irene tragó saliva y se sintió de golpe protegida.

—Ocho eran en origen. Siete los que lograron capturarme y huir de mis hombres. Seis deben quedar según mis números sin contar vuestra cabeza —añadió señalando con un golpe de cejas y el ceño arrugado el contenido macabro de aquella bolsa.

El caballero asintió y se dirigió a los jinetes lanceros en un idioma que Irene jamás había escuchado. Sin mediar mucho más trámite, aquellos jinetes comenzaron a repartirse órdenes a pleno pulmón y formando varios grupos, agitaron sus monturas y emprendiendo galope por direcciones opuestas.

—Les cazarán, señora.

—¿Qué idioma hablan estos hombres? —dijo ella asombrada mientras los más rezagados aún se desperdigaban por la zona.

La respuesta llegó a su espalda.

—Kurmanji —aseguró una voz grave de exótico acento que la obligó a girarse en redondo en su silla —como la mayor parte de los Kurdos de Siria. Probablemente los más rápidos y fieros jinetes de toda la Anatolia.

Al volverse, Irene se encontró con una estampa que no esperaba. Una columna de jinetes pesados se aproximaba por la espalda. Recios, impresionantes. Los caballos iban literalmente cubiertos por una barda de malla pesada, al igual que sus jinetes, que vestían gruesos gambesones también de malla. Incluso sus cabezas iban recubiertas de metal. El casco de bacinete puntiagudo se alargaba en unas carrilleras de malla que cubrían sus rostros a modo de velo metálico y se fijaban al protector nasal de forma que solo dejaban ver sus ojos y parte de la piel parda oscura que lucían sus mejillas. A su frente, había un hombre adusto de canosa barba puntiaguda. Sus profundos rasgos árabes le aportaban gran magnetismo. Cubría su cabeza con un turbante con casquete, cuyos velos y pliegues alcanzaban el cuello y parte del pecho. Se confundían a la vista con las ricas y coloridas telas en granate y oro que lucía. Su mirada, potente, rivalizaba con la sonrisa de medio lado que traía desplegada mientras se aproximaba al paso sobre un corcel gris plata.

—Tengo por costumbre no desplazarme sin una sección de la caballería Kurda. Lo que esos hombres no sean capaces de rastrear y cazar, sencillamente no existe—. Aquel hombre de presencia hipnótica y su pesada columna sarracena se detuvieron a unos metros de Irene y su acompañante. Quedó mirando a una dama boquiabierta desde sus ojos de azul agrisado. Fue entonces que le hizo una elegante reverencia inclinando su frente y moviendo su mano derecha en señal de cortesía. —Cabellos recogidos en cola de corcel, vestida como hombre y con la cara ensangrentada. Una belleza celestial fugada de su propio rapto. Mentiría si no asegurase que me hubiese decepcionado otra imagen de vos para nuestro primer encuentro, doña Irene de Manrique. Sois tal y como me imaginaba que seríais.

—¿Visir Abdullah? —No podía creerlo.

—Visir Abd Alláh Ibn Mussafá Ibn Muqqawar que algunos en este reino llaman el León de la Estepa. Para vos, simplemente: ese "infiel con el que cruzáis palomas mensajeras". A vuestro servicio, mi noble dama; y con él, el de cuantos aquí veis conmigo —añadió abriendo artificiosamente sus brazos para abarcar a toda la concurrencia de jinetes.

Irene sonrió y agachó la cabeza avergonzada. El rojo en su rostro no podía explicarse solo por el rastro de sangre. El miedo había desaparecido. Alzó los ojos con una deliciosa timidez y movió sus pestañas con tanta elegancia que un príncipe del desierto quedó rendido ante tal gesto.

—Desde luego, sabéis cómo sorprender a una dama.

—Nada que envidarme, os lo aseguro —sonrió él. —Apuesto toda el agua de Siria a que vuestro rapto no ha sido más que una estudiada treta para hacerme venir en vuestra busca en persona. Sabíais perfectamente que no podría resistirme a ello.

El tono desenfadado del visir la hizo sonreír y sus pómulos siguieron creciendo en tonalidades de rojo.

—Puede...— confesó ella con picardía. —Pero... ¿cómo os habéis enterado de este asunto?

El visir avanzó solo unos pasos más para quedar a distancia de contacto de ella. Aquel hombre podría tener sin duda la edad de su propio padre pero el magnetismo de su mirada azul en contraste con sus profundos rasgos raciales conseguían un poderoso hechizo. Irene no pudo evitar pensar que tenía tan envidiable presencia a esa edad, de joven aquel hombre debió romper una larga lista de corazones.

—Os dije con mi primer mensajero que había poco de lo que yo no me enterase en mis fronteras, a pesar de estar a reinos de distancia.

—Lo recuerdo —confesó ella. —Es una suerte que os hallarais tan cerca.

—Escribí anunciándoos mi llegada, como os prometí... y lo cierto es que aquí nos hallamos porque recibí respuesta.

Irene levantó una ceja ante la sorpresa.

—No pudo ser mía, mi noble visir. Abandoné la hacienda sin ser consciente de haber recibido paloma vuestra, lo juro.

—Alguien de vuestra casa lo hizo, mi señora y gracias a él se nos puso en aviso sobre el terrible percance, solicitando nuestra ayuda. Vuestro capitán de la guardia firmaba las líneas, quiero recordar.

—Pedro habrá conseguido... —el visir arrugó la frente al escuchar ese nombre. Aquello hizo dudar a Irene.

—¿Tristán? —La sonrisa de aprobación de Abdulláh le confirmó las sospechas —pero Tristán no pudo... no... es improbable que fuera él, si ya no... —tampoco pasó desapercibido para aquel señor del desierto el cambio de gesto al mencionar a su antiguo caballero.

—¿Sombras en vuestro horizonte? —recordó una expresión que ella misma había utilizado en alguna de sus cartas. Irene parpadeó y forzó una sonrisa pasajera.

—Nada que deba preocuparos, mi buen Visir —aseguró, restando de su cabeza problemas menores. —Es un placer inaudito conoceros de esta forma. Hubiera apostado por un encuentro menos cargado de dramatismo.

—¿Vestida de alta dama, tocado impoluto y montada en carroza? Me hubieseis decepcionado, señora mía. Pero si es a vos a quien parece decepcionante en modo alguno, este es buen momento para remediarlo y complacerme asistiendo finalmente a la recepción que celebramos en tierras de nuestro noble anfitrión, a quien ya conocéis —añadió señalando al caballero de oscura armadura que aún seguía a su lado. —Es lo menos que podéis hacer por quien os ha rescatado.

Ella se sintió halagada en extremo pero no pudo evitar el comentario. Sentía una cercanía inexplicable hacia aquel hombre, merced de sus largas cartas y confesiones.

—Eso sería lo justo, Visir, pero debo recordaros que no me habéis rescatado. Solo me habéis encontrado —dijo posando su mano sobre los labios para evitar su propia sonrisa. Abdalláh no pudo evitar carcajear ante el descaro.

—Tenéis toda la razón. Seamos honestos. No iba a dejarse rescatar la dama que este pobre infiel ha podido vislumbrar a través de sus cartas; así que es cierto que "encontrarla" ya resulta pago generoso a los ojos de Alláh. Con todo, me reitero en mi invitación.

Irene continuaba azorada. Estaba en lamentable estado. Suspiraba por que los ojos de aquellas nobles presencias supieran entender su calvario, a pesar del tono de broma por el que lo hacía pasar.

—Sois profundamente amable, mi señor, pero miradme. Mi aspecto avergonzaría a una piara de lechones en el barro. Ni ropa adecuada, ni guisa para presentarme ante vuestros invitados, sin mencionar que debe haber un centenar de mis hombres buscándome por las proximidades y que en la hacienda debo tener a todos con el miedo en el cuerpo. Lo sensato sería regresar…

Una punzada de dolor le laceró el costado y no pudo evitar que el gesto la delatara. Su mano se fue por inercia a la herida. Ambos hombres reaccionaron de inmediato aunque ella restó importancia al asunto con un gesto que pretendía ser amable. Al retirar la mano, la sangre empañaba la palma.

—¡Estáis herida! Y no habéis mencionado nada hasta ahora—. Irene gesticuló un mohín mientras se encogía de hombros. —Eso lo cambia todo. No ejercería del amigo por el que me tengo de vos si os dejara regresar a vuestra heredad sin que os vean mis médicos.

—Pero no es nada, si… —la mirada de Abdulláh se tornó tan seria que la protesta de Irene murió en su boca.

—He dicho que os verán mis médicos. No pienso dejar que cualquier curandero de estas tierras os trate esa brecha. Es algo muy serio—. Irene sintió que tenía poco más que añadir. —Estamos más cerca de las propiedades de Bardo que de vuestras tierras. El caballero Marek se encargará de alertar a vuestros hombres y de traer cuantas pertenencias y personal necesitéis a nuestra finca. Ya no es una petición, querida Irene, no voy a permitiros regresar hasta que no valoremos la gravedad de esa herida. Podéis lanzar a vuestros caballeros sobre mí.

—No se le debe decir que no a un príncipe del desierto —añadió Marek. —Yo me ocuparé de todo.

—Pero mañana es la Natividad y… —los ojos grises del Visir no iban a ablandarse. —Está bien, está bien. No solo es descortés, sino arriesgado insistir en la negativa cuando tenéis tan fieros argumentos. Os agradezco vuestra amabilidad —Abdulláh solo se relajó ante aquellas palabras. Irene se volvió hacia Marek. —Piersno es de los lugares más al sur de mis dominios y donde todo este infortunado asunto comenzó. Preguntad allí y la noticia correrá, literalmente, hasta mis propiedades. Mi capitán es Tris…—bajó la cabeza. Se mordió el labio con algo de rabia. —Su nombre es Pedro de Leza —rectificó. —Decidle que cuente a mis damas, que ellas sabrán de qué proveerme estos días. Os agradezco todo lo hecho hasta ahora y cuanto aún vais a hacer por esta dama. Vuestra presencia no ha podido venir en mejor momento, Caballero. Es un honor para mí conocerle.

Marek inclinó la frente y buscó la mano de Irene que aquella, aún azorada, entregó agradecida. Él besó en un roce sus dedos manchados de sangre.

—El honor y el placer son míos, mi señora. Perded cuidado—. Levantó la vista y la dirigió hacia el apuesto visir que aguardaba al frente. —Alteza… —se despidió.

—Noble Marek, caballero… —correspondió aquél.

—Si me disculpan, hay caballeros que esperan una buena noticia que he de dar.

Colocándose el yelmo pesado y tomando de escolta a dos de aquellos acorazados jinetes sarracenos, partió raudo en dirección opuesta. Irene quedaba entonces a solas con el resto de la escolta y el propio visir.

—¿Podéis cabalgar un poco más? Me preocupa no tener otro medio para…

—Si creéis que esta dama se gasta en una cabalgada, no la conocéis. —Aquel visir quedó mirando aquella singular mujer y tuvo un pensamiento que no confesó a nadie al escuchar su comentario. Irene de Manrique no defraudaba. Una pequeña e interesante pieza.

—Me alegra escucharlo. Nos esperan buenos amigos que quiero que conozcáis. Les he hablado de vos… quizá más de lo permisivo.

—¿De mí? Visir, de esta guisa no pienso presentarme ante nadie. Me importa poco que sea el Rey de Nápoles—. Abdulláh no quiso entrar en detalles. Se limitó a sonreír el resto del camino.

⚜

Si….

Solo pude sonreír ante aquella pequeña dama capaz de escaparse de sus propios captores y horas más tarde ser capaz de enfrentarme con descaro y gracia delante de mis propios hombres. Tal y como la imaginaba en sus cartas. Tan desnuda y directa, tan frágil y al tiempo tan llena de fuerza, tan viva. No me equivocaba. Irene era una Luz destinada a iluminar, de un modo u otro, a cuantos tocara. A cambiar el color de aquellos que se cruzaran ante ella. Su ingenua belleza de niña solo añadía un punto más a su extraño hechizo que me conmovió en el mismo instante en que la vi.

Así fue que este servidor de Allah tuvo su primer encuentro con esta singular Dama de Castilla, esta mujer que era incapaz de dejar indiferente a nadie. No me resistí a preguntarle sobre su odisea y mantuvimos una agradable conversación durante el camino a Bardo. Ella aún no sabía que tras los muros de aquel palacete en el valle iba a producirse una reunión que iba a cambiar su vida… y la nuestra.

Pero aquella luz ya había dejado un cadáver en el camino. Un hombre perpetuamente herido que en aquel instante recogía sus pedazos incompletos y salía de escena. Buscaba marcharse en silencio, lamer sus heridas dejadas por la huella de un amor tan hermoso como imposible. Se marchaba triste, sangrante, sabiendo que había faltado a promesas y palabra. Sabiendo que también él la había herido pero convencido de que ella le olvidaría pronto. Teniendo la amarga certeza de que no significaba nada. En soledad y silencio cargó su petate ligero sobre su fiel caballo, montó sobre él y se alejó despacio. Su intención era olvidarla. Pero olvidar a aquella mujer iba a resultarle imposible…

Carta del Caballero Tristán Márquez de Ulloa a Pedro de Leza.
Madrugada del 23 de Diciembre de 1390.
Colocada sobre la mesa

«Mi querido Pedro.

Sé que también me ganaré vuestro odio con esto. Destrozaré el último bastión de mi imagen hacia vos. Ni siquiera me permito la valentía de decíroslo a la cara porque sé que de hacerlo no me permitiréis marchar.

Emprendo un camino largo lejos de aquí. Necesito sacarla de mi corazón, cueste lo que cueste. Necesito poder regresar y mirarla a la cara sin que mi pecho se encabrite. Necesito dejar de sentir lo que siento y sé que no voy a lograrlo mientras me mantenga cerca. Alejarme, lo que tantas veces me recomendasteis como amigo es lo que hago. Huir, si lo preferís, pues es una huida. No quisiera que fuese un adiós definitivo, Pedro, pero eso solo Dios y el Tiempo podrán decirlo.

Me conocéis lo suficiente como para saber que este viejo guerrero ya no sabe hacer otra cosa. Que estuvisteis más que acertado al asegurar que no podíais verme labrando la tierra y es cierto. Marcho a una guerra, ya que la mía anda perdida. Venderé mi espada al primero que quiera pagar por ella. Quizá busque embarcarme en alguna de las cruzadas de los Reyes Saqueadores. Dicen que Don Diego Salazar, que fuera Duque de Navarra es el único de los Príncipes Castellanos que siguió fiel al Emperador Cristiano. Que embarcó a más de doscientos mil hombres y que se ha hecho a la mar. Quizá un viejo castellano vea de utilidad una espada toledana a su servicio. Iré a matar infieles, paganos o cualquier cosa que se ponga por delante en nombre de unos ideales que ya me importan poco, solo por sobrevivirme. Solo por darme una oportunidad de curar esta herida sangrante. Me arranco la flecha, fiel Pedro. Todo queda en vuestras manos ahora. Cuidad de la señora y del resto de los hijos de Castilla. Ama a esa posadera polaca hasta la extenuación y dale hijos fuertes. Sé siempre honorable y justo. Sé siempre mucho más valiente y ejemplar que yo. Vive una vida plácida en este reino y perdóname, amigo mío.

Si no volvemos a vernos en vida, Pedro, ha sido un honor teneros a mis órdenes».

Tristán Márquez de Ulloa

Hijo de Castilla

-FIN CAPÍTULO II -

PRÓXIMO CAPÍTULO

VERSOS

MUY PRONTO

Vilches&Charro somos un equipo de autores Independientes.

Nuestros trabajos no se sostienen, procesan, editan, promocionan ni distribuyen bajo ningún amparo editorial. Trabajamos así porque hemos descubierto que es la única fórmula viable que nos permite, primero, ser dueños de nuestro trabajo, lejos de contratos de cesión de derechos que secuestran historias por tiempos abusivos; y al mismo tiempo, garantizar una distribución internacional y un control de precios bajos y asequibles. Nuestro lema es: ***Libros de Calidad, Baratos y Asequibles en todo el Mundo***.

En este sentido queremos disculpar cualquier fallo en maquetación, errata de corrección, desfase o cualquier otra incidencia que aparezca en nuestros libros. Lejos de buscar únicamente la condescendencia de nuestros lectores, nos comprometemos a trabajar insistentemente en la corrección y mejora constante de nuestros títulos, al tiempo que trabajamos en desarrollar nuevas aplicaciones y versiones mejoradas de los mismos.

Gracias por Adquirir Libros de Autores Independientes

Gracias por confiar en Vilches&Charro

Vosotros nos hacéis posibles

Si te gusta este libro o cualquiera de nuestras historias...

DEJANOS UN COMENTARIO!!

TE LO AGRADECEREMOS MUCHO!!

QUIZA TE INTERESE SABER QUE....

Existe la **comunidad de lectores** de **J. Vilches** en **Google+** abierta para ti.

participa en ella y conoce las impresiones de otros lectores de la serie romántica.

Si deseas estar enterado de las novedades de Vilches&Charro directamente a tu correo electrónico

Mándanos un e-mail a jvilches25@hotmail.com indicando en el asunto: BOLETIN INFORMATIVO

Con la dirección de correo a la que quieras que te lleguen las noticias y novedades.

OTRAS OBRAS DE VILCHES&CHARRO:

En todos los portales web

Serie Romántica IRENE

Saga épica LA FLOR DE JADE

LA FLOR DE JADE
LIBRO 1
EL ENVIADO

"Un mundo donde a los humanos se les extermina.
Una tierra donde todo contacto con ellos es sentencia de muerte, sin duda es el peor lugar para despertar... sobre todo si no es tu mundo.
Bajo un régimen de terror que ha barrido el viejo imperio, las consignas de un culto radicalizado gobiernan ante la impotencia del resto de los actores políticos. Ahora el fanatismo se extiende y las divinidades han sido eclipsadas por la iglesia de Kallah. Sus huestes todo lo dominan. Sus ejércitos todo lo controlan..."

LA FLOR DE JADE
LIBRO 2
EL CÍRCULO SE ABRE

"Llegamos buscando respuestas y sólo encontramos nuevas preguntas. Esperan demasiado de nosotros.

En un mundo herido, dominado por la mano del terror, la travesía es ciega. Nuestras alianzas, impuestas. No hay punto de retorno. ¿Cuánto tiempo podremos permanecer en silencio? El final es sólo un nuevo comienzo. Un horizonte incierto se desnuda ante nosotros. La lucha se dibuja cruelmente desequilibrada. Parece perdida de antemano. No hay atajos. La huida es hacia delante. El tiempo apremia".

LA FLOR DE JADE
LIBRO 3
EL LIBRO DE LOS HEREDEROS

"Ha pasado el tiempo del silencio...

Ha llegado el momento de actuar...

Los acontecimientos se precipitan dramáticamente. Desde el sur avanza una marea. Gallad vomita sus huestes en una maniobra de fuerza. Imparable, imposible. No vienen a invadir. Es el acto final del Exterminio. El golpe de gracia al moribundo. "

Relato Ilustrado
ALLWËNN SOUL&SWORD

ALLWËNN: SOUL & SWORD

SPANISH EDITION

RELATO ILUSTRADO + ARTBOOK

"Allwënn: Soul & Sword, es una historia épica cargada de dramatismo, dos años de trabajo culminan con un intenso relato, de una prosa evocadora y contundente, que dan forma a uno de los momentos más determinantes para el que probablemente es el personaje más indomable de la Saga " La Flor de Jade". La Saga Épica que ha vendido más de diez mil ejemplares en un año, por todo el mundo, a través de Amazon."

POEMARIOS

LATIDOS

POEMARIO 1

LAS FLORES DE LIS

"Este poemario es un mapa de «latidos».
Pequeños instantes fraguados durante las madrugadas insomnes entre 2009 y 2010. Entre sus ángulos y esquinas se esconden de las miradas nuestros encuentros fugitivos. Se construyen nuestras voces silenciosas. Son el diálogo oculto de un amor pintado de imposible. Pero el amor es siempre posible. "

MADRUGADAS

POEMARIO 2

LAS FLORES DE LIS

" Poemas de madrugadas insomnes, silencios, reflejos, cadenas de latidos a través de la ventana.
Un sueño imposible para soñarlo despierto. "

"Este poemario es el mapa de los silencios entre cada latido y su madrugada. Contiene los ecos, sus ecos. Son las huellas de un sueño que quedó en esbozo. Que tiñó mi alma de los colores más brillantes y la dejó para siempre desnuda. Son versos de silencio.

Sus espinas son inevitables y como todas me recuerdan que viví con intensidad cada instante tras aquel espejo donde todo resultaba demasiado bello para creerse de verdad. Puede ser la última página escrita de ese libro de final precipitado, casi abismal."

En Preparación

La Flor de Jade Vol. 4: El Libro de las Alianzas

Irene Entrega 3: Versos & Espadas

Poemario: *Antes gritará el Silencio*